이상적인 기둥 서방 생활

13

프레야 공주는 자기 인생을 건 프레젠테이션을 하고 있다.

渡辺 恒彦
와타나베 츠네히코
illustration 아야쿠라 쥬

「그렇기 때문입니다, 아버님」

구스타프 왕의 말에 윙비 왕자가 반론한다.

이상적인
기둥서방생활 ⑬

「준비는 되어 있는 것이 아니던가?」

아우라는 그렇게 말하면서 살며시 남편의 등을 떠밀었다.

이상적인
기둥서방생활 13

이상적인
기둥서방생활 ⑮

「스카디라고 불러주시면 감사하겠습니다」

키가 큰 여전사가 그렇게 인사했다.

「그녀를 행복과 풍요와
애정으로 채워줄 것을 맹세한다」

「그를 흠모하고, 존경하며,
사랑할 것을 맹세한다」

프레야 공주의 왼손이, 칼을 높이 든 젠지로의 오른손을 잡았다.

이상적인 기둥서방 생활 13

새로운 반려

INTRODUCTION

즈워타 보르노시치 귀족제 공화국에서 일어난 문제를 거쳐, 「황금나뭇잎호」는 마침내 프레야 공주의 조구 읍살라 왕국에 도착한다.

구스타프 왕과의 회담에 임한 젠지로는, 카파 왕국의 대표로서 다른 나라를 통하지 않는 대륙간 무역의 체결, 그리고— 프레야 공주를 측실로 삼기를 희망한다.

당연히 제1왕녀가 측실이 되는 것은 받아들일 수 없는 일이기에, 우호적이었던 회담장이 순식간에 젠지로에 대한 강한 적개심으로 가득 채워지고 말았다.

그중에서도 프레야 공주의 오빠 에리크 왕자가 젠지로에게 강하게 반발했다.

그런 자리에서 젠지로는 읍살라 왕국의 관습인 「성인의 증거」를 치르기 위해서 에리크 왕자에게 어떤 거래를 제안하는데—.

이상적인 기둥서방 생활

와타나베 츠네히코

길찾기

이상적인 기둥서방생활 ⑬

CONTENTS

일러스트 아야쿠라 쥬   **장정·본문 디자인** 5GAS DESIGN STUDIO
교정 아이카와 카오리(도쿄출판서비스센터)   **편집** 다카하라 히데키·시시도 나나에(주부의 벗)
한국어판 번역 김정규   **교정** 정성학   **마케팅** 정다움 이수빈   **편집** 김일철   **디자인** 백진화   **주간** 조성길

[프롤로그] 광휘궁

　북대륙 북방 제국 중에 하나인 웁살라 왕국. 그 왕도 웁살라는 메타 호수 북쪽 기슭에 있다.

　메타 호수는 상당히 큰 호수다. 총면적이 일본에 있는 비와호의 두 배*에 가깝다고 하면 얼마나 넓은지 전해지려나.

　원래 메타 호수에는 동쪽의 바다로 흐르는 하천이 여러 줄기 있었지만, 역대 웁살라 왕들의 명령으로 강폭을 넓히고, 장소에 따라서는 연결하며 폭이 넓은 운하를 만들었다. 그래서 지금에 와서는 메타 호수 자체가 거대한 만 같은 역할을 하고 있다

　그런 왕도의 중심에 있는 왕궁— 광휘궁의 한 방에서 웁살라 왕국 현왕 구스타프 5세가 신하들의 보고를 듣고 있었다.

　"그렇군. '황금나뭇잎호'가 무사히 로그포트에 도착했다는 말인가."

　"예. 조금 전에 로그포트에서 쾌속정을 타고 온 자가 그리 증언했사옵니다."

---

* 비와호의 면적은 670.33k㎡로 서울시 면적 605.24k㎡보다 넓다.

"그래. 그렇단 말이지."

신하의 말을 듣고 구스타프 5세는 안도한 표정을 감추지도 않고 몇 번이나 고개를 끄덕였다.

로그포트란 메타 호수와 동해안이 접하는 곳에 세워진 항구도시다. 메타 호수를 큰 만이라고 본다면 바다로 나가는 출입구에 해당된다.

최근에 외양선의 대형화가 진행되면서 운하를 지나가려면 흘수의 깊이와 세밀한 움직임이 필요해서, 통과에 어려움을 겪는 배가 늘어났기 때문에 대형선들은 기본적으로 로그포트에 정박하고, 왕도로 가는 사람들은 거기서 다른 소형 선박으로 갈아탄 뒤에 메타 호수 쪽으로 이동하는 경우가 많아졌다.

당연히 마스트가 네 개나 있는 대형선인 '황금나뭇잎호'도 그 대상이다.

"프레야 전하 이하 '황금나뭇잎호'의 승조원들은 로그포트에서 하루를 보낸 뒤 배를 갈아타고 이쪽으로 향할 예정이라고 합니다. 도착은 내일이 되겠지요."

"그렇군. 그렇다면 『손님들』도 함께 온다는 뜻이 되겠군."

손님이라는 말을 입에 담았을 때 구스타프 왕은 하늘색 눈을 가늘게 떴다.

'황금나뭇잎호'가 즈워타 보르노시치 귀족제 공화국의 포모제 항구에 입항한 이후의 동향에 대해서는 구스타프 왕도 어느 정도 정보를 수집해 뒀다.

아무래도 공화국의 포모제 항구와는 비교할 수 없지만, 읍살라 왕국의 로그포트 항구도 나름대로 커다란 항구다. 당연하게도 포모제 항구와 로그포트 항구를 오가는 배도 다수 존재하고.

구스타프 왕은 그런 배가 가져다준 정보를 듣고 있었다.

"남대륙에서 온 『손님』, 인가. 『상품』이나 『전리품』이라면 이야기가 간단할 텐데 말이다."

그렇게 중얼거리는 구스타프 왕의 표정은 약간 떨떠름했다.

자세한 정보가 들어온 것도 아니고, 들어와 있는 정보들도 서로 엇갈리고 있어서 확실하게 단언할 수는 없지만, 아무래도 『손님』은 남대륙의 왕족인 것 같다. 확정되지 않은 정보지만, 즈워타 보르노시치 귀족제 공화국의 포모제 후작과 안나 왕녀가 그 인물을 왕족으로서 대접했다고 들었다.

"『손님』을 초대했단 말이지. 일단 무역이 성공했다고 봐야겠군."

남대륙의 왕족이 '황금나뭇잎호'에 타고 있다. 그것이 사실이라면 프레야 공주와 그 남대륙의 나라가 우호적인 관계를 맺었다고 생각해도 틀림없을 것이다.

"프레야는 그렇다 치고, 스카디와 망누스가 붙어 있으니 크게 잘못된 판단을 하지는 않았겠지.

스카디, 즉 빅토리아 크론크비스트는 전설속의 마녀 스카디의 이름을 받을 정도의 여전사고, 망누스는 그 숨결에서 바다 냄새가 난다고 할 정도인 역전의 선장이다.

양쪽 모두 전사, 뱃사람으로서의 역량은 물론이고 담력과 안목에도 정평이 나 있는 인물이다.

사실 안목이나 교섭 능력만 따지자면 프레야 공주도 그 두 사람에게 크게 뒤지지 않지만, 아무래도 부모 된 입장이다 보니 자신의 딸은 언제까지고 보호를 받아야 하는 어린애처럼 여기게 된다.

"그나저나, 내가 그 녀석을 잘못 키웠나……."

항해 중에는 걱정이 앞섰지만, 이렇게 국내에 들어오게 되니까 왕의 마음속을 차지한 것은 사랑하는 딸에 대한 불만 같은 후회였다.

"과연 그럴까요? 프레야 전하는 심지가 굳은 분이옵니다."

구스타프 왕의 말에 신하 중에 하나가 그렇게 대답했다.

그 부분만 따지자면 칭찬하는 말이지만, 잘못 키운 것이 아닌가 하는 질문에 대해 '심지가 굳은 분'이라는 대답은 상당히 심한 폭언이다.

즉, 프레야 공주의 지금 그 성격은 잘못 키운 것 때문이 아니다. 무슨 수를 써도 어떻게 할 수 없는 본인의 본질 그 자체라고 말한 것이다.

그런 신하의 말을 들은 구스타프 왕은 그저 씁쓸하게 웃었을 뿐, 딱히 나무라지는 않았다.

"이름도 잘못 지은 것인지 모르겠군. 너무 자유분방한 것 같다. 그 녀석이 사내였다면 좋았을 터인데."

"감히 말씀 드리옵니다만, 프레야 전하께서 하고 계신 일은 남자라고 해도 왕족이 해서는 아니 될 일이옵니다."

"그것도 그렇군……."

신하의 냉정한 지적에 구스타프 왕은 자기도 모르게 진지한 표정을 지었다.

'황금나뭇잎호'의 대륙 간 항행은 웁살라 왕국으로서는 처음 시도하는 도전이었다. 당연히 어떤 위험이 있을지 예상할 수도 없었고, 목숨이 위험할 가능성도 컸다.

그런 배에 왕족의 옥체를 태우는 것은 남녀를 따지기 이전의 문제다. 사실 여자일 경우라면 몰라도 남자의 경우에는 그런 가치관이 아직 침투하지 않은 것이 웁살라 왕궁의 문제점이기도 했지만.

"허나, 우리나라의 경우 남자라면 그런 목숨 아까운 줄 모르는 녀석이 높은 평가를 받는 것 또한 분명한 사실이다."

"정말 난처할 따름입니다. 전사로서도 뱃사람으로서도 피해야만 하는 위험에 도전하는 용기는 미덕입니다만, 굳이 도전할 필요가 없는 위험을 회피하는 것조차 '겁쟁이'라고 말하며 악덕으로 삼는 것은 어떻게든 개선했으면 싶사옵니다."

웁살라 왕국은 전사의 나라고, 거슬러 올라가자면 해적의 나라다. 그래서 좋건 나쁘건 전사의 지위가 높고, 용감한 행동을 장려한다. 그것 자체는 큰 문제가 안 되고 경우에 따라서는 나라의 장점이 될 수도 있지만, 겁쟁이로 불릴 수 있는 언동을 병적으로 기피하는 성질 때문에 융통성이라고는 찾아볼 수 없는 전투 집단이 되어 버렸다.

전사단의 기질만이 아니라 오늘날까지 웁살라 왕국을 지탱해 온 전통과 기질이 지금은 왕국의 성장을 방해하고 있다. 구스타프 왕은 그것을 뼈저리게 느끼고 있었다.

"…………"

의자에 깊이 몸을 묻고 등받이에 체중을 맡기는 자세로 천장을 우러러보는 자세로 눈을 감고 생각했다.

"지금은 시대의 경계다. 기술도 경제도 급속도로 성장하고 있는 시기지. 살아남으려면 자신없는 분야에서도 최소한이나마 따라가야만 한다. 동시에, 특기 분야에서는 절대로 뒤처져서는 안 되지."

옵살라 왕국은 해적의 나라다. 그런 나라의 특기 분야라면 오직 바다뿐이다. 해상 전력에서 질 수는 없다. 그리고 선박의 대형화, 고성능화가 급속도로 진행되고 있는 현재 상황에서 강한 해군을 유지하기 위해서는 조선술의 진보와 선원들의 훈련이 대전제가 되고, 그 토대가 되기 위한 최소한의 경제 규모도 요구된다.

"우리나라가 대륙 간 무역에 끼어든단 말이지. 큰일이 나겠구나."

"큰일이 나는 것입니까?"

"난다. 더 얘기하자면 우리나라가 일을 벌이는 입장이다. 뭐, 그것은 오래 전부터 각오하고 있던 일이다. 지금은 좀 더 가까운 곳까지 다가온 문제에 대해 생각해야겠지. 공화국이 '기사단'에 선전포고했다는 이야기는 사실인가?"

왕의 말에 아까와 다른 신하가 한 걸음 앞으로 나서서 대답했다.

"확실한 증거는 없사옵니다. 단, 포모제에 '기사단'이 기습 공격을 가했다는 소문은 여러 경로를 통해 들어와 있으니 정확도가 높을 것으로 판단됩니다. 그 보복으로서 공화국이 선전포고하는 것은 지극히 자연스런 흐름입니다."

정보의 출처가 소문밖에 없기 때문에 아무래도 정보가 불확실해

지게 된다.

포모제 항구가 봉쇄되기 전에 출항한 배가 가져다준 정보. 포모제 항구 봉쇄가 해제된 뒤에 '황금나뭇잎호'보다 먼저 출항한 배가 가져다준 정보. 그리고 '황금나뭇잎호'보다 아주 늦게 출항했지만 속도가 더 빨라서 먼저 로그포트에 도착한 배가 가져다준 정보.

각각이 확실한 사실만을 전한다면야 일이 편해지겠지만, 아쉽게도 현실은 그렇지 않았다. 아무래도 정보를 가져다주는 사람들 중 대부분이 항구 구역에만 출입하는 상선의 뱃사람들이다. 포모제에서 얻은 정보 자체가 다른 사람에게 전해들었을 뿐인 이야기들이고, 거기서 또 개개인이 자기 머릿속에서 상상한 것들을 추가한다. 엉터리로 전해들은 사람은 처음에 전한 사람이 상상해서 덧붙인 부분까지 전부 실제로 있었던 일처럼 전한다.

그 결과 정보에 혼선이 발생하고, 진짜 정보를 쉽게 가려낼 수도 없는 혼돈을 낳게 된다.

지금 시점에서 정확도가 높은 정보들만 솎아 보자면 '기사단'이 공화국의 포모제에 기습 공격을 가했다는 것은 아무래도 확실한 것 같다. 공화국이 그에 대한 반응을 보일 가능성은 상당히 크다. 잊어버리기 쉬운 사실이지만, '기사단'령과 웁살라 왕국은 일단 육지로 이어져 있다. 국경을 만년설이 뒤덮인 설산이 가로막고 있기 때문에 육로로 국경을 넘어서 행동을 벌이는 것은 지극히 곤란하지만, 지리상으로는 '이웃 나라'라고 해도 과언이 아니다.

"대륙 간 항해를 성공시킨 프레야. 남대륙에서 온 손님. 그리고 '기사단'인가. 어느 쪽이건 '환영'할 준비를 해 둬야겠군."

물론 각각에 대한 '환영'의 의미는 다르다.

자국 공주의 귀환에는 애정을 담아서 '환영'한다. 그 공주가 데려온 손님에게는 예의 뒤쪽에 타산을 숨기고 '환영'한다. 한편, 불청객인 '기사단'에 대해서는 화살과 탄알으로 '환영'한다.

공통된 점은 어느 '환영'이건 상대를 만족시키기 위해서는 충분한 사전 준비가 필요하다는 점이려나.

"수배하도록 하겠습니다."

"부탁한다."

신하의 말에 왕은 의젓하게 고개를 끄덕일 뿐이었다.

[제1장] 대면

카파 왕국 국서 젠지로 비르보 카파는 현재 북대륙 북방 제국 중에 하나인 웁살라 왕국의 왕도 웁살라에 와 있다.

물론 프레야 공주를 비롯한 '황금나뭇잎호'에 타고 온 사람들과 함께다. 하지만 '황금나뭇잎호' 자체는 로그포트 항구에 두고 왔기 때문에 지금 같이 있는 일행을 '황금나뭇잎호' 일행이라고 부르는 것은 조금 어폐가 있다.

로그포트 항구에서 다른 배로 갈아타고 운하를 지나 메타 호수로 진입. 그 뒤에 메타 호수에서 북서쪽으로 나아간 끝에 일행은 무사히 웁살라 왕국의 왕도에 도착했다.

당연한 이야기지만 메타 호수의 수면은 바다에 비하면 파도도 없고 훨씬 잔잔했다. 하지만 갈아탄 배가 '황금나뭇잎호'와 비교도 못 할 만큼 상당히 작고 게다가 범선의 숙명에 따라 바람을 받는 방향이 바뀔 때마다 배가 옆으로 기울었다.

다행히 젠지로는 문제가 없었지만, 배에 익숙지 않은 젠지로의 부하들 중에는 정기적으로 호수의 물고기들에게 시큼한 먹이를 주는 이도 있었다.

그렇게 해서 도착한 왕도의 항구에서 마차로 갈아타고 웁살라 왕국의 왕궁 '광휘궁'으로 향했다. 먼저 기별을 보냈기 때문에 거기서부터는 상당히 깔끔하게 진행됐다.

젠지로 일행—여기서는 프레야 공주 일행이라고 불러야 할지도 모른다—은 무사히 '광휘궁'에 도착했다.

"프레야 전하."

"감사합니다, 젠지로 폐하."

젠지로는 먼저 마차에서 내려서는 예법에 따라 프레야 공주의 손을 잡고서 에스코트했다.

"……가실까요."

"예, 가시지요."

젠지로의 말에 프레야 공주가 동의했다. 두 사람이 기합을 넣고서 향하는 곳은 알현실.

기다리는 사람은 웁살라 왕국 현왕 구스타프 5세. 프레야 공주에게는 아버지가 되는 인물이다.

물론 기다리는 사람은 구스타프 왕 혼자만이 아니다. 프레야 공주의 어머니 되는 왕비와, 형제인 왕자와 왕족들도 있으며, 유력한 귀족들이나 이름을 떨치는 전사들도 기다리고 있을 것이다.

걸음을 옮기기 시작한 젠지로 옆으로 다가온 키가 큰 여전사—스카디가 조용한 목소리로 말했다.

"젠지로 폐하. 주제넘은 짓입니다만, 마지막으로 한 말씀만 더 드릴 것을 허락해 주십시오. 웁살라 왕국은 아직까지도 전사들의 힘이 크게 작용하는 공간입니다. 전사의 사고방식, 전사의 가치관, 전사의 주장이 그 자리를 지배하고 있습니다. 유화보다는 강고함을, 타협보다는 강행을. 그것을 잊지 마십시오. 그들과의 상호 이해는 일단 부딪친 뒤에 하더라도 늦지 않습니다."

"그래, 충언에 감사한다."

여전사 스카디의 말에 젠지로는 짧게 대답했다.

대륙 간 항행 동안 젠지로는 파도가 잔잔한 때를 이용해서 프레야 공주와 여전사 스카디로부터 읍살라 왕국의 풍속과 가치관에 대해 최대한 배워 뒀다.

그리고 왕족을 비롯한 중요 인물에 대해서도 이름, 나이, 외모 등에 대해 일단 듣기는 했는데, 그 부분은 솔직히 자신이 없다. 그 래도 왕족은 전부 기억했지만.

솔직히 불안이 산더미 같지만, 이제 와서 돌이킬 수도 없다.

"후우."

젠지로는 약한 마음을 토하려는 것처럼 가늘게 숨을 내쉬고는 의도적으로 카펫을 힘껏 밟으면서 걸음을 옮겼다.

알현실에서의 공식 대면은 얼빠진 정도로 금세 끝나 버렸다.

사실 알현실에서의 주인공은 젠지로가 아니다. 주제가 '훌륭하게 대륙 간 항행을 무사히 성공한 영웅 '황금나뭇잎호'의 승조원들을 칭찬하는 것'이었기 때문에 주인공은 어디까지나 프레야 공주 일행 이었다.

그 용기와 공적을 칭송하고 뜨겁게 달아오르는 모습을 외부인의 입장에서 한참동안 지켜본 뒤에 지극히 간단히, 젠지로 일행은 프 레야 공주가 초대한 '남대륙에서 온 손님'으로 승인되었다.

그 뒤에 '손님'인 젠지로 이하 남대륙 사람들은 객실로 안내받았다. 그리고 왕궁 안에서도 기사 나탈리오를 비롯한 누구에게도 무장 해제를 요구하지 않은 것을 보면, 최소한 표면적으로는 왕족 또는 그에 준하는 귀인과 그 호위로서 취급하고 있다고 판단해도 될 것 같다.

"필요한 것이 있으면 불러 주십시오."

안내해 준 초로의 남성이 그렇게 말하고 시녀로 보이는 여성들과 함께 나간 뒤에는 마음 편히 대할 수 있는 남대륙 사람들만이 남았다.

왕을 알현하기 위해서 정장을 차려입고 있던 젠지로 일행은 사전에 정해 둔 순서에 따라서 조금 편한 복장으로 갈아입었다.

제일 먼저 제3정장을 벗고 편한 차림새가 된 젠지로는 결리는 어깨를 풀어 주려는 것처럼 자기 오른손으로 왼쪽 어깨를 주무르면서,

"알현 분위기는 생각보다 나쁘지 않았군."

그렇게, 혼잣말이라고 하기에는 조금 큰 목소리로 말했다.

그 말을 듣고 젠지로의 환복을 도와주던 시녀 이네스가 가볍게 긍정해서 젠지로의 말에 동의하는 뜻을 보이고는,

"예. 하지만 진짜는 지금부터입니다. 그 진짜에 도착할 수 있을지 여부도 지금 시점에서는 알 수 없는 일입니다만."

그렇게 말해서 해이해지려고 하는 주인의 정신을 붙잡았다.

"그래, 알고 있다. 하지만, 그 현재 상황이 일시적으로 내 손에서 벗어난 상황이다."

"프레야 전하의 수완에 기대하도록 하죠."

"그래야지."

시녀 이네스의 말을 들은 젠지로는 스스로를 납득시키려는 것처럼 거창하게 고개를 끄덕였다.

그리고 그 프레야 공주는 알현실에서 입고 있던 선장복에서 공주로서의 정장인 드레스로 갈아입고는, 호출받은 아버지의 개인실에서 자신의 인생을 건 프레젠테이션을 하고 있었다.

'황금나뭇잎호'의 선장이 됐을 때 잘라 버렸던 머리카락을 덧붙여서 굳이 공주답게 등까지 내려오는 긴 머리 모양을 만든 것을 봐도 조금이나마 부왕의 심기를 거스르지 않고 무슨 수를 써서라도 자신의 주장을 인정받겠다는, 수단과 방법을 가리지 않겠다는 의지가 느껴진다.

하지만 프레야 공주의 주장을 끝까지 들은 구스타프 왕의 표정은 결코 프레야 공주의 말을 환영하는 사람의 것이 아니었다.

"……그렇군. 대략적인 사정은 파악했다. 북대륙 남방 제국이 직접 교역을 맺지 않은 남대륙의 대국 카파 왕국인가. 분명히, 네가 말한 만큼의 국력을 가진 나라라면 우리나라가 솔선해서 교역을 맺는 것이 크나큰 이익을 가져다줄 것이다. 그러기 위해서라면 왕족의 피를 주고받는 것 또한 선택지 중에 하나로 생각할 수도 있지."

부왕의 이성적인 말은 프레야 공주가 방금 제시했던 희망사항을 긍정하는 말이다. 하지만 쌍수를 들고 기뻐하기에는 벌레라도 씹은 것 같은 표정이 너무나 마음에 걸렸다.

큰 결심을 한 프레야 공주에게 아니나 다를까, 구스타프 왕이 말을 이어 갔다.

"허나, 체면이라는 것이 있다. 바보 같은 이야기지만 나라에게 있어 체면이란 때로는 실익을 웃도는 중요한 항목이다. 프레야, 너는 우리나라의 제1 왕녀다. 상대가 왕이라면 모를까, 왕족이라고는 해도 여왕의 반려에 불과한 남자의 측실로 들어가다니, 북대륙 제국이 우리나라를 얕잡아보게 된다."

그것은 프레야 공주도 예상했던 반론이었다. 북대륙 제국은 일반적으로 남대륙을 자신들보다 낮은 존재로 간주하고 있다. 그런 남대륙의 나라. 상대는 왕도 아닌 국서. 필연적으로 이쪽의 입장은 정실이 아닌 측실.

이 정도 악조건이 겹쳐진다면 아무리 실익을 가져온다고 해도 국가의 위상에 생기는 흠집을 무시할 수 없다.

하지만 그것까지 생각하고 프레야 공주는 가슴을 펴고서 반론했다.

"말씀허신 것들은 저도 이해합니다. 허나, 그것들조차도 향후 정세를 생각했을 때는 사소한 일이라고 생각됩니다. 우리나라가 대륙 간 무역을 성공시키기 위해서라면 그런 악평도 허용해야 하지 않겠습니까."

"외양선의 진보에 수반하는 대륙 간 무역의 활성화. 그 흐름에 뒤처져서는 안 된다는 것은 분명한 사실이다. 다른 나라의 손길이

닿지 않은 남대륙의 대국, 카파 왕국이 상당히 '짭짤한' 상대라는 것은 부정할 수 없다. 허나, 그렇다고 해서 네가 젠지로 폐하의 측실로 들어가야만 한다는 결론은 쉽사리 받아들일 수 없는 것이다."

"허나, 카파 왕국은 지난 전쟁의 영향으로 왕족의 숫자가 극단적으로 줄었습니다. 남자 왕족은 젠지로 폐하와 그 첫째 자식인 카를로스 전하 뿐. 카를로스 전하는 아직 두 살도 안 됐으니 빠른 결정이 필요한 이번 혼인 외교에는 사용할 수 없겠죠. 필연적으로 상대는 젠지로 폐하뿐입니다."

"애, 프레야. 알고 있으면서 모른 척하지 말거라. 저쪽의 상대가 젠지로 폐하밖에 없다는 것은 알고 있다. 하지만 이쪽이 굳이 프레야 널 필요가 없다는 얘기다. 왕의 비라면 또 모를까 국서의 측실이라면 왕녀인 네가 아니라도 문제 없다. 읍살라 왕가의 피를 이어받은 고위 귀족 중에서 적절한 나이의 아이를 측실로 보내면 충분하지 않겠느냐."

"!"

부왕의 반론에 프레야 공주는 말문이 막혔다.

남대륙의 나라와 혼인 외교를 맺는 것은 말도 안 된다는 정면에서 치고 들어오는 반론에 대해 실익과 시대의 흐름으로 설득해야겠다고 생각하고 있었는데, 혼인 외교 그 자체에는 찬성하지만 젠지로와 프레야 공주의 결혼에 대해 반대할 줄이야.

그 발언의 문제점이라면 이 제안을 카파 왕국 여왕 아우라가 들었을 때 아주 마음에 들어 할 가능성이 크다는 점이 상당히 문제라고 할 수 있다. 기껏 현실로 다가오기 시작한 '결혼한 뒤에도 배를 타고서 자유분방하게 모험하는 인생'이 이런 데서 물거품이 되다니. 프레야 공주로서는 도저히 견딜 수 없는 일이다.

프레야 공주는 필사적으로 생각해서 반론을 짜냈다.

"추, 충분하지 않습니다. 아직 비공식이기는 하지만 저는 카파 왕국의 아우라 여왕 폐하께 직접 제안해서 측실로 들어가는 것을 허락받았습니다. 어디까지나 제가 측실로 들어가는 것입니다. 웁살라 왕국의 인간이 측실로 들어가는 것이 아니라."

"이 무슨 경솔한……"

부왕이 사랑하는 딸을 날카롭게 노려봤다. 그 눈빛에 저항하려는 것처럼 프레야 공주는 자신이 결혼하는 조건으로서 여왕 아우라와 교환한 조건을 부왕에게 전했다.

프레야 공주 자신이 결혼한다면 카파 왕국의 공작 작위와 더불어 공작령으로서 항구를 만들 수 있는 바닷가의 영지를 받기로 내정했다는 것. 프레야 공주가 공작으로서 군림하는 그 항구는 웁살라 왕국 전용 무역항으로 허가받게 된다는 점.

동시에 그 항구에 대륙 간 항행용 대형 선박을 건조할 도크를 축조할 예정이라는 것. 그곳에서 건조하는 대형 선박 중에 여덟 척까지 짝수 순서의 선박은 웁살라 왕국의 소유물로 인정된다는 점. 그 비용은 전부 카파 왕국이 부담한다는 것까지.

이러한 조건을 들은 구스타프 왕의 얼굴에서 굳은 기색이 점점 사라져 갔고, 흥미롭다는 표정이 나타나기 시작했다.

"……음, 나쁘지 않군."

프레야 공주가 말한 것은 전부 웁살라 왕국에 득이 되는 것들이다. 하지만 그 뒤쪽에는 카파 왕국에 대형선의 조선 기술이 존재하지 않기 때문에 웁살라에서 조선 기술자를 보내야 한다는 점. 필연적으로 그러한 고도의 기술이 웁살라 왕국에서 카파 왕국으로 흘러가게 된다는 점. 또한 조선은 물론이고 그 뒤에 대형 선박을 이용한 대륙 간 항행을 성공시키기 위한 조선 기술과 북대륙의 뛰어난 제철 기술 등등도 카파 왕국으로 전해지게 된다는 것 등등, 카파 왕국 쪽의 메리트도 당연히 존재한다.

대략적으로 보자면 카파 왕국이 돈과 토지를 제공하고 웁살라 왕국이 기술과 사람을 제공하는 조약이다.

그렇게 본다면, 이 정도 규모의 조약을 체결하려면 왕위 계승권을 보유하지 않은 고위 귀족의 딸 가지고는 아무래도 신분이 너무 가볍다. 다른 나라의 고위 귀족에 불과한 계집애에게 공작 지위와 영지를 내려줄 나라는 이 세상에 존재하지 않는다.

중립적인 관점에서 보자면 왕족 중에 한 명 정도 시집을 보내지 않으면 카파 왕국의 체면이 서지 않을 정도로 그쪽의 지출이 큰 조약이다.

"으음, 이를 어찌 해야 좋을꼬."

구스타프 왕은 하늘을 바라보는 자세로 생각에 잠겼다. 사랑하는 딸이 멋대로 저지른 짓은 야단을 칠 필요가 있지만, 어쨌거나 프레야 공주가 말한 내용들은 매력적이다.

웁살라 왕국은 그다지 풍요로운 나라가 아니다. 역사적으로도 항상 무예를 숭상하는 나라였고 해적의 나라였다. 국토 대부분이 얼음에 뒤덮여 있기 때문에 농업 기반이 약하고, 그 대신에 식물 환경이 척박해도 생존할 수 있는 산양이나 순록을 키우는 축산업으로 부족한 부분을 메우고 있다. 어업은 왕성하게 이루어지고 있지만, 해상과 육상 모두 교역의 중심이 될 입지 조건은 아니다.

초기 조건만 따지자면 중견국은 고사하고 약소국이 돼도 이상하지 않을 나라다.

그것을 일단이나마 중견 국가까지 끌어올린 것이 용맹한 전사의 기질과 조선, 제철로 대표되는 뛰어난 장인들의 기술이다.

'허나, 그것도 지금의 시대 흐름 속에서는 머지않아 과거의 것이 된다.'

구스타프 왕은 그렇게 생각하고 있다. 효율화, 대량 생산이 진행되고 있는 제조 기술. 선박의 대형화에 따르는 무역 활성화. 필연적으로 확대되는 경제권과 거기에서 탄생하게 되는 지금까지와는 비교도 안 되는 대국, 패권국. 민족의 기질과 개인의 기술에만 의지하는 국가는 그 흐름을 따라가기 힘들 것이다.

잠시 생각한 뒤에 구스타프 왕이 내린 결론은 보류였다.

"일단, 젠지로 폐하의 됨됨이를 보도록 하겠다."

"그, 말씀은?"

한 걸음 전진했다는 사실에 희색을 보이는 딸에게 구스타프 왕은 딱 잘라서 말했다.

"그러기 위해 젠지로 폐하와 사적인 회담 자리를 마련하겠다. 그 자리에는 너희도 동석하겠지만, 발언은 허락하지 않는다. 거기서 주고받은 문답을 통해서 젠지로 폐하가 너를 보내기에 걸맞은 인물인지를 보도록 하겠다."

사람 됨됨이를 보기 위한 회담 자리. 무예를 숭상하는 기질이 강한 웁살라 왕국의 경우 그것은 압박면접 같은 자리가 될 것이다. 알고는 있지만 피해서는 목적을 달성할 수 없다.

"물론, 젠지로 폐하의 됨됨이를 보는 것과 별개로 카파 왕국이 무역 상대, 조약을 맞을 상대로서 신뢰할 수 있는 나라인지에 대해서도 조사하겠다. 그것을 혼동해서는 안 된다."

"……알겠습니다."

부왕의 말을 받아들인 프레야 공주는 마음속으로 젠지로에게 강한 죄악감을 품었다.

당연하다고 할 수 있다. 카파 왕국의 여왕 아우라가 바라는 것은 북대륙의 기술과 대륙 간 무역의 체결이고, 웁살라 왕국 국왕 구스타프 5세는 그 점에 있어서는 이미 받아들일 심산이 있다고 봐도 틀림없다.

그런 상황에서 제1 왕녀인 자신이 국서 젠지로의 측실로 들어가려고 하다 보니, 일이 어려워진 것이다.

말하자면 프레야 공주의 고집 때문에 젠지로가 안 해도 될 고생을 하게 되는 것이다.

"……젠지로 폐하께는 그렇게 전하도록 하겠습니다."

'이건 아무래도 내가 개인적으로도 어떻게든 대가를 치러야겠어.'

그런 생각을 하면서 프레야 공주는 "이만 실례하겠습니다." 라는 말을 남기고 자리에서 일어났다.

하지만 구스타프 왕은 조금 전보다 더 굳은 표정으로 손을 벌려

딸의 움직임을 제지하더니,

"잠깐. 아직 끝나지 않았다. 아니, 지금 할 이야기는 여기서 끝이지만 네게는 다른 들어야 할 것들이 잔뜩 있다. 먼저 이번 공화국과 '기사단'의 문제. 어째선지 우리도 공화국 측으로 참전하려 한다는 소문이 사실인 양 돌고 있는데, 그 건에 대해 찬찬이 설명해 줘야겠다."

"……예."

부왕의 말에 프레야 공주는 단념하고 살짝 고개를 끄덕이더니 의자에서 일어나려던 엉덩이를 다시 내려놓았다.

다음날, 젠지로 일행은 광휘궁 안쪽에 있는 한 방으로 불려갔다. 구스타프 왕과 프레야 공주의 회담 내용에 대해서는 어제 프레야 공주가 젠지로에게 전해 줬다.

젠지로는 긴장감을 최대한 감추며 자리에 앉았다.

방에는 긴 테이블이 있고 그 짧은 쪽 변에 있는 자리에 젠지로, 맞은편에 구스타프 왕, 젠지로 쪽에서 봤을 때 왼쪽 긴 변에는 프레야 공주를 비롯한 '황금나뭇잎호' 일행이, 오른쪽 긴 변에는 구스타프 왕과 프레야 공주 이외의 왕족과 고위 귀족, 유명한 전사 등이 앉아 있다.

기사 나탈리오를 비롯한 젠지로의 부하들은 젠지로 뒤쪽에 서 있다.

하얀 대리석으로 만든 테이블은 꽤나 컸기에 자리에 앉아 있는 사람도 꽤나 많은데, 젠지로에게는 오히려 고마운 일이었다.

사람 숫자보다 마주보고 있는 구스타프 왕과의 거리가 떨어져 있다는 점이 더 중요하기 때문이다.

처음에 정형화된 인사를 나누고 구스타프 왕이 "헌데, 젠지로 폐하. 긴히 할 이야기가 있다고 들었습니다만?" 이라는 말로 운을 띄우자, 드디어 젠지로의 차례가 왔다.

젠지로는 만에 하나라도 목소리가 갈라지지 않도록, 일단 침을 한 번 삼킨 뒤에 천천히 입을 열었다.

"예. 단도직입적으로 말씀드리겠습니다. 카파 왕국은 '웁살라 왕국이 제안한' 다른 나라를 거치지 않는 대륙 간 무역의 체결을 받아들일 준비가 되어 있습니다."

젠지로의 말에 오른쪽에 앉아 있는 귀족들에게서 '오오'라는 가벼운 감탄의 목소리가 들렸다.

젠지로는 손바닥에 살짝 땀이 밴 걸 느끼면서 재빨리 맞은편에 앉아 있는 구스타프 왕의 반응을 살폈다.

구스타프 왕에게서는 긍정하는 말도 부정하는 말도 없다. 가능하다면 여기서 언질을 받아 두고 싶다. 시간을 끌면 눈치 빠른 사람이 자신의 의도를 눈치챌 수도 있으니까.

카파 왕국과 웁살라 왕국의 직접 무역은 '웁살라 왕국의 제안'을 카파 왕국이 받아들인 입장이다, 라는 전제에 의한 것이며, '양국의 희망에 의한 무역'이 아니라는 뜻이 된다.

일단 왕족 중진들이 모인 자리에서 '누구도 부정하지 않았다'는 사실과 긍정적인 분위기가 감돈 것으로 만족해야 한다. 그렇게 판단한 젠지로는 누가 끼어들기 전에 그 다음으로 이어 나갔다.

"대륙 간 무역을 성공시키기 위해 양국 우호의 상징으로서 저는 귀국 웁살라 왕국의 제1 왕녀 프레야 웁살라를 제 반려로 맞이하기를 희망합니다."

젠지로의 말에 대한 웁살라 왕국 쪽의 반응은 다양했다.

"헛소리 마라!" 갑자기 버럭 화를 내는 자.

"아무리 그래도 그건……" 혐오감을 보이는 자.

"웃기지도 않는 농담이군." 조롱하는 표정을 감추지 않는 자.

거의 예상했던 반응이다. 근본적으로 북대륙 사람들은 남대륙을 자신들보다 아래로 보는 경향이 강하다. 게다가 젠지로는 어제 알현실에서 '여왕 아우라의 반려'와 그 입장을 명확히 밝혔다.

필연적으로 젠지로의 말은 프레야 공주를 제2 부인—측실로 달라는 뜻이 된다.

자국의 제1 왕녀가 타국 국서의 측실이 된다. 이것은 양국이 대등하다는 생각을 가지고 있더라도 거부 반응이 나오는 게 당연한 일이다.

그래서 그런 속에서 "호오~" 하고 감탄하는 소리를 낸 뒤에 마치 즐겁다는 듯 웃고 있는 은발 소년의 반응은 누가 봐도 이상하다고 할 수 있었다.

은색 머리카락에 하늘색 눈동자. 몸에 걸친 것은 웁살라 왕국 왕족을 뜻하는 파란 의상.

젠지로는 사전에 프레야 공주를 통해서 성인식을 치른 왕족과 일부 중진들의 이름과 외모의 특징에 대해 들었지만 대부분이 이렇게 한 번 본 정도로는 누가 누구인지 구분할 수 없었다.

하지만 이 은발, 하늘색 눈동자의 소년만은 한 눈에 봐도 누구인지 확신할 수 있었다.

웁살라 왕국 제2 왕자 웡비. 제1 왕녀 프레야의 쌍둥이 동생.

외모는 놀랄 만큼 프레야 공주와 닮았다. 키는 젠지로보다 크고, 얼굴도 어느 정도 남성적으로 생긴 덕분에 착각할 일은 없겠지만, 일단 한 번 보기만 하면 프레야 공주와 웡비 왕자가 쌍둥이라는 사실을 의심하지도 못할 만큼 많이 닮았다.

잠시 젠지로와 시선이 마주쳤을 때 짙은 미소를 지은 것처럼 보였는데, 기분 탓이 아닐 것이다. 프레야 공주가 '황금나뭇잎호'의 선장이 되겠다고 했을 때도 왕족 중에서 유일하게 프레야 공주를 응원했던 인물이라고 하던데, 이 자리에서도 응원해 주고 있는 걸까.

젠지로가 그런 생각을 하는 사이에 웡비 왕자 옆에 앉아 있는 남자가 큰 소리를 내면서 자리에서 일어났다.

"말도 안 된다! 네놈은 지금 무슨 헛소리를 하는 것이냐?!"

나이는 20대 초반 정도려나. 멋진 금발과 아름다운 녹색 눈동자가 인상적인 대장부다. 외모의 정보와 앉아 있는 위치, 그리고 몸에 걸친 왕족을 의미하는 파란색 의상을 통해서 젠지로는 그 인물의 이름을 머릿속에 떠올렸다.

움살라 왕국 제1 왕자 에리크. 프레야 공주와 윙비 왕자와는 머리색부터 얼굴 생김새까지 비슷한 구석이 적은데, 모친이 다르기 때문이다.

분명히 에리크 왕자가 자신을 모욕하는 말을 던지고 있다. 그 점을 의식하면서 젠지로는 의식적으로 그를 보지 않고 노골적으로 무시하면서 맞은편에 있는 구스타프 왕을 향해서 말을 던졌다.

"어떠신지요, 구스타프 폐하. 물론 이 자리에서 답을 주실 만큼 간단한 이야기가 아니라는 것은 잘 알고 있습니다. 일단 한 번 생각해 주시면 감사하겠습니다."

"이놈이?!"

노골적으로 무시당하자 에리크 왕자가 발끈했다.

하지만 젠지로는 의도적으로 평정을 유지한 채 고집스레 그쪽을 보지 않았다.

에리크 왕자에게 그럴 의도가 있는지 아닌지는 모르겠지만, 어쨌거나 예의에 어긋난 짓을 하고 있는 사람은 에리크 왕자다.

젠지로는 어제 알현실에서 자기소개를 했는데 그 자리에서 대답한 사람은 옥좌에 앉아 있던 구스타프 왕뿐이었다. 즉, 현시점에서 에리크 왕자는 자기소개도 하지 않은 채 타국의 왕족에게 말을 걸고 있는 것이다.

게다가 그 왕족은 국서라는 조금 특수한 입장이기는 해도 제1 왕자인 에리크와 동등하거나 생각하기에 따라서는 젠지로가 더 위인 입장이다. 그런 인물이 왕과 대담하고 있는데 옆에서 멋대로 끼어들었다.

무시하거나 못 들은 척하는 것이 젠지로가 이 자리에서 취할 수 있는 가장 온후한 대응이다. 들은 말을 전제로 대응한다면 제일 먼저 '이 무례한 것이, 네 이름은 무엇이냐?'라고 질타해야만 한다.

사전에 들은 이야기에 따르면 에리크 왕자라는 인물이 프레야 공주를 여동생으로서 사랑하고 있다는 것은 틀림없는 사실인 것 같다. 그렇다면 젠지로의 '네 여동생을 내 측실로 내놓아라'라는 발언에 화를 내는 것도 감정으로서는 이해할 수 있다.

심정적으로도, 교섭을 이끌어야 한다는 실리 측면에서도 여기서 에리크 왕자의 무례를 규탄하고 싶지 않은 젠지로는 계속 무시하면서 구스타프 왕에게 물었다.

"상당히 어려운 문제라는 점은 저도 잘 알고 있습니다. 이 제안을 받아들이는 것은 프레야 전하께서 고국에 작별을 고한다는 말이기도 하지요. 가능하다면 다른 분들의 의견도 듣고 싶습니다."

그렇게 말하고 아주 잠깐 시선을 보낸 젠지로의 의도는 맞은편에 앉아 있는 구스타프 왕에게도 전해졌을 것이다.

구스타프 왕은 일부러 큰 한숨을 한 번 쉬고는,

"배려에 감사하오, 젠지로 폐하. 그나저나 조금 전부터 꽤나 큰 목소리로 '혼잣말'을 하는 자가 있군. 젠지로 폐하가 지금 하신 제안에 의견이 있는 자는 거수하도록. '정식으로 자기소개를 한' 뒤에 의견을 말할 것을 허락한다."

그렇게 말하고는 금발을 마구 휘날리며 자리에서 일어난 아들을 눈을 부릅뜨며 노려봤다. 정식 절차를 거치지 않으면 공식 발언으로 인정할 수 없다. 그 의도를 이해하지 못할 만큼 바보는 아닌 에리크 왕자는 내키지 않아 하면서도 일단 자리에 앉았다.

"폐하. 발언 허가를 요청합니다."

"허락한다."

그리고 다시 자리에서 일어난 에리크 왕자는 녹색 눈동자에 아까의 두 배는 되는 위압감을 담고서 젠지로를 노려봤다.

"처음 뵙겠소, 젠지로 폐하. 나는 웁살라 왕국 제1 왕자 에리크. 어머니는 다르지만 프레야는 내 동생이오. 따라서 방금 폐하가 한 발언은 결코 간과할 수 없군."

"처음 뵙겠습니다, 에리크 전하. 전하의 소문은 많이 들었습니다. 나이는 제가 더 많습니다만, 앞으로 처형이라 부르고 싶으니 사이좋게 지내고 싶군요."

"난 그럴 생각 없다. 나는 동생의 행복에 대해 진지하게 생각하고 있다. 즉, 귀공의 측실이 되는 것을 반대한다."

바로 말이 거칠어지는 에리크 왕자에게 젠지로가 살짝 반론했다.

"에리크 전하가 프레야 전하의 행복을 생각하신다는 데 대해서는 추호도 의심하지 않습니다. 허나, 그 말씀을 들어 보면 에리크 전하가 프레야 전하의 행복을 '이해하고 있는가'에 대해서는 약간이나마 의문을 품게 되는군요."

"……언변은 훌륭하군. 그 말을 들어 보면 태어난 때부터 같이 자라 온 한 핏줄의 오라비인 나보다 겨우 일 년 정도밖에 어울리지 않은 귀공이 프레야를 더욱 이해하고 있다는 것처럼 들린다."

"정확히 전해진 것 같아서 다행입니다."

여전사 스카디가 말해준 '충돌을 두려워하지 말라'는 충고를 떠올린 젠지로는 일부러 그렇게 받아쳤다.

실제로 에리크 왕자가 프레야 공주의 행복을 '이해'하지 못했다는 점은 확실하게 단언할 수 있었다.

이것은 프레야 공주가 왕후장상의 여성으로서는 너무나 특수한 가치관을 지니고 있었기 때문이고, 에리크 왕자가 일방적으로 잘못한 것은 아니지만 이 자리에 동석하고 있는 프레야 공주의 안색을 살펴보면 적어도 이 제안이 프레야 공주의 의사를 무시하고 젠지로가 독단적으로 행한 게 아니라는 점은 분명하다.

그 점을 알면서도 말도 안 된다고 하는 것은 '프레야 자신의 희망 따위는 알 바 아니다. 프레야의 행복은 내가 정한다'고 말하는 것이나 마찬가지다.

이러쿵저러쿵해도 프레야 공주에게 정이 든 젠지로 입장에서는 반발할 수밖에 없는 태도다.

젠지로의 도발적인 말에 에리크 왕자는 친근한 기색이 전혀 느껴지지 않는 웃는 얼굴로 대답했다.

"호오? 말은 잘하는군. 그렇게까지 말한다면 나도 사양하지 않고 확실히 말하도록 하겠다. 귀공에게서는 전사의 기골이 전혀 느껴지지 않는다. 얼굴도, 자세도, 언동도, 그 모든 것들이 겁쟁이의 전형이다. 그러한 겁쟁이가 과연 프레야를 지킬 수 있을까?"

전사가 아니다. 겁쟁이. 웁살라 왕국의 남자에게는 가장 큰 모욕이겠지만 젠지로는 마음속에서 '정답입니다'라고 생각할 뿐, 화가 나거나 하지는 않았다.

오히려 의도적으로 빙긋 웃고는,

"이거 실례했습니다, 에리크 전하. 아무래도 이야기가 서로 엇갈린 것 같군요. 제가 결혼을 제안한 분은 여기 계신 프레야 전하입니다만? 에리크 전하의 동생 되시는 분과는 전혀 다른 분 같으니 걱정하실 것 없습니다."

일부러 얄미운 말투로 말했다. 하지만, 아쉽게도 그것만으로는 의미가 통하지 않았는지 에리크 왕자는 화를 내는 게 아니라 불쾌하다는 것처럼 고개를 갸웃거릴 뿐이었다.

빈정대는 말의 의미를 설명하는 일은 개그의 포인트를 설명하는 것만큼이나 창피하고 허무한 짓이다.

하지만, 지금 이 자리에서는 그런 짓을 해야만 이야기가 진행된다.

"아, 이거 실례했군요. 프레야 전하의 행복과 관계된 이야기라고 생각했습니다. 그러니까, 에리크 전하가 갑자기 '지켜줄 수 있는 남자'라는, 프레야 전하의 행복과는 전혀 관계없는 말씀을 꺼내셨기에 저도 당혹스러웠습니다. 설마 에리크 전하는 온 나라가 말리는 것을 뿌리치면서까지 왕국 최초의 대륙 간 항해에 나선 배의 선장이 되기를 원했던 프레야 전하께서 '누군가가 지켜 주는 것'을 행복이라 여긴다는 엉뚱한 말씀을 하고 계신 것은 아니시겠죠?"

"이놈이?!"

말뜻을 이해한 에리크 왕자는 의자에서 덜컥 소리를 울리면서 다시 일어났다. 아까까지 느껴진 것이 노기(怒氣)였다면, 지금 내뿜고 있는 것은 틀림없는 살기다. 뒤쪽에서 덜커덕, 기사 나탈리오가 반응했을 정도로. 농담으로 넘어갈 수 없는 진짜 살기일 것이다.

아마 완전히 감출 수는 없겠지. 마음속으로 체념하면서, 그래도 최대한 태연한 표정과 목소리로 젠지로는 맞은편에 앉아 있는 구스타프 왕에게 말했다.

"들으신 대로, 에리크 전하가 반대한 것은 프레야 전하에 대한 일이 아닌 것 같습니다, 구스타프 폐하."

일어난 에리크 왕자가 허리에 찬 칼에 손을 얹는 모습을 흘끗 보면서 젠지로는 구스타프 왕의 말을 기다렸다.

구스타프 왕은 한숨을 한 번 크게 쉬고는,

"젠지로 폐하. 귀하의 말씀도 일리가 있소. 분명히 프레야는 누군가 지켜 주는 것에서 행복을 느끼는, 그런 평범한 여자가 아니겠지. 하지만 그것과 별개로, 아비와 오라비 된 입장이라면 사랑하는 여자를 지켜 주지도 못할 것 같은 약한 남자에게 시집보내는 일을 불안하게 여기는 것도 당연하지 않겠소? 그 어떤 행복도 우선 살아 있고 봐야 할 것일 테니."

타이르는 듯 말했다. 이 사람은 역시나 왕이다. 아들인 에리크 왕자가 감정을 전면에 내세우고 주장한 말의 잘못된 부분을 인정하면서도 교묘하게 정당성을 보강해서 젠지로의 발언에 반론했다.

더 말하자면 약한 남자라는 부분에 악센트를 줬을 때, 구스타프 왕은 일부러 고개를 살짝 움직여서 젠지로의 어깨를 봤다. 흥분한 에리크 왕자의 살기 때문에 떨리고 있는 젠지로의 어깨를.

젠지로가 전투력 측면에서 약하다는 것은 선 자세만 보고도 이미 간파했을 테고, 지금의 겁먹은 모습을 통해서 정신적으로 약하다는 것도 드러났다고 봐도 되겠지.

"구스타프 폐하께서 말씀하신 대로입니다. 조금 흥분해서 말이 과했군요."

여전사 스카디는 '절대로 물러나서는 안 된다'고 했지만, 지금은 굳이 한 걸음 물러났다.

솔직히 도박에 가깝다고 생각하지만, 구스타프 왕과 에리크 왕자의 됨됨이가 젠지로의 인상에서 크게 벗어나지 않는다면 이런 반응을 보일 경우 자신이 원하는 방향으로 진행되리라는 확신이 있었다.

"그렇다! '성인의 증거'도 치르지 않은 사내에게 웁살라 왕가의 여자를 보낼 수는 없다! 다른 조건은 전부 그것을 치른 다음에야 따질 일이다!"

일단 시선을 구스타프 왕 쪽으로 향하고 눈으로 '말리지 않아도 되겠습니까? 저 발언에 제가 대답해도 괜찮겠습니까?'라고 물었지만, 구스타프 왕은 무반응이라는 반응으로 긍정했다.

생각했던 대로 반응한 에리크 왕자와 그 언동을 말릴 생각이 없는 구스타프 왕을 보며 젠지로는 마음속으로 '걸려들었다'고 생각하며 힘이 솟았다.

"그렇군요, 흥미로운 이야기입니다. 북대륙에서도 더욱 북쪽에 위치한 웁살라 왕국에는 독특한 풍습이 있었지요. 허나, 저는 남대륙 카파 왕국의 인간. 문화 차이를 이해해 주시면 감사하겠습니다."

조금 전보다 톤을 낮추고 빈정대는 투도 섞지 않고 이해를 구하는 젠지로의 말을 '약하다'고 단정했던 에리크 왕자는 비웃는 듯한 눈으로 쳐다보며 내뱉는 것처럼 말했다.

"가능할 리가 없다. '성인의 증거'는 읍살라 왕국에서는 최소한의 조건. 어쨌거나 왕가의 여식을 아내로 맞이하겠다면 '전사의 증거'를 요구하고 싶은 심정이다."

'성인의 증거'와 '전사의 증거'.

양쪽 모두 결혼을 신청하게 되면 이야기가 나올 가능성이 크다는 이유로 여전사 스카디가 사전에 그 말의 의미를 알려 줬지만 젠지로는 일부러 모른 척 잡아뗐다.

"말씀을 들어 보니 전자는 성인으로서 인정받기 위한 증거, 후자는 전사로서 인정받기 귀한 증거로 추측되는군요. 허나, 전자에 대해서는 저는 카파 왕국에서 정식으로 성인으로 인정받는 몸이고, 후자에 관해서는 애당초 저는 전사가 아닙니다."

딱 잘라서, 듣기에 따라서는 위험에서 몸을 빼려는 것처럼 보이도록 의도적으로 조금 큰소리로 빠르게, 젠지로는 그렇게 말했다.

"흥, 겁을 먹었나."

"…………."

진심으로 모멸하는 것처럼 그렇게 내뱉는 에리크 왕자에게 젠지로는 침묵으로 대답했다. 이 자리에서 반론하지 않는 것은 사실상의 긍정이다. 그것을 이해한 상태에서 젠지로는 의도적으로 에리크 왕자가 그 다음 말을 꺼낼 때까지 침묵을 유지했다.

"흥, 밑천이 드러났군. '성인의 증거'는 이름 그대로 우리 읍살라 왕국의 어린애들이 도전하고, 성인으로서 인정받기 위한 것. '성인의 증거'조차 통과하지 않은 겁쟁이에게는 성인으로서의 권리가 일절 인정되지 않는다. 굳이 말할 필요도 없지만, 혼인은 성인에게만 인정된 권리다."

그 말을 듣고, 젠지로는 자존심에 흠집이라도 났다는 것처럼 화가 난 기색으로 되물었다.

"호오? 이 나라에는 겁쟁이 사내가 없다는, 그런 말입니까?"

마치 에리크 왕자 혼자만이 아니라 이 자리에 있는 모든 이에게 묻는 것처럼, 젠지로는 천천히 고개를 움직여서 방 안에 있는 모든 남자들을 둘러봤다.

젠지로의 시선이 향했을 때 눈을 피하는 자는 단 한 사람도 없었다. 나이든 자도 젊은이도, 한눈에 봐도 전사 같은 체격의 사내들은 물론이고 몇 안 되는 문관처럼 보이는 선이 가는 남자들도, '당연하다'는 것처럼 고개를 끄덕였다.

지금까지는 생각했던 방향으로 잘 유도하고 있다. 젠지로는 초조함과 공포, 그리고 열등감을 일부러 숨기지 않고 얼굴에 드러내면서 반론했다.

"그렇습니까. 이런 점은 문화 차이로군요. 우리나라에서도 전사는 존경받는 존재지만, 모든 남성이 전사인 것은 아니고 또한 전사가 아닌 남성이 존경받지 못하는 것도 아닙니다."

그것은 웁살라 왕국의 남자들에게는 구차한 변명으로 들릴 뿐이었다.

"그렇다면 그 문화를 존중할 수 있는 여자와 결혼하면 된다. 우리나라의 여자, 그것도 왕녀를 데려가겠다면 최소한 그 정도는 따라 줬으면 싶군."

이젠 멸시하는 표정을 전혀 감추지도 않는 에리크 왕자의 말에 그 자리에 있는 남자들은 소리는 내지 않아도 표정으로 동의하는 뜻을 보였다.

예외라면 에리크 왕자 옆에 앉아 있는 윙비 왕자와 구스타프 왕 정도. 반대로 말하자면 그 두 사람의 사고와 감정은 젠지로가 생각하는 방향으로 유도하지 못했다는 뜻이 된다.

이 두 사람은 요주의 인물. 머릿속에서 자기 자신에게 경고를 보내며, 그래도 전체적인 흐름은 생각대로 진행되고 있다고 본 젠지로는 예정했던 말을 꺼냈다.

"양쪽이 서로 다가가는 것은 중요하지요. 특히 지금까지 국교가 없었던 먼 나라 간에 국교를 맺을 때는 어느 한 쪽이 일방적으로 밀어붙이면 파탄이 나게 됩니다."

"그 의견에 동의한다 해도 이 일에 대해서는 양보할 생각이 없다."

"그렇게 일방적으로 단정하는 것도 참으로 의외로군요. 그렇지. 그렇다면 에리크 전하를 우리나라로 초대하겠습니다. 그곳에서 우리의 문화, 풍습을 배우신다면 우리와의 국교가 귀국에도 크나큰 이익이 된다는 것을 이해할 수 있을 것입니다."

지금까지의 대화는 전부 도망칠 길을 막아 놓은 상태에서 이 제안을 던지기 위한 것이었다. 이 나라의 중진이면 누구라도 상관없었지만, 에리크 왕자라는 제1 왕자가 낚인 것은 다행이라고 해야 할까, 너무 거물이라서 곤란하다고 해야 할까. 솔직히 판단하기가 힘들다.

하지만 머리가 그다지 좋지 않은 젠지로에게 이제 와서 예정을 변경하고 다른 방향에서 공격할 정도의 교섭 능력은 없다.

"무슨 바보 같은 소리를. 나는 프레야와 다르다. 몇 년이나 나라를 비울 정도로 한가한 입장이 아니다."

허를 찔린 뒤에 내뱉는 것처럼 그렇게 말한 에리크 왕자에게 지금이 승부할 때라는 것을 이해하고 있는 젠지로가 바로 몰아붙였다.

"걱정하실 필요 없습니다. 저는 '순간이동' 마법을 쓸 수 있습니다. 약간의 제약이 있기는 하지만, 제가 일단 방문한 적이 있는 곳으로 사람이나 물건을 순식간에 보낼 수 있는 마법입니다. 눈 깜박할 사이에 카파 왕국으로 보내드리겠습니다. 사실 하루에 몇 번이나 쓸 수 있는 것은 아닙니다만, 전하를 위해서라면 기꺼이 써 드리도록 하겠습니다."

그렇게 말하고 젠지로는 빙긋 웃었다.

사람이나 물건을 순식간에 먼 곳으로 보내는 '순간이동' 마법을 쓸 수 있다. 젠지로의 말에 실내가 지금까지와 또 다른 분위기로 술렁였다. 웁살라 왕국은 혈통마법이 없는 왕가지만, 북대륙에도 혈통마법을 지닌 왕가가 존재하기에 젠지로의 말이 허위라고 생각하지는 않았다.

"한심하군. 어째서 내가 그런 짓을 해야만 하는 것인가."

난폭한 말로 젠지로의 제안을 딱 잘라 버리려는 에리크 왕자. 이제 와서 그런 억지 회피를 용납할 수는 없다.

"그렇습니까? 좋은 제안이라고 생각합니다만, 억지로 강요할 수는 없죠. 뭐, 프레야 전하처럼 바다를 건너서 먼 나라로 가는 일은 상당한 용기가 필요한 행위입니다. 에리크 전하가 '겁을 먹는' 것도 무리가 아니지요. 이거 참, 제가 괜한 말을 했군요. 사과드리겠습니다."

보란 듯이 고개를 숙이는 젠지로를 보고 에리크 왕자는 분노를 넘어서 완전히 얼어붙었다.

그 틈에 젠지로가 계속 밀어붙였다.

"헌데, 그렇게 되면 굳이 제가 '성인의 증거'라는 것을 할 필요도 없다는 뜻이 되겠군요. 이 나라에 겁쟁이 사내는 없다고 주장하셨지만, 실제로 이 자리에 이렇게 있는 것 같으니까요. 그렇다면 문젯거리도 없어졌으니, 이번에야말로 저와 프레야 전하의 혼인을 허가해 주셨으면 싶습니다만."

"정정해라!"

허리에 찬 칼을 중간까지 뽑은 에리크 왕자에게 젠지로는 공포와 긴장 때문에 일그러진 미소를 지으며 대답했다.

"그것이 불가능하다는 것은 에리크 전하도 알고 계실 텐데요? 저는 그저 사실을 지적했을 뿐입니다. 그것을 정정할 수 있는 것은 타인의 말이 아닙니다. 오직 하나, 본인의 행동뿐이죠. 아니면 전하는 제가 '저는 성인의 증거라는 것을 행하지 않아도 프레야 전하와 혼인을 맺을 자격이 있는 사내입니다. 정정해 주십시오'라고 말하더라도 정정해 주실 겁니까?"

"네놈의 헛소리와 내가 지적한 사실을 똑같이 취급하지 마라."

낮게, 목구멍 깊은 곳에서 쥐어짜는 것 같은 에리크 왕자의 목소리에서는 이미 폭발 직전까지 치밀어 올라온 살기가 끔찍할 정도로 느껴졌다.

"틀림없는 사실입니다. 전하께서 제 제안을 거절하면서도 겁먹은 것이 아니라고 말씀하고 싶은 것 같지만, 그것을 판단하는 건 전하 본인이 아닙니다."

그렇게 말하고 젠지로는 이 자리에 있는 사람들을 둘러봤다.

그 움직임에 유도된 것처럼 자국의 중진, 전사들을 쳐다본 에리크 왕자는 머리에 찬물을 뒤집어쓰기라도 한 것처럼 순식간에 노기가 가셨다.

모든 이는 아니다. 오히려 전체에서 봤을 때는 소수지만, 틀림없이 자신을 비난하는 눈빛을 보내는 자가 있다.

"입으로는 기세 좋게 떠들어대더니 막상 눈앞에 닥치니까 변명이나 하면서 위험에서 도망치려는 거냐?"

그런 환청이 들려왔다.

웁살라의 전사에게는 시련에서 도망치는 자는 거의 무조건적으로 겁쟁이라고 멸시하는 악습이 있다. 구스타프 왕이 우려했던 문제가 지금 에리크 왕자에게 벌어지고 있다. 게다가 그런 전사들의 백안시를 '한심하다'고 무시해 버릴 수 없을 정도로 에리크 왕자 자신도 전사의 가치관에 물들어 있다는 점도 문제다.

에리크 왕자가 뭔가를 말하려고 입을 벌렸을 때, 젠지로가 먼저 말했다.

"용맹한 이보다 겁쟁이가 필요한 때도 있습니다. 저는 항상 그렇게 생각합니다. 허나, 지금 이 자리에서 바라는 것이 용기라면, 좋습니다. 스스로를 겁쟁이라 생각하는 제가 얼마 안 되는 용기를 쥐어짜겠습니다. 프레야 전하에게 혼인을 제안하기 위해 웁살라 왕궁의 관습에 따라 '성인의 증거'를 행하도록 하겠습니다."

본인의 말대로 공포 때문에 떨리는 목소리로, 그래도 딱 잘라서 선언한 젠지로를 보며 웁살라의 전사들이 처음으로 '호오'하고, 조금 다시 봤다는 것 같은 소리를 냈다.

"하지만, 조금 전에 말씀드린 대로 양국의 향후 관계를 위해서도 일방적으로 양보할 생각은 없습니다. 이쪽의 제안대로 에리크 전하가 용기를 보여서 우리나라에 와 주신다면 저도 그렇게 하겠습니다."

"…………."

에리크 왕자가 젠지로에게 물리적인 압력까지 느껴지는 시선을 보냈다. 그래도 칼을 집어넣고 엉덩이를 다시 의자에 내려놓은 것을 보면, 화를 내며 소리를 질러대서 어떻게 할 상황이 아니라는 것을 이해했다는 뜻이겠지.

아직 완전히 냉정해지지 못한 에리크 왕자가 뭐라고 말하기도 전에 젠지로 맞은편에 앉아 있는 구스타프 왕이 조용히 입을 열었다.

"젠지로 폐하. 확인하겠는데, 폐하는 '성인의 증거'를 행하는 것을 통해서 프레야에게 '혼인을 제안'하겠다는 것인가? 어디까지나 제안하는 것뿐이고, '성인의 증거'를 행한다고 곧바로 프레야와의 혼인이 성립된다고 생각하는 것은 아니겠지?"

"예, 그렇습니다. 구스타프 폐하."

지적해 줘서 오히려 다행이었다. 마음속으로 그렇게 생각하고 있는 젠지로는 솔직하게 고개를 끄덕였다.

이번에 '성인의 증거'라는 것을 클리어한다고 해도 얻을 수 있는 것은 어디까지나 혼인을 제안할 권리뿐. 말하자면 지금은 '말도 안 된다'고 무시하고 있는 이야기를 '한 번 생각할 가치가 있는' 것으로서 테이블 위에 올려놓는 것뿐이다.

"그렇다는구나. 에리크."

부왕이 그렇게 말을 건네자 에리크 왕자도 뒤늦게나마 생각이 났다.

프레야가 억지로 선장이 되기는 했지만, 원래 '황금나뭇잎호'를 만들게 하고 대륙 간 무역에 나선 사람은 구스타프 왕 본인이었다는 것을.

젠지로는 남대륙의 왕족에 불과한 몸인 주제에 웁살라 왕국의 왕녀를 측실로 내놓으라는 헛소리를 지껄이는 발칙한 자이지만, 동시에 구스타프 왕이 나라의 운명을 걸고 잇는 대륙 간 무역의 열쇠를 쥐고 있는 빈객이기도 했다.

최소한 지금 구스타프 왕은 카파 왕국을 '대등한 나라'로 간주하고 교섭을 진행하려 하고 있다. 거기까지 이해했으니 이 상황에서 자신이 할 수 있는 말이 하나뿐이라는 정도는 에리크 왕자도 알 수 있다.

"알겠사옵니다, 구스타프 폐하. 카파 왕국의 실태. 제가 이 눈으로 똑똑히 보고 오겠습니다."

그렇게, 에리크 왕자는 큰 소리로 선언했다. 그 용기를 칭송하는 것처럼 웁살라 왕국의 전사들이 환호성을 질렀다.

"감사합니다 에리크 전하. 그럼, 에리크 전하라는 빈객이 온다는 소식을 전하기 위해 시녀 하나를 먼저 보내도록 하겠습니다. 그리고 에리크 전하를 보내드린 뒤에 저도 '성인의 증거' 시련에 도전하겠습니다."

젠지로의 말에 에리크 왕자 때보다는 한참 작지만 분위기는 같은, 용기를 칭찬하는 목소리가 들려왔다.

거기서는 아까까지 자국의 왕자를 겁쟁이라고 불렀던 자에 대한 분노와 모멸 등의 나쁜 감정이 전혀 느껴지지 않았다.

이 때 젠지로는 처음으로, 사전에 여전사 스카디가 말해 줬던 충고의 의미를 피부로 느꼈다. 그렇구나, 이것이 웁살라 전사의 기질인가. 지저분한 욕설을 주고받은 뒤라도 상대가 칭찬할 가치가 있는 용기를 보여준다면 그 용기를 칭찬한다. 그렇다면 분명히, 괜히 처음부터 타협하고서 하고 싶은 말을 참으며 비위를 맞추려고 하는 것보다 부딪칠 만큼 부딪친 뒤에 상대가 도저히 양보할 수 없는 부분을 받아들이는 쪽이 빠르다. 그 양보할 수 없는 부분이라는 것이 아무래도 자신의 몸과 생명을 위험에 처하게 해야 하는 일투성이라는 것이 조금 문제이기는 하지만.

에리크 왕자 자신도 젠지로에 대한 응어리를 완전히 풀어 버린

건 아니지만, '성인의 증거' 시련에 도전하겠다고 말했을 때는 '그걸로 됐다'고 말하는 것처럼 많이 풀어진 표정으로 몇 번이나 고개를 끄덕였다.

몇 안 되는 문관들의 표정에도 환영하는 기색이 보인 것은 용기를 따지는 것보다 국익을 우선으로 생각했을 때 대륙 간 무역이 성립될 가능성이 커졌기 때문이겠지.

그런 와중에, 예외는 맞은편에 앉아 있는 구스타프 왕과 에리크 왕자 옆에 앉아 있는 은발 소년—윙비 제2 왕자였다. 구스타프 왕은 씁쓸한 미소를 감추지 않았고, 윙비 왕자는 당장이라도 터져 나오려는 웃음을 도저히 참지 못하겠다는 것만 같은, 누가 건드리면 당장이라도 터져버릴 것만 같은 재미있는 표정을 짓고 있다.

아무래도 이 두 사람에게는 들킨 것 같다. 지금 젠지로가 한 발언이 용기와 정 반대인, 자신의 생명을 보장받은 상태에서의 타산에 의한 발언이라는 것을.

"젠지로 폐하."

"예."

켕기는 기분이 드는 젠지로는 구스타프 왕이 이름을 부르자 자기도 모르게 허리를 곧게 폈다.

구스타프 왕은 부드러운 미소를 짓더니,

"자식에게 주는 애정에 우열을 가릴 수는 없지만, 왕으로서는 왕자와 왕녀에게 우선순위를 매길 수밖에 없소. 그런 관점에서 말하자면 에리크는 언젠가 왕이 되는 것이 정해진 몸이오. 부디 무사히 돌려보내줬으면 좋겠소."

그렇게 말하고 의미심장하게 젠지로의 눈을 똑바로 쳐다봤다.
"예, 맹세코 그리하겠습니다."
젠지로는 그 시선에서 도망치려는 것처럼 살짝 고개를 숙였다.

회담이 끝나고, 에리크 왕자는 부친인 구스타프 왕에게 불려
갔다.
왕국에 있는 왕의 집무실에서 에리크 왕자는 부왕 앞에 앉아서
얌전히 왕의 말을 기다렸다.
"예정에 없던 일이지만 네가 고생을 좀 해야겠다."
부왕의 말에 에리크 왕자는 뻔뻔하게 웃으면서 대답했다.
"일이 정해진 경위는 조금 내키지 않습니다만, 결과는 오히려 바
라던 바입니다. 카파 왕국, 나아가서는 남대륙을 제 눈으로 직접
보고서 평가를 내리도록 하겠습니다."
"부탁한다."
"맡겨만 주십시오."
구스타프 왕은 어떤 의미에서 에리크 왕자의 안목을 크게 신뢰
하고 있다. 그것은 전형적인 웁살라 전사의 안목으로서.
전력만 가지고 국력을 따지는 나쁜 버릇이 있기는 하지만, 그 눈
하나는 확실했다. 에리크 왕자가 강하다고 하면 그 나라는 강한 것

이고, 약하다고 하면 약한 것이다. 너무 결벽하다는 것과 감정을 꾸미는 것이 서툴다는 단점이 있기는 하지만, 감정적으로 굴기는 해도 어찌 된 것인지 이유를 듣지도 않겠다고 귀를 막는 것은 아니기에 그런 근성이 전사들의 지지를 받고 있다.

지금은 아직 젊지만 경험을 쌓으면 자신보다 훨씬 좋은 왕이 될 것이라고, 구스타프 왕은 그렇게 확신하고 있다. 문제는 과연 그럴 시간이 있을까 하는 점인데, 이것만은 구스타프 왕도 어찌할 수 없는 일이기에 그저 기도나 하는 수밖에 없다.

그 자리에서 '겁을 먹었다' '겁을 먹지 않았다'는 이야기가 오간 탓에 에리크 왕자 혼자서 카파 왕국에 가게 돼 버렸지만 그 자체는 위험하지 않을 거라고, 구스타프 왕은 그렇게 낙관하고 있다.

카파 왕국은 위험한 대륙 간 항행 선박에 몇 안 되는 왕족을 태워서 보낼 정도로 웁살라 왕국과의 대륙 간 무역에 적극적인 나라다. 카파 왕국 쪽에도 먼저 기별을 보낸다고 했으니 에리크 왕자가 상당히 무례한 짓을 하지만 않으면 빈객으로서 정중하게 대해 줄 것이다.

하지만 단 하나, 그것을 실패하면 모든 것이 끝장나 버리는 문제가 있다.

구스타프 왕은 약간 굳은 표정으로 그 문제에 대해 말했다.

"그래서, 문제는 병행해서 행해지는 젠지로 폐하의 '성인의 증거'겠지. 동행자에 신중을 기할 필요가 있다."

웁살라 왕국을 포함한 북방 제국에서 행하는 '성인의 증거'. 그것은 열 명도 안 되는 적은 인원으로 산, 또는 바다에 가서 일정 이상의 큰 사냥감을 잡아 돌아오는 것이다.

산이라면 최소한 사슴을 시작으로 순록, 늑대, 멧돼지, 곰 등. 바다라면 바다표범, 바다사자, 바다코끼리 등을 잡아야 한다.

이것은 영토 대부분이 눈으로 뒤덮여서 농경의 발달이 늦어진 문화이기 때문에 한 집의 가장인 성인 남성에게는 최소한 사냥꾼 또는 어부로서의 실력이 요구된다는 것에서 유래된 풍습이라는 것 같다.

물론 지금까지는 전업과 겸업을 합해도 사냥꾼, 어부 노릇을 해서 먹고사는 이는 그렇게 많지 않지만, 그 풍습은 아직까지도 깊이 뿌리내리고 있다.

쇠를 벼리는 대장장이도, 부모의 술집을 물려받은 점주도, 대학에서 일하는 강사조차도, 젊은 시절에는 산이나 바다에서 '성인의 증거'를 치렀다.

"하긴, 정말로 '성인의 증거'를 행하는 젊은이들 무리 속에 끼워 넣을 수는 없겠군요. 젊은이들이 감당할 수 없을 만큼 거치적거리는 존재일 테니."

씁쓸하게 웃는 에리크 왕자의 말에 구스타프 왕은 '역시 모르는 것인가'라는 것처럼 두 손으로 머리를 감쌌다.

'성인의 증거'는 원래 이제 곧 '성인의 증거'를 행하려는 자, 즉 미성년자 여러 명이 같이 도전하는 것이 일반적인데, 시간이 흐르면서 이미 성인이 된 자의 동행이 허락되었다.

지금에 와서는 본인이 무력으로 출세할 생각이 없고 집안에 충분한 재력이 있는 경우 등에는 본인을 제외한 다른 사람들을 전부 숙련된 사냥꾼으로 구성된 말도 안 되는 편성으로 '성인의 증거'를 치르는 이도 적지 않다. 물론 정말로 사냥꾼, 어부가 되려는 자, 또는 그 뒤에 '전사의 증거'를 치러서 전사가 될 생각이 있는 자는 그런 방법을 사용하지 않지만.

일반적으로 왕족, 고위 귀족일수록 전사의 기질이 강한 탓에 왕국 중추에 가까이 가면 갈수록 예로부터 전해져 내려온 방식대로의 '성인의 증거'를 행하게 되는데, 구스타프 왕은 젠지로에게 그 방식을 강요하는 것이 불가능하다는 것을 알고 있었다.

"그런 이야기가 아니다. 젠지로 폐하께는 가능한 빨리 '성인의 증거'를 치르시도록 해야만 한다. 최악의 경우에 '성인의 증거'를 치르는 데 실패한다고 해도 무사히 돌아오시게 해야만 한다."

구스타프 왕의 말을 듣고도 상황을 이해하지 못한 에리크 왕자는 불만을 감추지도 않고 콧방귀를 뀌었다.

"타국의 귀인이고 향후 관계를 생각하면 폐하께서 신경을 쓰시는 것도 이해할 수 있습니다만, 그렇게까지 할 필요가 있을까요? '성인의 증거'에서 다치거나 목숨을 잃는다고 해도 그것은 본인의 실력, 운의 문제가 아닙니까."

"그런 문제가 아니다. 우리나라로서는 너라는 사내를 잃을 수는 없다."

"예? 저를 말입니까?"

아직도 의미를 이해하지 못하는 아들에게 구스타프 왕은 잘 타이르는 것처럼 설명했다.

"젠지로 폐하의 선언을 못 들었느냐? 젠지로 폐하는 이렇게 말했다. '에리크 전하를 보낸 뒤에 저도 '성인의 증거'의 시련에 도전하겠습니다'라고. 즉, 젠지로 폐하가 '성인의 증거'에 도전하는 동안 너는 남대륙에 있게 된다. 젠지로 폐하께 만에 하나의 일이 벌어질 경우 넌 어떻게 돌아올 것이냐?"

"······아?"

거기까지 들은 뒤에야 에리크 왕자도 젠지로의 발언에 담긴 의미를 겨우 이해했다.

젠지로가 무사히 돌아오지 못하면 자신도 남대륙에서 돌아올 수 없다는, 그런 너무나 간단한 사실을.

"허, 하나, 그것이 혈통 마법이라면 카파 왕국에도 같은 마법을 쓰는 자가 있지 않겠습니까. 최소한, 여왕 아우라라는 인물이 사용할 것입니다."

"잊었느냐, 에리크. 젠지로 폐하는 '순간이동'에 대해서 '자신이 방문한 적이 있는 곳으로 사람이나 물건을 순식간에 보낼 수 있는 마법'이라고 했다. 카파 왕국에 '순간이동'을 사용하는 자가 몇 명이나 있는지는 모르겠지만 웁살라 왕국, 아니, 북대륙에 와 본 적이 있는 '순간이동' 사용자는 틀림없이 젠지로 폐하 한 사람뿐이다."

"············."

모든 것을 이해한 에리크 왕자의 얼굴에서 표정이 사라졌다. 그 얼굴에 분노라는 표정이 돌아왔을 때 구스타프 왕이 바로 못을 박았다.

"쓸데없는 짓은 벌이지 마라. 너는 장래에 왕이 될 몸이다. 감정에 몸을 맡기고 죽음을 선택할 자유는 없다."

"……예."

에리크 왕자는 벌레라도 씹은 표정으로 고개를 끄덕였다. 에리크 왕자가 카파 왕국에서 돌아오지 않을 각오만 한다면 젠지로에게 한 방 먹일 수도 있다. 하지만 그렇게 해서 얻을 수 있는 것은 '한 방 먹였다'는 만족감뿐. 젠지로를 잃은 카파 왕국이 에리크 왕자의 목숨을 빼앗지 않을 이유가 없다.

결과적으로 웁살라 왕국도 카파 왕국도 소중한 왕족을 잃게 되는, 양쪽 모두가 큰 손해를 보고 그 누구도 득을 보지 않는 결과가 된다. 그런 것을 허락할 만큼 구스타프는 아들에게 관대한 아버지가 아니었다.

"젠지로 폐하께서 돌아가시는 건 말도 안 되는 일이고, '성인의 증거'를 행하는 데 너무 많은 시간을 들이는 것도 바람직한 일이 아니다. 젠지로 폐하가 '성인의 증거'에 도전하고 성취하는 데 걸리는 시간이 네가 카파 왕국에 주재하는 시간이 되는 것이니까."

문제라면 원칙적으로 '성인의 증거'에는 시간제한이 없다. 증명에 필요한 사냥감을 발견하지 못하면 며칠이고 몇 달이고 버티는 것도 허락된다. 젠지로가 그런 행동에 나섰을 경우, 그것은 그대로 에리크 왕자가 카파 왕국에 묶여 있는 시간이 돼 버린다. 그다지 바람직한 사태는 아니다.

"게다가 '기사단'과 공화국 사이에 전쟁이 벌어진다. 그것도 지금까지는 규모가 전혀 다른 큰 전쟁이다."

"확실한 일입니까?"

전쟁이라는 말에 에리크 왕자가 큰 반응을 보였다. 그것은 굳이 따지자면 희색에 가까운 반응이다. 싸움을 마다하지 않는 용맹함은 믿음직하기도 하지만, 싸움을 마다하지 않는 가치관은 다음 왕이 될 자에게는 조금 불안한 구석이기도 하다.

"확실하다. '기사단'과 공화국. 바다 건너, 설산 너머의 일이기는 하지만, 굳이 따지자면 이웃 나라의 일이기도 하지. 프레야가 공화국에서 안나 왕녀의 손에 놀아난 일도 있다. 일단 우리에게까지 불똥이 튀는 일은 없겠지만, 그래도 대비는 해야겠지. 그래서 네가 너무 오랫동안 나라를 비우면 곤란하다."

"예."

에리크 왕자의 대답에서는 강한 패기가 느껴졌다. 실제로 전투 지휘관으로서의 에리크 왕자는 상당히 믿음직한 존재다. 일단 전쟁이 가까워질 때 나라에 없으면 문제가 될 만큼은.

"그러기 위해서라도 젠지로 폐하의 '성인의 증거'는 가능한 빨리 성취했으면 한다. 그렇게 되면 같이 할 이들의 인선이 중요해지지. 에리크, 넌 누구를 추천하느냐?"

구스타프 왕이 그렇게 묻자 에리크 왕자는 생각에 잠겼다.

"뛰어난 전사, 뛰어난 사냥꾼은 짚이는 이들이 여럿 있습니다. 그 중에는 감히 말씀드리지만, 제가 명령만 하면 목숨을 바쳐서라도 명령을 실행할 정도로 충성을 맹세한 자도 있습니다. 그자들을 같이 보내면 호위 대상이 다치게 두지는 않을 것입니다. 하지만 '성인의 증거'에서는 최종적으로 혼자서 사냥감을 해치워야 합니다. 제아무리 유능한 동행자가 지켜 준다고 해도 솔직히 그 사내가 증거를 보이리라고는 생각하지 않습니다."

딱 자르는 듯한 에리크 왕자의 말은 젠지로에 대한 적개심에서가 아니라 순수하게 그의 능력을 간파한 결과에서 나온 걱정이었다.

에리크 왕자 정도의 전사라면 대상의 체격, 자세, 그리고 걷는 모습을 통해서 전투에 경험이 있는지 아닌지 정도는 구별할 수 있다. 그래서 단언할 수 있다. 젠지로는 완전히 초보자, 그야말로 여자나 어린애 수준이라고.

아무리 실력 있는 자들이 주위에서 도와줘도, 정작 본인이 실력이 없으면 '성인의 증거'를 완수하기 힘들다. 조언은 허락되지만, 사냥감은 다른 이의 도움 없이 스스로 해치워야만 하기 때문에.

함정을 사용하는 것도 허락되지만, 그 함정도 어디까지나 본인이 설치해야만 한다. 호위가 설치한 함정에 걸린 사냥감을 멀리서 창으로 한 번 푹 찔러서 해치웠습니다, 같은 행위는 지금에 와서도 인정되지 않는다.

지금은 아직 봄. 웁살라의 산 대부분은 눈에 덮여 있다. 무기와 함정, 산에서 묵을 때에 대비한 침낭 등의 도구도 직접 운반해야만 한다. 솔직히, 에리크 왕자는 젠지로라는 사내가 달성 가능한 시련이라고는 생각하지 않았다.

"그렇군. 이쪽으로서도 어떻게든 젠지로 폐하가 '성인의 증거'를 완수했으면 싶은데, 무리일 경우도 상정해 둘 필요가 있겠지."

"아버님께서는 프레야를 그자에게 시집보내는 데 찬성하시는 겁니까?"

뻔뻔할 정도로 솔직하게 묻는 아들의 말에 왕은 씁쓸한 미소를 감추지 못했다.

"적어도 반대는 하지 않는다. 나라의 체면만 차릴 수 있으면 충분히 있을 수 있는 '거래'다. 프레야가 내 사랑하는 딸이라는 것은 틀림없지만, 왕가의 입장에서 봤을 때는 대체할 자가 없는 존재까지는 아니다. 아직 어리기는 하지만 게르다와 힐다가 있다. 대체할 자가 없는 건 너 하나 정도다."

목소리에는 아버지로서의 애정이 담겨 있지만, 말하는 내용은 냉철한 위정자의 것이었다. 구스타프 왕은 세 명의 아내에게서 아들 셋에 딸 셋, 합해서 여섯 명의 자식을 얻었다. 자식들의 혼인에 정치가 관여하고 국익에 도움이 되는지 아닌지에 따라서 판단하는 것은 왕가에 태어난 이상 피할 수 없는 일이다.

"저 또한 대륙 간 무역의 중요성은 이해하고 있다고 생각합니다. 하지만, 우리나라의 제1 왕녀가 남대륙 국서의 측실이 되는 것은 남 보기에 좋지가 않습니다. 그리고 프레야에게는 더 행복해질 수 있는 미래가 있어도 된다고 봅니다."

젠지로가 들으면 또 귀찮은 일이 벌어질 것 같은 말이지만, 에리크 왕자로서는 진심에서 우러나온 말이었다. 왕녀로서 주위로부터 축복받는 결혼을 하게 돕는 것이 프레야 공주의 행복이라고, 에리크 왕자는 그렇게 믿어 의심치 않는다.

"뭐, 그렇겠지."

짧게 대답한 구스타프 왕도 그 가치관은 공유하고 있다. 다른 것은 프레야 공주의 진심이 평범하게 행복한 결혼보다 젠지로의 측실이 되는 쪽으로 기울어 있다는 점이다.

하지만 그것을 알고 있다고 해도 개인적 감정이라는 측면에서는 프레야 공주의 뜻을 존중해주기가 힘들다. 딸이 진심으로 자칭 뮤지션이나 자칭 코미디언과 결혼하겠다는 뜻을 이해하기는 해도 그것을 진심으로 축복할 수 있는 부모가 없는 것과 마찬가지다. 본인이 강하게 희망한다고 해도 상식적으로 생각해 봤을 때 절대로 행복해질 수 없을 것 같은 결혼을 응원해 주는 부모형제는 상당히 소수라고 봐야 할 것이다.

하지만 구스타프는 아버지이기 이전에 왕이었다.

"미리 말해 두는데, 카파 왕국과의 대륙 간 무역은 원칙적으로 결정된 사항이라고 생각해라. 젠지로 폐하와 프레야의 혼인에 반대하는 것은 상관없지만, 그것 때문에 대륙 간 무역 체결에 악영향이 미치지 않는 범위 안에서만 해라."

"……알겠습니다."

어쨌거나 부왕의 판단을 신뢰하는 에리크 왕자는 자신의 감정을 죽이고서 대답했다.

"하지만, 이대로 가면 체면이 서지 않는다는 네 걱정도 정곡을 찌르는 것이다. 그 문제를 해결하기 위해서 손을 써야겠지. 젠지로 폐하에게 '성인의 증거'를 행하게 하는 것도 유효한 수단이기는 하다. 그것만 가지고는 부족하지만."

국서 젠지로에게 제1 왕녀 프레야가 측실로 들어간다. 그 이야기만 들으면 아무래도 카파 왕국이 위고 웁살라 왕국이 아래인 것처럼 보이는 혼인 외교다. 그래서 그 차이를 메우기 위해서 카파 왕국과 젠지로에게 고생을 하게 만든다. 그것도 최대한 주위에서 알아보기 쉬운 형태로.

그런 의미에서 봤을 때 '성인의 증거'를 치르게 하는 것은 알기 쉬운 방법이다. 보통 왕가의 혼인 외교에서 딸을 다른 나라에서 보낼 때는 북대륙 북부만의 풍습인 '성인의 증거'를 요구하지 않는다. 그것을 받아들인 것만으로도 젠지로가 이 혼인을 위해 노력하고 있다고 볼 수 있겠지.

"그렇다면 그 나약한 분이 '이제 됐다. 발언을 철회하겠다'고 말하도록 만들겠습니다. 물론 몸에는 흠집 하나 내지 않겠지만."

투지가 이글이글 불타오르는 아들의 발언에 구스타프 왕은 한숨을 쉬면서 "너무 심하게 하지는 마라." 라고 말할 뿐이었다.

에리크 왕자가 방에서 나간 조금 뒤, 구스타프 왕의 개인실에 다음 방문자가 찾아왔다.

"부르셨습니까? 아버님."

웁살라 왕국 제2 왕자 웡비다. 마법을 이용해서 프레야 공주를 남성으로 만들면 이렇게 되지 않을까? 그렇게 보일 정도로 많이 닮은 웡비 왕자는 프레야 공주의 쌍둥이 동생이고, 특히 머리카락의 은색과 눈동자의 하늘색이 완전히 똑같다. 게다가 구스타프 왕을 고민하게 만드는 점이 있는데, 웡비 왕자는 정신적인 면에 있어서도 프레야 공주와 닮은 부분이 많이 보였다.

하지만 지금은 그런, 조금이라도 프레야 공주에 가까운 사람의 의견이 귀중한 상황이다.

"네 판단을 듣고 싶다. 귀국한 뒤에 프레야와 둘이서 이야기를 나눠 봤느냐?"

부왕의 말에 은발의 제2왕자는 고개를 살짝 저었다.

"아니요, 아쉽게도. '황금나뭇잎호'의 선원에게 간단한 이야기는 들었지만, 프레야하고는 아직 이야기를 나누지 못했습니다."

윙비 왕자의 말은 사실이다. 윙비 왕자와 프레야 공주는 웁살라 왕가에서도 특히 사이가 좋은 관계지만, 지금은 양쪽 모두 성인식을 치른 왕족이다.

한 날 한 시에 태어난 왕자와 왕녀라고 해도 성인이 되고 나면 간단히 만나러 갈 수도 없다. 서로 옷을 바꿔 입고 주위 사람들을 속이면서 놀던 어릴 적과는 다르다.

예상이 조금 빗나가기는 했지만, 그래도 구스타프 왕은 일단 이야기를 계속했다.

"그러냐. 그렇다면 최대한 빨리 만나 보도록 해라. 아니면 내가 손을 쓰도록 하겠다."

"알겠습니다, 아버님."

구스타프 왕은 여유 있는 미소를 지은 윙비 왕자에게 조금 샘이 났다. 윙비 왕자에게 프레야 공주와 이야기를 나누는 일은 순수하게 즐거운 일이다. 딸로서 사랑하고 있다는 확신이 있으면서도 프레야 공주로부터 면회 신청이 들어올 때마다 뱃속 깊은 곳에서 뭔가 묵직한 기분을 느끼는 구스타프 왕으로서는 솔직히 말해서 부러

웠다.

하지만, 그렇기 때문에 이 제2 왕자는 프레야 공주와의 '통역' 담당으로서 유효했다.

"솔직한 의견을 말해라. 너는 프레야가 측실로 들어가는 것을 어떻게 생각하느냐?"

"좋지요. 이렇게까지 삼자 모두에게 바람직한 정략결혼도 솔직히 보기 드물다고 생각합니다만."

부왕의 말에 제2 왕자는 확신을 갖고 그렇게 대답했다.

삼자 모두. 카파 왕가, 웁살라 왕가, 그리고 프레야 공주 개인을 말한다. 유일하게 무시한 것은 또 한 사람의 당사자인 젠지로인데, 그것은 웡비 왕자가 알 바 아니다. 국익이라면 또 모를까, 개인의 심정 따위는 알지도 못하니까. 침식을 함께한 가족이라면 이야기가 다르겠지만.

"프레야에게 바람직한 혼인이란 말인가. 그것이 한 때의 변덕은 아닐까?"

구스타프 왕이 그렇게 물은 것은 순간적으로 격해진 감정이 때때로 나중에 기나긴 후회를 불러온다는 것을 알고 있기 때문이다.

"아니다, 라고 딱 잘라 말할 수는 없습니다. 하지만 확실하게 말할 수 있는 것은 제가 알고 있는 한 프레야의 가치관은 어릴 적부터 지금까지 단 한 번도 흔들린 적이 없습니다. 그 가치관에 비추어 생각해 보면 이번에 측실로 들어가는 것은 바라지도 않았던 행복이라고밖에 말할 수 없는 일입니다. 아버님과 형님이 생각하는 행복한 결혼이란 프레야에게는 왕족으로서 치러야만 하는 의무일 뿐입니다."

진지하게 딸의 행복을 위해 고민하고 있었다고 생각했던 구스타프 왕은 제2 왕자의 신랄한 평가를 듣고서 한숨을 쉬었다.

"행복이 아니라 의무, 인가."

가치관이 그렇게까지 다르면 피를 나눈 딸이라고 해도 이해하는 것을 포기하고 싶어진다.

"그렇게 모두에게 좋은 일로 만들기에는 우리나라의 평판이라는 문제가 있다. 우리나라의 제1 왕녀가 남대륙 국가 국서의 측실이 된다는 문제는 어찌 생각하느냐?"

그쪽 문제에 대해서도 윙비 문제는 바로 대답했다.

"그것이야말로 신경 쓸 필요가 없는 일이겠죠. 원래 '교회'의 세력권은 정령 신앙 국가인 우리 북방 제국을 얕보고 있습니다. 예외는 즈워타 보르노시치 귀족제 공화국 정도가 아니던가요."

윙비 왕자의 말이 사실이기는 하지만, 동시에 국제사회에 대한 이해가 부족한 젊은이의 경솔한 발언인 것도 사실이었다.

"그렇기 때문이다, 윙비. 그렇기 때문이 우리나라는 '교회'의 국가들에게 더 이상 얕보여서는 안 된다. 짜증이 나지만 놈들과의 교역이 없이는 나라가 성립되지 않으니까."

정확히 말하자면 나라가 성립되지 않는 정도는 아니다. 같은 정령 신앙 국가들인 북방 제국과의 교역만으로도 당분간은 지금의 국력을 유지할 수 있을 것이다. 하지만 지금의 북대륙은 크나큰 기술 혁신, 경제관 확대가 한창인 상황이다. 주변 제국들이 폭발적으로 성장하고 있는데도 현상 유지만 하는 것은 상대적인 국력의 약체

화를 뜻한다.

하지만 그런 부왕의 말에 윙비 왕자가 반론했다.

"그렇기 때문에, 그렇기 때문입니다, 아버님. 이 기회에 '교회' 제국의 영향권에서 빠져나오는 것입니다. 남대륙과의 직접 교역에는 그것을 이룰 만큼의 잠재능력이 있으니까요. 신형 대형 범선이라면 항로만 확립하면 우리나라에서 카파 왕국까지 다른 항구를 경유하지 않는 직접 무역이 가능해지는 것도 그렇게 먼 미래의 일이 아니겠죠. 게다가 카파 왕국 왕가는 '순간이동'이 가능하다고 합니다. 아무래도 '순간이동'으로 무역을 성립시킬 수는 없겠지만, 담당자나 서류 등은 안전하게, 빠르게 주고받을 수 있습니다. 게다가 카파 왕국에는 발렌티아라고 하는 대형 범선이 그대로 입항할 수 있는 항구가 존재한다고 합니다. 그런데도 현재 북대륙과의 직접 무역을 행하지 않는 남대륙에서도 손꼽히는 대국. 이런 조건을 갖춘 국가와의 무역을 놓치는 것은 그야말로 바보짓입니다."

이야기하는 사이에 점점 뜨거워졌는지 마지막에는 자리에서 일어나서 꽤나 큰 목소리로 윙비 왕자는 그렇게 단언했다.

분명히 조건들만 늘어놓고 본다면 카파 왕국은 무역 상대로서 최선이라는 평가를 뛰어넘을 수준이다. 어떤 의미에서는 이 은발 왕자는 새로운 시대의 조짐을 누구보다 민감하게 느끼고 있는 것인지도 모른다.

"그것을 위해서라면 일시적인 국력 저하조차 사소한 일이라는 말이냐. 무슨 말인지는 알겠다. 하지만, 나로서는 할 수 없는 판단이구나."

"그렇다면 가까운 시일 내에 제게 옥좌를 물려주십시오. 그렇군요, 제 스무 살 생일 정도면 딱 좋지 않을까요?"

프레야 공주와 너무나 닮은 그 얼굴에 프레야 공주와 너무나 닮은 미소를 지었다. 하지만 그 하늘색 눈동자가 바라보는 대상은 다른 것이었다. 프레야 공주는 자신의 자유와 미지의 탐구를 보고 있지만, 윙비 왕자는 자국의 옥좌와 번영을 보고 있다.

"10년은 이르다. 지금의 너에게는 뒷일이 두려워서라도 옥좌를 물려줄 수 없다. 순서대로 보자면 네가 다음 웁살라 왕이 되는 것은 분명한 일이지만, 그렇다고 절대적인 것은 아니다. 옥좌가 탐난다면 너 자신을 갈고닦아라."

"알겠습니다, 폐하."
부왕의 말에 제2 왕자는 천진난만하게 보이는 미소를 지었다.

두 아들을 연속으로 만난 구스타프 왕은 한숨을 쉬었다.
"성인이 된 아들은 둘 다 쓸 만한 구석이 있다. 이보다 더 바라는 것은 욕심이려나."
알고는 있지만, 부모로서는 어쩔 수 없이 자식의 단점이 눈에 들어온다.
에리크 제1 왕자는 무인의 사고에 너무 사로잡혀서 시야가 좁다.

윙비 제2 왕자는 야심이 너무 강해서 나라의 성장을 너무 서두를 것만 같은 위태로운 구석이 있고.

구스타프 왕 자신도 아직 50대다. 앞으로 10년은 자신이 나라를 이끌 각오를 해 둬야겠지. 그렇게 되면 카파 왕국과의 대륙 간 무역을 성립시키는 것도 자신이 할 일이다. 각오를 다진 구스타프 왕은 초인종을 울려서 측근을 불렀다.

"부르셨습니까?"

"젠지로 폐하에게 기별을 해라. 내일, 다른 이들 없이 둘이서만 이야기를 하고 싶다. 그렇게."

"알겠사옵니다."

구스타프 왕은 의자에 깊이 몸을 묻은 채 눈을 감고 젠지로라는 남자에 대해 생각했다.

전사들의 가치관을 기준으로 보자면 한심하고 미덥지 못하다는 이유로 내쳐 버릴 부류의 사내다. 하지만, 그런 사내가 그 자리에서 에리크 왕자를 함정에 빠트리고 교섭을 성립시켰다.

그리고 조금 전에 에리크의 반응을 보면 젠지로에게 화가 난 것과 동시에 질 수 없다는 의욕을 자극받았다. 조금만 다르게 생각해 보면 에리크 왕자가 젠지로라는 사내를 '대등한 대전 상대'로 인정했다고 할 수 있다. 구스타프 왕은 좋은 방향의 변화라고 생각했다.

"뭔가 한 수가 더 필요하군. 에리크만이 아니라 그 주위에 있는 전사들한테도 한 방 먹여 준다면 정말 고맙겠는데 말이야."

방에서 나가는 측근의 뒷모습을 바라보며 구스타프 왕은 그렇게 중얼거렸다.

[제2장] 성인의 증거

며칠 후. 에리크 왕자를 '순간이동'으로 카파 왕국에 보내는 날이 왔다.

에리크 왕자가 카파 왕국에 가는 것이 정해진 그 날, 젠지로는 시녀 한 명에게 서신을 들려서 카파 왕국의 석실로 보냈다. 그러니까, 확인할 방법은 없지만 여왕 아우라를 비롯한 카파 왕국 측에 그 이야기가 전해졌을 것이다.

오늘 오후, 에리크 왕자가 '순간이동'으로 카파 왕국에 가고, 내일 젠지로가 '성인의 증거'를 치르기 위해 산으로 갈 예정이다.

'성인의 증거'. 산이나 바다로 가고, 거기서 '증거'로 인정되는 사냥감을 해치우는 것이다. 옛날에는 미성년자들끼리만 치르는 의식이었다고 하지만, 지금은 전문가가 동행하는 것도 인정되고 있다. 단, 동행자는 조언은 할 수 있어도 직접 도울 수는 없다. 동행자의 도움을 받으면 그 시점에서 일단 실패한 것으로 간주된다. 지금까지 해치운 사냥감 중에서 가장 큰 것이 어린 시절에 잡았던 투구벌레나 개구리뿐인 젠지로한테는 너무 힘든 일이다.

에리크 왕자가 기다리는 방으로 가는 복도를 걸어가며 프레야 공주가 걱정된다는 것처럼 젠지로에게 물었다.

"젠지로 폐하. 정말로 스카디가 같이 가지 않아도 되겠습니까?"

동행자로서, 능력 면에서도 인격 면에서도 프레야 공주가 가장 신뢰하는 여전사 스카디를 추천했지만, 젠지로는 '모든 인선은 에리크 전하에게 맡긴다'고 말하면서 그 제안을 거절했다.

　당연하다는 것처럼 자신도 따라갈 생각이었던 기사 나탈리오도 젠지로의 결정에 상당히 강하게 이의를 제기했지만, 결국 젠지로는 오늘까지 그 의견을 굽히지 않았다.

　여전사 스카디는 몰라도 기사 나탈리오까지 데리고 가지 않는 것은 아쉽게도 당연한 결정이라고 할 수 있다.

　계절은 아직 봄. 젠지로가 '성인의 증거'를 치르기 위해 향하게 될 산에는 아직 곳곳에 눈이 남아 있고, 밤에는 기온도 상당히 떨어진다.

　전투력과 체력이 젠지로보다 압도적으로 뛰어난 기사 나탈리오라고 해도 그런 조건이 되면 젠지로보다 더 거치적거리는 존재가 될 지도 모른다. 젠지로는 고등학교 때까지 지냈던 고향에서 어느 정도 눈에 익숙했다. 스키도 그럭저럭 탈 수 있을 정도로.

　뭐, 그래 봤자 현대의 고성능 스키 슈즈와 카빙 스키를 사용했을 때의 이야기고, 이쪽 세계의 가늘고 긴 나무판자에 밀랍을 바른 게 고작인 스키로 설산에 도전할 배짱은 없지만.

　'괜찮으시다면 가르쳐 드리겠습니다'라고, 스키의 명수이기도 한 여전사 스카디가 제안했으니까 나중에 이쪽 세계의 스키를 즐기는 것도 재미있을지 모른다. 물론 그게 지금은 아니지만.

　"괜찮습니다. 어설픈 지혜라고 할 수도 있겠지만, 일단 생각해 둔 것이 있습니다. 그러기 위해서는 오히려 순수한 제 편이 한 사람도 없는 쪽이 좋고요."

"그것은, 며칠 전에 아버님과의 회담에서 영향을 받고 하시는 말씀인가요?"

며칠 전의 회담. 그것은 젠지로의 '성인의 증거' 도전과 에리크 왕자가 카파 왕국으로 가는 것이 정해진 다음날의 일이다.

'다른 사람 없이, 둘이서만 이야기하고 싶다'고 했기 때문에 그야말로 호위 기사나 시녀들도 대동하지 않고 단 둘이서만 이야기하는 자리를 마련했다. 이야기의 내용은 구스타프 왕이 작은 부탁을 했고, 그 부탁을 무사히 성취했을 때는 프레야 공주가 측실로 들어가는 것을 내부적으로 결정할 수도 있다는 언질이었다.

예상보다 빠른 전개에 젠지로는 놀라움을 감추지 못했지만, 동시에 바라 마지않던 일이기도 했다. 문제는 그 부탁이라는 것이 조금 어려운 것이라는 점인데, 그것도 하룻밤 생각한 결과 승산이 있을 것 같은 작전을 하나 떠올렸다.

일국의 왕이 굳이 측근부터 호위까지 물리고서 제안한 밀담이다. 굳이 말할 필요도 없이 거기서 나눈 이야기는 절대 비밀이기 때문에 프레야 공주의 물음에도 대답할 수가 없다.

대답이 없으리라는 건 처음부터 예상했겠지. 프레야 공주는 대답을 재촉하지 않고, 그 대신 젠지로의 표정을 꼼꼼하게 관찰하는 시선이 느껴졌다.

그 대신 입을 연 사람은 프레야 공주 뒤에 있던 여전사 스카디였다.

"정말로, 짐은 그것으로 충분하시겠습니까?"

젠지로의 출발일은 내일이다. 짐은 이미 다 싸 뒀고. 눈이 남아 있는 산에서 사냥하기 위한 도구를 젠지로가 알 턱이 없기 때문에 사냥꾼으로서도 훌륭한 실력을 지녔다는 여전사 스카디가 준비해 줬는데, 젠지로는 스카디가 '최소한 이 정도는 반드시 필요'하다고 한 것에서 짐을 더 줄여 버렸다.

그래서 스카디가 걱정하는 것도 당연한 일인데, 사실 젠지로에게는 스카디가 말한 '최소한 이 정도는 반드시 필요'세트를 전부 지니고 운반할 체력이 없다.

"상관없어. 스카디 공이 필요하다고 했으니까 정말로 필요하겠지만, 나한텐 그걸 다룰 기량이 없으니까. 그걸 운반할 체력도."

"하다못해 활이나 창 중에 하나만이라도 가지고 가시면 안 되겠습니까? 『성인의 증거』에서는 동행자의 물건을 사용한 시점에서 실격이 됩니다만?"

젠지로가 제일 먼저 '필요 없다'고 버린 것이 그 두 가지였다. 이유는 아주 간단한데, 양쪽 모두 젠지로가 전혀 다루지 못하기 때문이다. 활은 화살을 제대로 날리는 데만도 몇 달이나 되는 시간이 필요한 실정이고, 창은 군이 말할 필요도 없다.

곰이나 멧돼지는 물론이고 사슴이라고 해도 젠지로는 창으로 찌를 수 있는 거리까지 다가갈 용기가 없다. 그 대신에 젠지로가 챙긴 것이 각종 덫이다.

"덫사냥은 활이나 창보다도 경험이 필요하다고 합니다만."

스카디가 떨떠름한 얼굴로 말했는데, 그것은 사실이다. 짐승이 지나가는 길을 간파하고 짐승의 오감을 속이면서 짐승의 지혜를 뛰어넘는 덫을 설치해야만 사냥감을 잡을 수 있다. 하지만 덫사냥에는 실패해도 이쪽에 피해가 없다는 메리트가 있다.

"그래, 밑져야 본전이라는 생각이니까. 할 수 있는 데까지 해 봐야지."

젠지로는 속편한 말투로 대답했다.

"그렇습니까."

사냥감을 해치우지 못하면 『성인의 증거』는 완수할 수 없다. 활도 창도 없고 함정도 '밑져야 본전'이라는 생각이면 『성인의 증거』를 완수할 가능성이 없는 게 아닐까.

여전사 스카디는 슬쩍, 자기 주인인 프레야 공주 쪽으로 시선을 돌렸는데, 프레야 공주는 그저 조용히 미소만 짓고 있을 뿐이었다.

젠지로가 『성인의 증거』를 완수하지 못하면 프레야 공주의 비원인 측실이 되는 것도 이룰 수 없다. 프레야 공주 입장에서는 '밑져야 본전'이면 곤란하지만 아무리 그래도 더 이상 젠지로의 부담을 늘리는 제안을 할 수는 없다.

원래 카파 왕국도 웁살라 왕국도 대륙 간 무역을 바라고 있다. 구스타프 왕이 말한 대로 웁살라 왕국 고위 귀족의 딸을 측실로 보낸다면 이야기가 더 간단하게 진행되고, 경우에 따라서는 혼인 외교 없이 무역을 체결해도 된다.

이야기를 복잡하게 만든 것은 거기에 자신의 바람을 억지로 끼워 넣은 프레야 공주 본인이다. 그래서 프레야 공주는 젠지로의 부담을 더 이상 늘리지 않을 생각이다. 하지만, 자신의 꿈을 포기할 생각도 없다.

"스카디. 윙비와 연락하고 싶어. 최대한 빨리 준비해 줘."

프레야 공주는 옆에서 걷고 있는 심복 여전사에게만 들리게 아주 작은 목소리로 말했다.

젠지로 일행이 도착했을 때, 에리크 왕자 일행은 이미 약속 장소에서 기다리고 있었다.

"이거이거, 기다리시게 했군요, 에리크 전하."

약속 시간까지 아직 10분이나 남았지만, 일단은 상대가 먼저 와서 기다렸기에 젠지로는 그렇게 말을 꺼냈다.

"아니, 그렇게 오래 기다리지는 않았소, 젠지로 폐하."

에리크 왕자도 한 손을 들고 거만하게 받아 넘겼다. 이런 부분은 남대륙이건 북대륙이건 크게 다르지 않은 것 같다.

인사를 마친 뒤에 젠지로는 그제야 에리크 왕자의 차림새를 확인해 봤다.

에리크 왕자의 모습을 한 마디로 표시하자면 '열심히 꾸민 무장(武裝)'이었다. 생김새는 호화롭지만 갑옷이나 허리에 차고 있는 칼이나 분명히 실제 사용을 전제로 만든 것이다. 갑옷은 선명한 색으로 꾸며 놓기는 했어도 무겁고 튼튼한 강철과 부드럽고 유연한 짐승 가죽의 이중 구조. 칼은 칼집과 칼자루 끝에 보석이 박혀 있기는 하지만, 정작 중요한 칼자루는 생김새를 도외시하고 미끄러짐을 방지하기 위함인 듯 투박한 상어 가죽을 둘러 났다.

조금 살벌한 차림새이기는 하지만 웁살라 왕국의 왕족 남성의 정장은 무장이라고 들었는데, 아무래도 사실인 것 같다. 카파 왕국의 파티에서 스카디가 입었던 군복도 있는 것 같지만 그건 굳이 따지자면 약식 정장, 젠지로의 제3정장 같은 것이라고 했다. 뭐, 그게 거짓말이라고 해도 아무것도 모르는 나라에 혼자서 가게 된 사람에게 비무장으로 가라는 말을 할 수도 없으니까.

무장 외에 에리크 왕자가 소지한 것은 아름다운 파란 천으로 감싼 가늘고 긴 봉 모양의 물건 뿐이다. 선물로 준비한 보검이라는 것 같다. 어쩌면 에리크 왕자가 허리에 차고 있는 것보다 뛰어난 보검이자 실용 검일지도 모른다. 웁살라 왕국의 제철 기술은 카파 왕국보다 명확하게 뛰어나니까 틀림없는 가치 있는 선물이 되겠지.

"기별도 보내 뒀으니까 에리크 전하는 빈객으로 대우받을 것입니다. 불편한 일은 없을 겁니다."

젠지로는 불편하게 하는 일은 없을 것이다, 라는 말이 튀어나오려고 했지만 재빨리 삼키고 불편한 일은 없을 거라고 바꿔서 말했다. 정보가 일방통행이기 때문에 딱 잘라서 말하는 게 두렵기는 하지만, 이번 일의 책임자는 젠지로다. 애매한 말은 용납되지 않는다.

"그래, 신뢰하겠다."

에리크 왕자는 거만하게 고개를 끄덕였다. 요 며칠 사이에 단단히 결심을 했겠지. 지금부터 혼자서 미지의 땅으로 가야 하는데, 전혀 동요하지 않는 태도였다.

"이쪽은 언제든 괜찮습니다만, 지금 당장 가도 되겠습니까?"

"아니, 조금만 기다려 주게. 가기 전에 소개하고 싶다. 이자들이 젠지로 폐하의 『성인의 증거』에 동행할 자들이다."

에리크 왕자가 말하자 뒤쪽에 대기하고 있던 사내 다섯 명이 한 걸음 앞으로 나섰다.

　나이는 제각기 다른 것 같은데, 한 사람은 마흔이 넘었고 한 사람은 스무 살 전후, 나머지 세 명은 서른 전후라고 봐야 하려나. 공통된 점은 체격이다. 하나같이 180cm를 한참 넘는 장신인데, 잘 단련된 균형 잡힌 몸을 지니고 있다.

　"내 심복들이다. 하나같이 뛰어난 전사인데, 그 이상으로 뛰어난 사냥꾼이기도 하지. 이자들이 같이 가는 이상 목숨을 잃거나 사지 육신이 손실되는 큰 부상을 입는 일은 없을 거라고 보장한다."

　"빅토르라고 합니다, 젠지로 폐하. 『성인의 증거』를 치르는 것이기에 상당한 제한이 있기는 합니다만, 그 제한 안에서 도와드리도록 하겠습니다."

　다섯 명 중에 대표로 보이는 마흔이 넘은 사내— 빅토르가 그렇게 말하면서 오른손으로 자기 가슴을 탁, 하고 쳤다. 왕궁의 예법이 아니라 전사나 사냥꾼의 인사겠지.

　"젠지로다. 잘 부탁한다."

　대답하면서, 지난밤에 구스타프 왕과 나눴던 밀담의 내용을 떠올렸다. 이 빅토르라는 사내는 에리크 왕자의 심복인 동시에 구스타프 왕의 뜻을 받아서 움직이는 구스타프 왕의 심복이다.

　이 빅토르는 그렇다 치고, 자세히 보니 뒤에 있는 남자들의 얼굴에는 젠지로에 대한 분노와 멸시의 감정이 보였다. 특히 제일 젊은 남자는 완전히 젠지로를 노려보고 있다. 에리크 왕자의 심복이라면 당연한 감정이다.

　젠지로는 며칠 전에 에리크 왕자와 설전을 벌였고, 에리크 왕자가 진심으로 허리에 차고 있던 칼을 뽑기 직전까지 갔다. 주인이 그런 상태였는데도 젠지로한테 좋지 않은 감정을 품지 않았다면 오히려 그쪽이 문제가 된다.

아무리 안 좋은 감정을 품었다고 해도 웁살라 전사는 주인의 명령에 순종한다. 에리크 왕자가 '젠지로 폐하를 지키기 위해 온 힘을 다하라'고 명령한 이상, 그 명령은 준수할 것이다. 명령을 어기고 젠지로를 해치려고 한다면 해를 끼친 전사는 물론이고 그런 전사를 신뢰했던 에리크 왕자의 명예에도 크나큰 흠집이 생긴다.

하지만 자신의 안전을 보장해야 할 호위 겸 안내인이 자신을 싫어한다는 것은 근본적으로 소심한 젠지로에게는 상당히 부담되는 일이었다. 게다가 구스타프 왕과의 밀담에서 주고받은 조건을 충족시키는 것까지 생각한다면 지금부터는 더더욱 그들의 신경을 거슬러서는 안 된다.

국서 주제에 타국의 제1 왕녀를 측실로 내놓으라고 했으니 이 정도 어려운 일을 시키는 것도 당연한 일이라고 납득은 하고 있지만, 그렇다고 압박감이 느껴지지 않는다는 건 아니다.

젠지로는 뱃속이 뜨끈해지는 기분을 맛보면서 입을 열고는 사전에 준비했던 말을 했다.

"그런데, 확인하고 싶은 것이 있군. 『성인의 증거』를 치르는 동안에는 조언 이외의 도움을 받아서는 안 된다. 그 외의 도움을 받았을 때는 『성인의 증거』를 치르는 데 실패했다고 간주한다. 틀림없나?"

"예, 그렇습니다."

빅토르가 긍정하자 젠지로는 그 다음 말을 했다.

"내가 듣기로 『성인의 증거』에 도전하는 데 회수 제한은 없다고 하더군. 몇 번을 실패해도 다시 도전해도 되고, 마지막에 한 번만 성공하면 『성인의 증거』를 치르는 데 성공한 것으로 인정한다고. 나도 같은 조건이라고 생각해도 되겠나? 그 경우에는 빅토르 경 일행에게 몇 번이나 신세를 져야 하겠지만."

전문 사냥꾼이 동행하고, 날이 질 때까지 사냥감을 못 잡으면 포기. 사냥꾼이 준비한 캠핑 도구를 이용해서 밤을 보내고(야간 경계는 당연히 사냥꾼이 한다), 다음날 사냥꾼의 도움을 받아서 산에서 내려온다. 그리고 몸을 추스르고서 며칠 뒤에 다시 도전. 사냥감을 잡을 때까지 그것을 계속 반복한다. 그렇게 해도 현재의 『성인의 증거』 규칙을 어기는 것은 아니다.

실제로 전사, 사냥꾼, 어부 일과는 인연이 먼 직업을 가진 유복한 가문의 사람 중에는 그런 방법으로 『성인의 증거』를 치르는 이도 많다고 한다.

하지만 젠지로의 질문에 에리크 왕자와 부하들은 하나같이 떨떠름한 표정을 지었다. 예상은 했지만, 역시 그런 규칙의 허점을 노리는 것 같은 방식은 그다지 환영받지 못하는 것 같다.

에리크 왕자는 잠시 생각한 뒤에 뭔가를 생각해냈다는 것처럼 말했다.

"……솔직히 말하자면 그다지 바람직한 일은 아니군. 적어도 한 번도 실패하지 않고 『성인의 증거』를 치른 경우와 비교하면 이후의 교섭이 난항을 겪으리라는 것은 각오하기를 바란다. 또한 그 경우

한 번 실패한 시점에서 내가 귀국할 수 있었으면 싶다. 전에도 말했지만 나도 그렇게 시간 여유가 있는 인간은 아니니까."

에리크 왕자가 내세운 교환 조건은 다행히 젠지로가 사전에 예상했던 범주에 들어갔다.

물론 그대로 받아들이기에는 너무나 위험한 제안이다. 소심한 젠지로가 자신에게 안 좋은 감정을 품고 있는 에리크 왕자의 심복들에게 제 한 몸을 맡길 수 있는 것은 남대륙에 있는 에리크 왕자를 데리고 돌아올 수 있는 사람이 젠지로뿐이라는 보험이 있기 때문이다.

솔직하게 말하자면 에리크 왕자를 인질로 삼아서 제 한 몸의 안전을 확보한다고 할 수도 있다.

그런 에리크 왕자를 웁살라 왕국으로 데리고 돌아온 뒤에 에리크 왕자의 심복들과 『성인의 증거』를 치르러 산에 들어갈 배짱은 소심한 젠지로에게는 없다.

그래서 젠지로는 억지로 미소를 짓고는 자신의 조건을 말했다.

"알겠습니다. '한 번 실패한 시점에서' 에리크 전하를 귀국시키는 것은 약속하겠습니다. 저는 프레야 전하와의 혼인을 인정받을 수 있도록 최선을 다할 뿐입니다. 헌데 그렇게 되면 한 가지 우려되는 일이 있군요."

긴장과 공포를 완전히 감추지 못한 어색한 미소. 솔직하게 말하자면 상당히 한심한 표정이다. 하지만 지난번에 그 표정에 속아서 한 방 먹었던 에리크 왕자는 방심하기는커녕 오히려 경계심을 드러냈다.

"뭐지?"

에리크 왕자의 굳은 목소리에 젠지로가 대답했다.

"저는 조금이라도 인정받을 수 있도록 한 번에 『성인의 증거』를 치르고 싶습니다. 그렇게 되면 낮에만 산에서 사냥을 하고 밤에는 돌아오는 방법은 너무 시간이 오래 걸리겠지요. 그것은 에리크 전하도 바라는 바가 아닐 테고."

"하긴, 그건 그렇군."

경계하면서도 에리크 왕자는 동의했다. 이야기가 어떻게 흘러가는 건지도 모르는 채 조금 전에 자신이 했던 말을 철회할 수도 없다.

"그렇게 되면 아무래도 한 가지 우려할 일이 생깁니다. 제가 아니라 저 분들의 사정 때문에 돌아오게 됐을 때, 그래도 『성인의 증거』 도전에 실패한 것으로 간주됩니까?"

"……응? 그게 무슨 뜻이지?"

잘 듣고 있었지만, 에리크 왕자는 젠지로가 무슨 말을 하는지 이해할 수가 없었다. 그것은 에리크 왕자 혼자만이 아니었다. 젠지로가 말한 '저 분들', 빅토르 일행도 이야기의 뜻을 이해하지 못했다는 것처럼 고개를 갸웃거리고 있다.

"그건, 그 얘기인가? 빅토르 쪽이 젠지로 폐하의 상태를 보고 '이만 돌아가는 게 좋겠다'고 조언한 경우, 를 말하는 것인가? 그런 경우에도 최종적인 결단은 젠지로 폐하가 내리는 것이니 빅토르 쪽 사정이라고 할 수는 없다."

에리크 왕자의 말에 젠지로는 자기 마음속 소리가 들리는 건 아닌가 싶을 정도로 심장 소리를 크게 울리면서 고개를 가로저었다.

"아니, 그게 아닙니다. 좀 더 단순한 이야기입니다. 제가 아닌 다른 이가 '더는 못 견디겠다, 더 이상은 못 가겠다, 돌아가게 해 달라' 고 말한 경우, 더 확실하게 말하자면 '제 움직임을 따라오지 못하고 뒤처진 경우'를 말하는 것입니다."

"…………."

젠지로의 말을 들은 에리크 왕자는 화를 내는 걸 뛰어넘어서 얼빠진 표정을 지었다.

본인이 굳이 말하지 않아도 척 보면 안다. 젠지로는 문외한이다. 전사로서 문외한이다. 사냥꾼으로서도 문외한이다. 산을 타는 데도 문외한이다. 솔직히, 최고의 행운을 타고났다고 해도 젠지로가 무사히 『성인의 증거』를 치를 가능성은 상당히 낮을 거라고, 에리크 왕자는 그렇게 생각하고 있다.

그런 젠지로가 웁살라 왕국에서도 고르고 고른 전사이자 사냥꾼인 빅토르 일행이 자신을 따라오지 못할까 걱정을 하다니.

화낼 생각조차 들지 않은 에리크 왕자는 한숨을 쉬고 씁쓸하게 웃으면서 타이르는 것처럼 말했다.

"젠지로 폐하, 그건 쓸데없는 걱정이다. 그 반대 경우라면 얼마든지 있을 수 있는 일이지만 이자들이 젠지로 폐하를 따라가지 못하는 일은 말도 안 된다."

지당하신 말씀이라고, 젠지로도 그렇게 말하고 싶었지만 그것은 절대로 해서는 안 될 말이다. 젠지로는 일그러진 웃는 얼굴로, 자기가 생각해도 생트집을 잡는 것 같은 말을 했다.

"하지만 원숭이도 나무에서 떨어지는 경우가 있습니다. 아무리 산에 익숙하다고 해도 중간에 고열이 나는 경우가 있지요. 만전의 주의를 기울인 숙련자라고 해도 산길에서 발이 미끄러져서 다칠 리가 없다고 장담할 수는 없지 않습니까. 그런 일이 발생했을 경우의 대응에 대해 언급해 주셨으면 싶군요."

그것은 그야말로 그 누가 들어도 생트집이라고밖에 표현할 수 없는 반론이었다. 젠지로가 지적한 것 같은 일이 일어날 가능성도 아예 없는 건 아니지만, 그런 것을 따지다 보면 끝이 없다.

에리크 왕자의 표정에 노골적인 불쾌감이 드러났다. 그래도 어딘가 경계하는 기색이 남아 있는 것은 지난번에 젠지로에게 당한 기억이 아직도 선명하게 남아 있는 탓이겠지. 하지만 심복 부하들 앞에서 그들을 전면적으로 믿는다는 태도를 무너트릴 수도 없다는 이유와 본인의 진심을 담아서 말했다.

"있을 수 없는 일이다."

상대도 안 하겠다는 에리크 왕자의 반응은 그야말로 젠지로가 바라던 것이었다.

"그렇습니까. 그렇다면 그들의 사정 때문에 제가 발을 멈추게 되는 가능성은 전혀 고려하지 않아도 되겠군요?"

"그렇다."

"그런 일이 발생한 경우에는 이번 일이 전제부터 뒤집힌다. 그만한 각오가 있다는 것이지요?"

"그래, 난 이자들을 신뢰한다."

거듭해서 확인하는 젠지로에게서 뭔가 불길한 것을 느끼면서도 에리크 왕자는 그저 긍정하는 수밖에 없었다.

"알겠습니다. 제가 드릴 말씀은 여기까지입니다."

"음. 그렇다면 이쪽의 일도 여기서 끝이다. 언제든 좋다, 젠지로 폐하."

그렇게 말하고 에리크 왕자는 다시 젠지로를 똑바로 쳐다봤다.

"알겠습니다. 그럼 『순간이동』을 사용하겠습니다. 익숙하지 않은 분은 뱃멀미 같은 기분을 약간 맛보는 경우가 있습니다만, 위험한 것은 아닙니다."

"알았다. 시작하게. 빅토르, 뒷일을 부탁한다."

"예, 맡겨만 주십시오."

에리크 왕자와 빅토르가 마지막으로 대화를 나눴다.

"그럼, 시작하겠습니다. 『내가 뇌리에 그리는 공간에, 내가 의도하는 것을 보내라. 그 대가로 나는……』"

그렇게 해서 에리크 왕자는 젠지로의 『순간이동』을 이용해 남대륙의 카파 왕국으로 날아갔다.

◇◆◇◆◇◆◇◆

다음날. 준비를 갖춘 젠지로는 왕궁에서 마차를 타고 약 한 시간 정도 걸리는 곳에 있는 산기슭에 도착했다.

해발고도 자체는 그다지 높지 않지만, 전체적으로 넓은 산이다. 일본인이 생각하는 산과는 다르다. 일본인의 감각으로는 약간 높은 언덕이라는 느낌이려나. 하지만 나무들이 울창하게 우거지고, 그 나무들의 그림자가 가려 준 덕분인지 아직까지도 곳곳에 눈이 남아 있는 모습은 아무리 고도가 낮다고 해도 초보자가 함부로 발을 들여도 되는 공간이 아니라는 것을 여실하게 말하고 있다.

예상과 달리 낮은 높이와 예상보다 힘들어 보이는 여정. 젠지로에게는 최악에 가까운 조건이었다.

"빅토르. 이 사냥터에 급경사, 가능하다면 절벽 같은 곳이 있나?"

없으면 젠지로의 계획은 근본적으로 뒤집힌다. 마음속 불안을 온 힘을 다 끌어모은 포커페이스로 감추고 젠지로는 그렇게 물었다.

젠지로의 질문을 듣고 호위 겸 안내인 대표인 중년의 사냥꾼 —빅토르는 의아하다는 것처럼 고개를 저으면서도 솔직하게 대답했다.

"그야 몇 곳이 있기는 합니다만. 제가 안내하는 이상 그런 곳에 떨어지는 일은 없다고 장담합니다."

중년 호위 전사의 말에 젠지로는 안도의 한숨을 쉬면서 고개를 저었다.

"아니, 그 반대다. 그곳으로 안내해 줬으면 싶군. 야생 짐승도 거기서 발을 헛디디면 목숨을 유지할 수 없는, 그런 절벽으로 사냥감을 몰고 싶다."

"호오. 알겠습니다. 그런 뜻이라면 안내하겠습니다."

젠지로의 말에 빅토르는 조금 감탄했다는 것처럼 대답했다. 실제로 그것은 유효한 방법으로 여겨졌다.

『성인의 증거』의 규정 때문에 빅토르 일행 다섯 명은 젠지로에게 조언 이상의 도움을 줄 수 없다. 하지만 만약의 경우에는 젠지로를 지켜야 하는 역할이다 보니 젠지로 곁에서 떨어질 수도 없고.

이 산은 많은 왕도 사람들이 매년 『성인의 증거』를 치르기 위해서 찾는 사냥터다. 당연히 산에 사는 짐승들은 인간이 얼마나 위협적인지 충분히 이해하고 있다. 그래서 사슴이나 순록은 물론이고 늑대나 곰도 무장한 인간 집단을 보면 일단 도망치고 본다.

젠지로 일행은 젠지로 외에는 기본적으로 짐승에게 위해를 끼칠 수 없지만, 야생 동물들이 그런 사정을 알 턱이 없다. 어쩔 수 없이 빅토르 일행은 사냥감을 모는 역할을 맡아야 한다.

그렇게 생각하면 이것은 상당히 유효한 전술이다. 최소한 문외한인 젠지로가 무턱대로 사냥감을 쫓아다니는 것보다는 성공 확률이 높을 테니까.

빅토르는 젠지로의 그런 만만치 않은 점에 감탄했고, 동시에 그 뒤에 있는 다른 네 명의 전사 겸 사냥꾼들은 불쾌감을 보였다.

규칙을 어기지 않도록 호위를 이용한다. 그 방식을 쪼잔하다, 실력이 아니다, 라고 하면서 경멸할 것이다. 웁살라 전사의 가치관에서 보자면 아주 지당한 견해다.

"헌데 젠지로 폐하. 정말 그렇게 하셔도 되겠습니까?"

벌써 몇 번째인지도 모를 빅토르의 그 말은 젠지로의 빈약한 장비를 걱정해서이다.

　현재 젠지로의 복장은 공식 석상에서 입었던 카파 왕국의 제3정장도 젠지로가 일본에서 가지고 온 옷도 아니다. 여전사 스카디가 골라 준 가죽 바지와 두꺼운 천으로 만든 셔츠. 그 위에 짧은 가죽 코트를 걸치고 발에는 종아리 중간까지 올라오는 튼튼한 가죽 부츠를 신었다. 하나같이 눈이나 물을 잘 막아 주고 숲속에서 나무나 돌에 긁히더라도 살갗에 상처가 생기지 않을 만큼의 방어력을 지녔다.

　그 복장은 스카디가 골랐으니 빅토르 일행과 거의 다를 게 없다. 즉 지금 이 계절, 산에 들어가서 사냥을 해도 문제가 없는 복장이라는 뜻이다. 문제는 등에 메고 있는 짐이다.

　단적으로 말하자면 양이 너무 적다. 젠지로가 메고 있는 짐들은 빅토르 일행이 짊어지고 있는 것의 절반도 안 된다. 허리에 찬 물주머니도 빅토르 일행이 1리터 크기라면 젠지로는 250 밀리리터 크기다.

　"그래, 난 이거면 충분해."

　"젠지로 폐하. 제가 알고 있는 절벽이 있는 곳은 제일 가까운 곳이라고 해도 사냥꾼의 걸음으로 엿새는 걸리는 곳에 있습니다. 실례지만 그 물과 식량만 가지고 그곳까지 왕복하는 것은 그저 무모할 따름입니다."

　절벽이 있는 곳까지의 거리에 대한 이야기는 처음 나왔지만, 젠지로가 지닌 물과 식량이 적다는 충고는 지금까지도 몇 번이나 들었다. 그래서 젠지로의 대답도 지금까지와 똑같은 것이었다.

"충고는 감사히 듣겠네. 하지만 필요 없어."

"젠지로 폐하께 위험이 발생한다면 저희가 지닌 물과 식량을 나눠드리겠습니다. 하지만 그 시점에서 『성인의 증거』는 실패하게 되니, 그 점은 이해해 주십시오."

"그래, 알고 있다. 그쪽도 조심하게. 반대로 말하자면 에리크 전하의 말이 가벼워지게 되니까."

"반대?"

의미를 이해하지 못하고 되묻는 빅토르에게 젠지로는 최대한 태연한 목소리로 말했다.

"너희가 위험해져서 내가 물이나 식량을 나눠주게 되면 너희를 '뛰어난 사냥꾼'이라고 소개해주신 에리크 전하의 말이 거짓이 돼버릴 테니까."

그 말에 빅토르를 제외한 네 명이 험악한 표정을 지었다. 특히 제일 젊은 사람에게서는 이를 가는 소리까지 들릴 정도였다.

"알겠습니다. 그런 일이 발생하지 않도록 노력하겠습니다."

빅토르는 네 명에게 자제하라는 것처럼 손바닥을 뒤쪽으로 향하게 해서 팔을 옆으로 벌리고는 태연한 목소리로 대답했다.

네 시간 뒤. 호위 사냥꾼들의 분노는 완전히 사라져 있었다.

"괜찮으십니까, 젠지로 폐하? 손을 잡아 드릴까요? 아, 그렇게 되면 『성인의 증거』는 실패하게 됩니다만."

젊은 사냥꾼은 완전히 신이 나서 젠지로를 놀렸다.

"……필요 없다."

한편, 젠지로를 그 짧을 말을 하기도 힘들었다.

눈이 남아 있는 숲은 예상보다 훨씬 위험했다. 빅토르는 짓궂은 짓을 하지 않고 최대한 걷기 편한 루트를 골랐지만, 그래도 젠지로 한테는 상당히 난이도가 높은 길이었다.

지형은 요철이 심해서 발을 똑바로 내려놓을 장소도 없다. 낙엽 더미 위에 눈이 쌓인 곳이나 이끼가 낀 나무뿌리는 무서울 정도로 미끄러웠다. 그런 숲속에서 넘어지지 않고 걷는 것만 해도 젠지로에게는 엄청난 중노동이었다.

한 걸음, 한 걸음을 내디딜 때마다 언제 넘어져도 이상하지 않을 지경이다. 잘 정비된 땅이 아닌 이런 곳에서 넘어지면 부상으로 직결되고, 가벼운 상처라도 입으면 그 이후의 탐색이 힘들어진다. 손가락을 삐끗한 정도의 아픔이라고 해도 집중력이 흐트러지고, 발목을 삐기라도 하면 이동력이 심하게 떨어진다. 그래서 다치지 않도록 신중하게 걸음을 옮겼다.

덕분에 이동 속도는 거북이가 기어가는 수준이고, 항상 긴장 상태를 유지하다보니 육체적으로도 정신적으로도 상당히 피곤했다.

기온은 한 자리, 어둠침침한 숲속이라는 조건인데도 젠지로는 이마에서 땀을 흘리고 호흡도 거칠어졌다. 젠지로도 시골에서 자랐기 때문에 어릴 적에 산에서 벌레를 잡고 개울에서 고개를 잡는 등 자연 속에서 놀았던 경험이 있기는 하지만, 어린애가 혼자서 노는 것이 허락된 일본의 야산과 사냥꾼이 사냥터로 삼는 웁살라의 숲은 전혀 다른 곳이다.

솔직히 말해서 젠지로의 이동 속도는 웁살라 기준에서 보면 여자나 애들 수준이라고 할 수 있을 것이다. 지금까지의 모습을 보고 젠지로의 체력 수준을 파악했는지 호위의 대표인 빅토르가 뒤쪽에서 조용히 말을 걸었다.

"젠지로 폐하. 조금만 더 가면 조금 트인 곳이 있습니다. 그곳에서 휴식을 취하시겠습니까."

아무리 생각해도 젠지로를 배려해서 예정에 없던 휴식 시간을 만들어 주려는 것 같다.

"……알았다."

그걸 알면서도 지금의 젠지로에게는 고집을 부릴 만큼의 여유가 없었다.

빅토르가 말한 조금만 더 가면 된다는 곳에 도착하는 데 젠지로는 한 시간이나 걸리고 말았다. 눈에 띄게 지친 사람은 젠지로뿐이지만, 기왕 발을 멈추게 됐으니까 다른 사람들도 휴식을 취하기로 했다.

물론 이것은 젠지로의 『성인의 증거』를 위한 것이기에 젠지로는 쉴 때도 다른 사람의 도움을 받을 수 없다. 한편, 호위를 맡은 빅토르 일행은 그런 제한이 없기 때문에 다섯 명이 역할을 분담해서 척척 준비를 갖추고 있다.

두 사람이 장작을 주워 오고, 그 사이에 다른 한 사람이 풀을 치워서 흙바닥이 드러나게 했다. 다른 한 사람이 주워 온 굵직한 나무줄기와 덩굴로 간단한 삼각대를 짰다. 마지막 한 사람이 작업에 참가하지 않고 주위를 주시하고 있는 이유는 젠지로의 호위 때문이 겠지.

순식간에 준비를 마친 호위 전사들은 커다란 금속 냄비 같은 것에 각자가 지닌 수통에 있던 물을 넣고, 그리고는 배낭에서 육포와 말린 야채 같은 것들을 꺼내서 집어넣더니 모닥불을 피워서 즉석 수프 같은 것을 만들기 시작했다.

소금기가 강한 육포가 물속에서 끓으면서 나는 구수한 향기가 젠지로의 코를 간질였다.

그렇게 호위 전사들이 따뜻한 수프로 배를 채우는 사이에 젠지로도 점심식사를 하기로 했다.

비교적 평평하고 많이 젖지 않은 곳에 스카디가 골라 준 해룡 가죽으로 만든 깔개를 놓고 그 위에 털썩 앉아서 등에 멘 배낭과 허리에 차고 있던 물주머니를 내려놨다.

배낭 안에서 꺼낸 하얀 빵과 소시지, 그리고 양배추 초절임을 맨손으로 먹으면서 물주머니에 든 가죽 냄새 나는 차가운 물을 마셨다. 호위 전사들의 식사와 비교하면 꽤나 허전해 보이지만, 이것도 어쩔 수 없는 일이다. 젠지로의 배낭에는 수프를 끓일 냄비가 들어 있지 않았고, 초보자인 젠지로는 장작을 모아서 불을 피우는 사이에 휴식시간이 다 지나가 버릴 것이다.

『황금나뭇잎호』에서 사용했던 『부동화구』라는 마도구를 가지고 올 걸 그랬다고 살짝 후회가 됐다. 뭐, 그 마도구는 배에 고정하기 위한 고정쇠 부분이 상당히 무겁기 때문에 가지고 왔더라도 그 무게 때문에 후회했겠지만.

어쨌거나 식사와 수분 보급을 마치고 몸을 쉬게 해주면 체력과 기력은 어느 정도 돌아올 것이다.

"빅토르. 지금 속도로 이동하면 내가 원하는 지점까지 앞으로 얼마나 걸려야 도착할까?"

젠지로의 질문에 지금 막 간단한 식사를 마친 빅토르가 떨떠름한 표정으로 일단 질문에 대해 솔직하게 대답했다.

"지금 속도를 유지한다면 아마도 열흘 정도면 도착할 겁니다. 단, 야영을 계속하다 보면 피로가 축적되니까 지금 속도를 유지하는 것은 불가능합니다. 무엇보다, 젠지로 폐하는 왕복 스무 날 걸리는 길에 필요한 물과 식량도 없지 않습니까?"

그렇게 말하면서 빅토르는 냉정한 눈으로 젠지로의 작은 배낭 쪽을 봤다. 그야말로 지당하신 말씀이지만, 젠지로는 그 말을 무시하고 빅토르에게 질문했다.

"그건 그쪽도 마찬가지가 아닌가? 아무리 봐도 스무 날 분의 물과 식량을 확보한 것 같지는 않은데. 그쪽의 사정 때문에 귀환하는 것은 에리크 전하의 말을 허언으로 만드는 행위일 텐데."

도발적인 말이기는 하지만 현재 상황을 생각해 보면 허무한 허세로 보일 뿐인 젠지로의 말에 빅토르는 한숨을 쉬고서 고개를 저었다.

"그건…… 아닙니다. 어디까지나 충고입니다. 폐하께서 오해하고 계신 것 같습니다만, 저희들만이라면 어떻게든 됩니다. 폐하께서 지적하신 대로 저희의 물도 식량도 스무 날을 버틸 정도는 아닙니다. 하지만, 지금은 보다시피 조금만 찾으면 눈이 있습니다. 장작도 있고. 불을 피워서 눈을 녹이는 수고만 들이면 물은 확보할 수 있습니다. 봄에는 사냥감이 적기는 해도 아예 없는 건 아니고, 봄에 나는 산나물도 있습니다. 정 안 되면 벌레를 먹어도 됩니다. 저희들만이라면 며칠이건 버틸 수 있습니다."

"호오."

본업 사냥꾼의 상상을 뛰어넘는 서바이벌 능력에 젠지로는 연기하는 것도 잊어버리고 감탄한 표정을 짓고 말았다. 그리고 바로 표정을 수습하고는,

"혹시 모르니 확인하겠다. 다른 자들도 빅토르의 같은 생각인가? 내가 그쪽의 사정을 고려할 필요는 전혀 없다는 뜻이겠지?"

그렇게 말하면서 나머지 네 명 쪽을 봤다. 그러자 네 명한테서 바로 긍정하는 대답이 돌아왔다.

"예. 걱정거리가 있다면 이동이 너무 느려지면 되레 피곤할 수도 있다는 정도겠지요."

그 중에서도 제일 젊은 남자가 기회가 왔다는 것처럼 젠지로를 도발했다.

그 목소리에서 젠지로를 멸시하고 조롱하는 기색이 느껴지기는 했지만, 처음처럼 살기까지 띠는 분노가 담겨 있지 않은 이유는 젠지로를 자신보다 하수라고 얕보고 있기 때문이겠지.

젠지로 입장에서는 상당히 잘 된 일이다. 살기를 보이기보다는 얕보이는 쪽이 차라리 좋으니까. 당연한 이야기다.

어쨌거나 제일 듣고 싶었던 언질을 다섯 명 모두에게 들었다. 식사를 마치고 피로도 회복된 젠지로가 자리에서 일어났다.

"그럼, 짐을 챙기는 대로 출발한다. 빅토르, 어디로 가야 하는지 조언을 부탁한다."

"예, 알겠습니다."

빅토르 일행 호위 사냥꾼들은 이미 짐을 다 챙기고서 젠지로의 그 말을 기다리고 있었다.

점심식사를 마치고 다시 이동을 시작한 뒤에 세 시간 정도 숲속을 걸어갔고, 서쪽으로 넘어가려는 햇살이 많이 불그스름해졌을 때.

"……오, 오늘은, 여기까지로, 하자."

숨을 거칠게 쉬면서 젠지로는 첫째 날의 종료를 선언했다.

참고로 점심식사 후에 이동한 거리는 빅토르가 걱정했던 대로 오전에 걸었던 거리보다 짧았다. 사실 해가 완전히 넘어가려면 아직 한 시간 정도는 남았지만, 여기서 발을 멈춘 것은 오로지 젠지로의 체력 때문이다.

"너희들에게 문제가 없으면 내일은 아침 식사를 마친 뒤에 '이 지점에서' 이동을 개시한다."

간신히 숨을 고른 젠지로는 주위를 둘러보면서 그렇게 말했다.

"그건 상관없습니다만, 괜찮으시겠습니까, 젠지로 폐하?"

걱정하는 목소리로 말하는 빅토르도 어딘가 한심하다는 얼굴이다. '너희에게 문제가 없으면'이라는 말을 듣고 이 상황에서도 허세를 부리는 거냐고 생각했겠지.

뒤쪽에서 보고 있는 젊은 사냥꾼들은 젠지로를 완전히 '입만 산

대책 없는 짐 덩이'로 보고 있다.

"꽤나 일찍 종료하셨군요. 하지만, 현명한 판단이라고 봅니다. 초보자가 야영 준비를 하려면 시간도 오래 걸리고, 어두워지면 작업을 할 수도 없으니까요."

걱정하는 척 놀리는 젊은 사냥꾼의 말에 젠지로는 씁쓸하게 웃으면서 대답했다.

"걱정해 준 데 대해 감사한다. 하지만, 나보다 자네들 걱정이나 하게."

그렇게 말하고 젠지로는 다시 주위를 둘러봤다.

발끈하는 젊은 사냥꾼을 흘끗 보고서 계속 주위를 둘러보던 젠지로는 간신히 목표로 삼을 만한 것을 발견하고는 배낭을 벗고서 준비를 시작했다.

"젠지로 폐하?"

야영 준비도 하지 않고 기묘한 짓을 하고 있는 젠지로에게 빅토르가 의아하다는 목소리로 말을 걸었지만, 젠지로는 거기에 대답하지 않고 배낭에서 꺼낸 '디지털 카메라'로 주위의 특징적인 풍경들을 촬영했다.

가지 모양이 특이한 나무. 크고 특징적인 바위. 그리고 나무 사이로 보이는, 저 멀리 보이는 산 등등. 사진을 몇 장 찍은 젠지로는 디지털 카메라를 조작해서 자신이 원하는 사진을 화면에 표시했다.

그 사진은 광휘궁의 한 방. 젠지로에게 배정된 게스트 룸이다. 젠지로는 배낭을 다시 메고, 잠시 그 자리에서 심호흡을 하면서 숨을 골랐다.

마침내 호흡을 다 고른 젠지로는,

"나는 내일 아침 식사를 마친 뒤에 이 자리에서 출발하겠다. 그 때까지는 자유롭게 지내도 좋지만, 출발 시간에는 늦지 말고 이 자리에 모여 있도록. 그럼."

다섯 명의 호위 전사에게 그렇게 말하고, 디지털 카메라에 표시한 사진으로 상상을 보완하면서, 젠지로는 『순간이동』 주문을 외웠다.

"『내가 뇌리에 그리는 공간에, 내가 의도하는 것을 보내라. 그 대가로⋯⋯』"

다음 순간, 호위 전사들의 눈앞에 있던 젠지로가 홀연히 모습을 감췄다.

"⋯⋯어?"

"뭐야?"

"이게 대체?"

"어떻게 된 거야?"

"⋯⋯사라졌잖아?"

기술에서는 선진국이지만 마법에서는 후진국이고, 왕족도 혈통 마법을 지니지 않은 웁살라 왕국의 전사들은 눈앞에서 일어난 일을 보고도 그 현상을 제대로 이해하지 못했다. 아니, 보다 정확히 말하자면 그 현상이 앞으로 자신들에게 어떤 영향을 미칠지를 이해하지 못했다고 해야 할까.

젠지로를 우습게 보던 젊은 사냥꾼들은 물론이고, 구스타프 왕으로부터 일이 어떻게 될지에 대해 어느 정도 들었던 책임자 빅토르도 이 시점에서는 아직 자신들에게 찾아올 재난에 대해서 전혀 이해하지 못한 상태였다.

한편, 『순간이동』 발동에 성공한 젠지로는 웁살라 왕국의 왕궁, 광휘궁의 한 방에 있었다. 젠지로에게 배정된 게스트 룸이다.

"다녀오셨습니까, 젠지로 님."

그런 말과 함께 젠지로를 맞이한 사람은 시녀 이네스였다.

봄의 숲과는 비교도 안 될 만큼 따뜻한 공기와 귀에 익은 시녀 이네스의 목소리에 젠지로는 무사히 돌아왔다는 사실을 실감했다.

"다녀왔어 이네스. 오자마자 미안한데, 사우나를 이용하고 싶다는 말을 전해 줄 수 있을까."

숲속을 걷느라 몸은 뜨겁게 달아올라 있지만, 몸속 깊은 곳에는 냉기가 스미어 있다. 피부가 뜨겁다는 걸 자각하면서도 몸을 바들바들 떨고 있는 젠지로에게 시녀 이네스가 대답했다.

"예, 이미 이야기를 해 뒀으니 당장이라도 이용하실 수 있습니다. 바로 가시겠습니까?"

"응, 부탁할게."

그 수완에 젠지로는 쓸쓸한 미소를 감출 수가 없었다. 원래 예정대로라면 최소한 오후 네 시까지는 이동할 예정이었지만 지금은 아직 세 시 반도 안 된 시간. 예정보다 일찍 귀환했는데도 사우나를 이용할 수 있게 준비해 뒀다는 것은, 이네스는 젠지로가 예정보다 일찍 철수할 가능성을 고려하고 있었다는 뜻이 된다.

시녀 이네스의 안내를 받으며 사우나로 가는 중에, 젠지로는 잡담이라도 하는 것처럼 말을 걸었다.

　"내가 없는 동안 무슨 일은 없었고?"

　"특별한 일은 없었습니다. 단지 구스타프 폐하, 윙비 전하, 프레야 전하, 그리고 볼룬드 님이라는 분으로부터 면회 요청이 들어와 있습니다."

　"볼룬드?"

　마지막 이름은 들어본 적이 없어서 젠지로는 고개를 갸웃거렸다. 어쨌거나 당연하다면 당연한 일이지만, 그들은 모두 젠지로가 『성인의 증거』를 일단락한 뒤에 만날 생각인 것 같다.

　하지만 젠지로는 그때까지 시간을 허비할 생각은 없다.

　"알았다. 가능하다면 제일 먼저 프레야 전하를 뵙고, 면회 희망자의 사람 됨됨이에 대해 듣도록 하겠다. 구스타프 폐하와 윙비 전하에 대해서는 일단 이야기를 들었지만, 그 볼룬드라는 사람에 대해서는 전혀 모르니까. 구스타프 폐하와 윙비 전하에 대해서도, 만약을 위해서 한 번 더 들어 두고 싶다. 오늘은 아무래도 첫날이다 보니 많이 피곤하고, 내일과 모레도 만약을 위해서 피하고 싶으니까, 글피 밤부터 하루에 한 사람씩이라면 면회 예정을 잡아도 될 것 같다."

　"알겠습니다. 그렇게 조치하도록 하겠습니다."

　조금 전에 말한 대로, 젠지로는 일찌감치 사우나와 저녁식사를 마치고는 푹신하고 따뜻한 침대에서 일찌감치 잠자리에 들었다.

그리고 다음날. 침대에서 눈을 뜬 젠지로는 시녀 이네스가 준비해 준 아침식사를 마치고 어제와 똑같은 복장으로 갈아입은 뒤, 디지털 카메라의 디스플레이에 어제 촬영한 장소를 표시하고 그 영상으로 상상력을 보완하면서 『순간이동』 마법을 사용했다.

순식간에, 젠지로는 광휘궁의 게스트 룸에서 눈이 남아 있는 숲속으로 이동했다.

아무래도 젠지로의 말을 충실히 지킨 것 같다.

『순간이동』으로 도착한 젠지로 앞에는 호위를 맡은 다섯 명의 전사 겸 사냥꾼들이 모여 있었다.

"전원 모여 있군. 그럼 출발하도록 할까. 빅토르, 선도를 부탁한다."

하룻밤이 지났어도 아직까지 상황을 완전히 파악하지 못했는지 당혹한 기색을 감추지 못하는 다섯 명의 호위에게 젠지로는 최대한 밝은 목소리로 말했다.

◇◆◇◆◇◆◇◆

사흘째 아침. 이쯤 되니 빅토르를 비롯한 호위 전사들도 자신들이 처한 상황을 이해했다.

사흘 동안 젠지로는 계속 같은 행동을 했다. 즉, 광휘궁에서 느긋하게 아침식사를 마친 뒤에 『순간이동』으로 어제 마지막에 도달한 지점으로 가서 다시 이동을 개시. 점심식사만은 배낭에 넣어 간 도시락으로 해결한 뒤에 이동을 재개. 해가 질 무렵에 호위 전사들을 남겨두고 『순간이동』으로 혼자서 귀환. 광휘궁에서 사우나와 따뜻한 저녁식사로 기력을 보충하고 쾌적한 침대에서 푹 잔다. 그리고 다음날 아침에 또다시 『순간이동』을 한다.

남겨진 호위 전사들은 미칠 지경이었다. 매일 당일치기 산책을 하고 있는 젠지로를 그들은 야영을 하면서 지켜야 하기 때문이다.

게다가 젠지로는 첫날 빅토르가 말했던 '그런 페이스로는 끝까지 갈 수 없다'는 충고를 지켜서 둘째날부터는 이동 속도를 더 늦췄다. 이대로 가면 목적지인 절벽이 있는 곳까지 가는 데만 열흘은 걸릴 것 같다.

지금은 아직 괜찮다. 물도 식량도 충분히 있고, 사흘 정도라면 기력과 체력도 충분히 버틸 수 있다. 하지만 최소한 열흘 이상 이런 상태가 계속된다고 봤을 때, 경험이 풍부한 그들이라면 앞으로 찾아올 어두운 미래가 불을 보듯 훤하게 보일 것이다.

게다가 '최소한' 십여 일이다. 산속을 걷는 데도 사냥에도 문외한인 젠지로가 겨우 십여 일 만에 목적을 달성하는 것은, 상당히 운이 좋을 때의 일이다.

사흘째가 되다 보니 어느 정도 익숙한 걸음걸이로 눈과 마른 풀과 새싹이 드문드문 섞여 있는 지면을 걸어가는 젠지로에게 빅토르가 쭈뼛쭈뼛 물었다.

"젠지로 폐하. 죄송한 질문입니다만, 이대로 목적지까지 도착한 뒤에 사냥감을 발견하지 못했을 때는 어떻게 하실 생각이십니까?"

"찾아낼 때까지 며칠이고 버텨야지. 다행이 시간제한은 없으니까. 백일이고 이백일이고, 성공할 때까지 열심히 하면 된다."

젠지로의 대답은 예상했던 것 중에서 최악의 대답이었다.

"백? 이백?!"

뒤에서 젊은 사냥꾼의 비명 같은 목소리가 들렸다.

하지만 젠지로의 말은 겁주는 것도 농담도 아니다. 순수한 사실일 뿐이다. 『순간이동』으로 매일 돌아갈 수 있는 젠지로에게는 백일이고 이백일이고 큰 문제가 아니다. 특히 목적지인 절벽 근처까지 가기만 하면 그 뒤로는 지금처럼 하루 종일 이동할 필요도 없다. 젠지로한테는 그렇게 힘든 일이 아니다.

조금 피곤하다 싶으면 광휘궁에서 하루쯤 더 쉬고, 이틀 뒤부터 『성인의 증거』 획득을 재개해도 된다. 그리고 사냥에 대해서는 문외한인 젠지로가 혼자서 사냥감을 해치우는 데 백일 정도는 충분히 걸릴 수 있는 시간이다. 경우에 따라서는 일 년이 걸려도 이상하지 않을 것이다.

문제라면 호위 다섯 명은 그동안 계속 숲속에서 노숙을 해야 한다는 점이다.

지참한 물과 식량이 떨어져도 마음만 먹으면 숲속에서 물과 식량을 조달하면서 계속 야영할 수 있다는 말은 틀림없는 사실이지만, 아무리 그래도 백일이나 이백일까지는 상정하지 않았다. 시간이 그 정도로 걸릴 경우에는 사전에 도구를 더 챙겨 오고, 경우에 따라서는 숲에 있는 나무로 즉석 오두막이나 가구를 만들어서 자리를 잡고서 도전해야 한다.

지금 가진 장비로 백일 이상 숲속에서 버티는 것은 숙련된 사냥꾼이라고 해도 상당히 위험한 일이다.

"젠지로 폐하. 그렇게 오래 걸린다면 일단 다 같이 하산해서 태세를 재정비해야 하지 않겠습니까?"

굳은 얼굴로 그렇게 조언하는 젊은 사냥꾼에게 젠지로는 기회는 이때라는 것처럼 일부러 놀란 표정을 지었다.

"나는 아무 문제없다만. 그쪽의 사정 때문에 돌아가는 일이 생겨서는 안 된다. 너희도 에리크 전하께서 몇 번이나 다짐을 받았을 텐데. 혹시 겁이 난 건가? 그렇다면 에리크 전하의 말씀이 하나부터 열까지 전부 거짓이라는 것이 될 텐데?"

"……아닙니다."

젊은 사냥꾼은 옆에 있는 사람에게 들릴 정도로 이를 갈면서 간신히 부정하는 대답을 했다. 이건 위험하다고 생각했는지, 책임자인 빅토르가 바로 한 마디 거들었다.

"젠지로 폐하. 『성인의 증거』의 성질상 조언 이상은 드릴 수 없습니다만, 저희도 가능한 범위 안에서 최대한 노력하겠습니다."

빅토르의 말에 나머지 호위도 동의를 표했다. 이것은 그냥 입으로만 하는 말이 아니라 진심에서 우러나온 것이다. 아무래도 젠지로가 『성인의 증거』를 치르는 데 성공하지 못하면 자신들도 이 숲에서 나갈 수가 없고, 충성을 맹세한 주군인 에리크 왕자도 남대륙에서 돌아오지 못한다는 것을 깨달은 모양이다.

"그래, 잘 부탁한다."

젠지로에 대한 호오와 별개로, 표면상의 이해가 완전히 일치한 순간이었다.

[막간1] **에리크 왕자의 카파 왕국 방문**

젠지로가 북대륙에서 『성인의 증거』를 치르느라 분투하고 있을 무렵.

웁살라 왕국 제1 왕자 에리크 에스트리젠 웁살라는 남대륙 카파 왕국의 왕궁 안에 있는 훈련장에서 땀을 흘리고 있었다.

"흐으읍!"

움직이기 편한 가죽옷 차림으로, 끝에 둥근 천 뭉치를 감아 놓은 목창을 두 손으로 잡고 있는 에리크 왕자와 마주하고 있는 사람은 푸죠르 원수였다.

큰 체격인 에리크 왕자보다도 더 큰 푸죠르 원수는 에리크 왕자와 똑같은 목창을 들고서 의연하게 자세를 취하고 있다.

말은 없어도, 그 배짱 두둑한 미소가 무엇보다 많은 것을 말해주고 있다. '얼마든지 공격해 봐'라고. 그 뜻을 이해한 에리크 왕자는 기합과 함께 일격을 날렸다.

"하앗!"

그 일격은 찌르기였다. 가장 빠르고 가장 짧은 거리로 펼쳐진 그 일격은 끝에 천을 감은 목창이라고 해도 충분한 살상능력을 발휘할 것이다. 하지만, 그 일격은 푸죠르 원수가 들고 있는 목창과 접촉한 순간 마치 마법이라도 걸린 것처럼 방향이 틀어져서 아래쪽으로 눌리고 말았다.

"무슨!"

에리크 왕자는 눌리기 시작한 창을 왼쪽으로 반원을 그리는 것처럼 움직여서 빼냈다. 그리고 그대로 크게 휘둘러서 푸죠르 원수의 오른쪽 옆구리를 후려치는 일격을 날리려고 했다.

하지만, 그 일격도 푸죠르 원수의 허를 찌르지는 못했다. 푸죠르 원수가 창을 쥔 손의 손목을 꺾었을 뿐인데, 에리크 왕자의 창은 하늘 높이 튕겨져 올라갔다.

"핫! 하앗! 하아앗!"

에리크 왕자는 더 이상 손속을 봐주지 않고 상대를 죽일 생각으로 공격을 펼쳤다.

그 뒤로도 두 사람의 대련은 오랫동안 이어졌다. 그동안 에리크 왕자의 표정은 계속 변해 갔다.

처음에는 초조. 이어서 분노. 그리고 마지막에는 환희.

처음의 짜증은 간단한 이유 때문이다. 자신의 힘에 자부심을 가지고 있던 에리크 왕자는 자신의 공격이 번번이 막히는 이 상황 때문에 짜증이 났다. 그리고 그 짜증이 분노로 바뀐 것은, 푸죠르 원수가 자신보다 뛰어나다는 것을 깨닫고, 그런데도 공방이 계속되고 있는 상황을 '가지고 놀고 있다'고 생각했기 때문이다.

마지막으로 분노가 환희로 승화된 것은, 푸죠르 원수의 실력이 생각보다 훨씬 대단하다는 것을 알았기 때문이다.

푸죠르 원수는 가지고 노는 것이 아니었다. 지도해 주고 있었다. 그 증거로, 에리크 왕자가 좋지 않은 타이밍에 공격을 펼치려고 하면 사전에 제지해서 공격 자체를 막아 버렸고, 좋은 공격은 제대로 공격을 펼치게 한 뒤에 방어했다. 그리고 공격에 힘이 너무 들어가서 자세가 무너졌을 때는 다치지 않을 정도의 힘으로 때려 줬다.

이것은 대련이 아니다. 지도다.

에리크 왕자는 왕족인 동시에 웁살라 왕국에서도 손꼽히는 전사다. 웁살라 왕국에도 창을 쥔 에리크 왕자에게 이길 수 있는 전사가 몇 명 정도 있기는 하지만, 이렇게 온 힘을 다 하는 에리크 왕자를 '지도'해 줄 수 있는 전사는 지금으로서는 없다.

뛰어난 전사에게는 반쯤 무조건적으로 경의를 표하는 에리크 왕자의 솔직함은 장점인 동시에 단점이라고도 할 수 있다.

"핫! 하앗! 흐흡!"

온 힘을 다한 공격을 펼쳐도 전부 막히면서 '지도'를 받는 감각. 오랫동안 잊고 있었던 그 감각 덕분에 완전히 고양된 에리크 왕자는 머릿속이 새하얘질 정도로 창을 휘두르는 데만 집중했다.

"여기까지 하도록 하십시다."

"헉, 헉, 허억…… 그래, 알았다…… 허억……."

얼굴은 땀에 젖었으면서도 호흡은 전혀 흐트러지지 않은 푸죠르 원수의 말에 어깨까지 들썩이면서 숨을 쉬고 있는 에리크 왕자는 간신히 대답했다.

에리크 왕자는 누가 봐도 알 수 있을 만큼 완전히 지쳐서 두 발로 서 있는 것이 마지막 궁지라고 여겨질 정도의 상태였다. 하지만 그렇게 거친 숨을 쉬는 것도 그리 오래가지 않았다.

아마도 짧은 시간에 호흡을 고르는 단련도 했기 때문이겠지.

금세 호흡을 고른 에리크 왕자는 활짝 웃는 얼굴로 푸죠르 원수에게 말을 걸었다.

"이거 참, 훌륭하군! 정말 훌륭한 기술이었다. 자네가 우리나라에서 태어났다면 틀림없이 토르라는 이름을 받았을 것이다."

"과분한 말씀에 지극히 황송할 따름입니다. 그 말씀을, 합격의 뜻이라고 생각해도 되겠습니까?"

푸죠르 원수가 그렇게 대답한 것은 원래 이 대련이 에리크 왕자의 제안으로 시작된 일이기 때문이다. '그 나라를 알기 위해서는 그 나라의 무인과 대련하는 것이 제일이다. 젠지로 폐하와는 그러지 못했다'는 말을 듣고, 여왕 아우라가 '나라를 대표하는 무인'으로서 푸죠르 원수와의 대련을 허가했다.

"에리크 전하도 정말 훌륭하게 단련하셨습니다. 저희 기사들 중에도 전하를 상대할 수 있는 자는 거의 없을 것입니다."

"푸죠르 원수 정도의 무인이 그렇게 말하니까 정말 기쁘군. 기사라. 남대륙에는 말이 없다고 들었는데, 기사는 있는 건가?"

고개를 갸웃거리는 에리크 왕자에게, 푸죠르 원수가 대답했다.

"말이라는 것은, 북대륙에서 이용하는 탑승용 동물이었죠. 그림이나 문헌에서 보고 들은 적은 있습니다. 남대륙의 탑승용 동물은 주룡. 초식 용종입니다."

"주룡, 용종을 타는 것인가."

에리크 왕자의 눈이 번쩍거린 것도 당연한 일이다. 북대륙에서 용종— 특히 육룡(陸龍)은 거의 전설적인 존재다. 읍살라 왕국이 있는 북대륙에서도 가끔씩 사냥꾼이 산속 깊은 곳에서 육룡을 봤다는 소문이 돌기는 하지만, 실제로 발견된 사례는 없다. 현대 일본에서 일본 늑대나 일본 수달이 발견됐다는 소문 수준의 신빙성이라고 하면 이해가 될까.

북대륙 전체를 통틀어서 봐도, 육룡의 서식이 확인된 곳은 즈워타 보르노시치 귀족 자치제 공화국 북동부의 원시림뿐이다.

『교회』의 신도라면 용종을 경배하는 사상이 주입되어 있지만, 웁살라 왕국 사람들은 정령신앙을 믿는다. 용종에 대한 생각은 순수한 동경이나, 전설 속에서 전해지는 무시무시한 수렵 대상이라는 의식이 강하다.

"괜찮으시다면, 타 보시겠습니까?"

"타겠다."

푸죠르 원수의 제안에, 에리크 왕자는 푸죠르 원수가 자기도 모르게 씁쓸한 미소를 지을 만큼 숨 쉴 틈도 없이 대답했다.

◇◆◇◆◇◆◇◆

그날 밤. 푸죠르 원수는 카파 왕국 왕궁의 한 방으로 호출됐다.

푸죠르 원수가 입실했더니, 그곳에는 이미 다른 사람들이 모여 있었다. 여왕 아우라, 궁정 필두 마법사 에스피리디온, 그리고 파비오 비서관까지 세 명이다.

"잘 왔다, 일단 앉아라."

"예, 실례하겠습니다."

여왕 아우라의 허락을 받고 푸죠르 원수는 여왕의 맞은편 소파에 앉았다.

시간은 밤. 왕궁 안이다 보니 나름대로 많은 숫자의 기름접시에 불이 밝혀져 있지만, 그래도 역시 어둠침침하다. 반사적으로 어두운 구석 쪽으로 시선을 옮겨서 숨어 있는 자가 없는지 확인한 것은 전란 속에서 살아남은 무인의 습관 때문이다.

"시간이 얼마 없으니 바로 본론으로 들어가겠다. 에리크 전하는 어떤가?"

여왕 아우라의 물음에, 푸죠르 원수는 대담한 미소를 지으며 대답했다.

"상당히 즐거워하고 계십니다. 가볍게 대련해 봤는데, 제가 상당히 마음에 든 것 같습니다."

푸죠르 원수의 대답에 여왕 아우라는 '그런가'라고 짧게 대답했다.

에리크 왕자가 『순간이동』으로 카파 왕국에 온 뒤로 며칠 동안, 보다 정확히 말하자면 키 큰 시녀가 '웁살라 왕국의 에리크 왕자가 온다'는 서장을 들고 『순간이동』으로 귀국한 때부터 카파 왕국 상층부는 아주 난리가 났었다.

어째서 그렇게 된 것인가? 그렇게 따지고 싶었지만, 따질 대상은 머나먼 북대륙에 있다. 이쪽에서 연락을 취할 수단이 없는 이상 시키는 대로 대응하는 수밖에 없다.

프레야 공주가 측실이 되는 일은 물론이고, 대륙 간 무역을 체결하기 위해서라도 허투루 대할 수 없는 빈객이다.

황급히 환대 준비를 갖추고 어떻게든 다른 나라의 왕족을 맞이해도 창피하지 않을 만큼의 태세를 마련했지만, 그 고생은 여왕 아우라에게 처음으로 남편 젠지로에 대해 '원망스럽다'는 감정을 품게 만들었을 정도였다.

어쨌거나 상당히 변칙적인 비공식 방문이기는 하지만, 지금까지 에리크 왕자의 방문은 큰 문제없이 진행되고 있다.

프레야 공주가 젠지로의 측실이 되는 것에는 명확하게 반대의 뜻을 보이고 있는 에리크 왕자지만, 아무리 그래도 상대국 왕궁에서 반대 의견을 대놓고 드러낼 정도로 비상식적인 인간은 아니다.

지금까지는 표면상 '갑작스런 방문을 받아들여 줘서 감사하는 에리크 왕자'와 '내방을 진심으로 반기는 여왕 아우라'라는 형태로 무난하게 흘러가고 있다.

푸죠르 원수의 말에, 여왕 아우라는 턱에 손을 대고서 중얼거렸다.

"그런가. 아무래도 에리크 전하는 첫인상과 다르지 않은 분인 것 같군."

여왕 아우라가 받은 에리크 왕자의 첫인상. 그것은 굳이 말할 필요도 없이 뼛속까지 무인, 이다. 그래서 일부러 외교 수완이 좋은 자가 아니라 푸죠르 원수에게 접대를 맡겼는데, 아무래도 그 판단이 정답이었던 것 같다.

"예. 간단한 대련을 한 뒤에 주룡에 타는 것도 체험하셨는데, 어린아이처럼 기뻐하셨습니다. 이 생물은 수출할 수 없는가? 라고 계속 물어보실 정도로."

사육 담당에게서 변온동물인 주룡은 북대륙에서 사육하기 힘들다는 말을 듣고서도 미련이 남은 것 같았다고 한다. 하긴, 주룡은 종마와 비교해도 두 배가 넘는 체구를 자랑하니까, 에리크 왕자 같은 무인이 반하는 것도 당연한 일이다.

"그렇군."

푸죠르 원수의 말에 여왕 아우라는 마음속에서 생각했다.

『순간이동』으로 귀국한 키 큰 시녀는 젠지로가 보낸 편지(실제로 적은 사람은 이네스지만)를 지참하고 있었다. 그 내용을 보면, 에리크 왕자와 젠지로는 상당히 험악한 관계가 된 것 같다.

그 에리크 왕자가 푸죠르 원수와 의기투합한 것은 좋은 결과지만, 조금 경계할 필요도 있겠지.

"알았다. 나도 내일, 에리크 전하와 사적인 회담 자리를 갖겠다."

젠지로가 보낸 서장과 지금까지의 태도를 통해서 에리크 왕자가 이쪽에 대해 그다지 호의적이지 않다고 느꼈던 여왕 아우라는 지금까지는 공식적인 환대는 했어도 사적인 회담 자리는 갖지 않았다. 그래서 대륙 간 무역에 대해서도 프레야 공주를 측실로 맞이하는 것에 대해서도, 단 한 마디도 말해 보지 못한 상태다.

하지만 지금부터는 그럴 수가 없다. 대륙 간 무역 이야기를 진행시키지 못하면 젠지로가 굳이 위험을 무릅쓰고서 『황금나뭇잎호』에 탑승한 의미가 없어진다.

"프레야 전하의 말을 믿는다면 웁살라 왕국은 제철과 조선에 관해서는 북대륙에서도 손꼽히는 선진국이라고 한다. 푸죠르, 이것을 보고 솔직한 감상을 말해 다오."

그렇게 말한 여왕 아우라는 맞은편에 앉은 푸죠르에게 칼을 한 자루 건넸다. 지근거리에 앉아 있는 상대에게 무기를 주는 것은 지극히 부주의한 행동이지만, 이 상황에서는 의미가 없는 말이다. 푸죠르 원수가 마음만 먹으면 여왕 아우라 정도는 맨손으로도 죽일 수 있으니까.

"예, 보도록 하겠습니다."

푸죠르 원수는 얌전히 칼을 받아들고는 칼집 잠금장치를 풀고서 스르륵, 칼을 뽑았다.

그것은 에리크 왕자가 '우호의 증거'로서 여왕 아우라에게 바친 보검이다. 짙은 파란색 칼집에는 반짝이는 보석이 잔뜩 박혀 있고 열십자 모양의 코등이는 금. 손잡이 끝부분에는 유난히 커다란 보석 장식이 들어가 있다. '보검'이라는 말에 한 점의 거짓도 없는, 호화찬란한 물건이다.

하지만 '보물'이라는 이미지를 보여주는 것은 거기까지였다.

손잡이에는 외관 따위는 알 바가 아니라는 것처럼 미끄럼 방지용 상어 가죽을 감아 뒀고, 칼집에서 빠져나온 칼날은 장식용 검이라고 부르기에는 너무나 두꺼웠다. 길고 곧은 검신에는 양쪽으로 날이 세워져 있고, 그 날은 손끝으로 건드리는 것조차 주저하게 될 정도로 날카롭다.

하지만 그 날카로운 칼날과 반대로 검신 자체가 너무나 두껍기 때문에 자르는 능력 자체는 그다지 뛰어나지 않을 것이다. 하지만 그 두꺼운 검신은 잘 부러지지 않고, 무거운 만큼 위력도 강하며 날이 어느 정도 상하더라도 살상력을 유지한다.

다시 보니 칼집도 칼에 비해서 꽤나 큰 편이다. 칼집 양쪽에서 날 밑에 잠금장치를 걸어서 고정하는 방식인데, 그 잠금장치를 풀면 칼집이 저절로 떨어질 만큼 헐렁하다. 이것도 이 칼이 실용을 위해 만들어졌다는 것을 말해 주는 요소다.

실전에서 사용한 칼은 날이 뭉개지거나 크게 휘어지기 때문에 칼집이 너무 타이트하면 고치기 전까지는 칼집에 넣을 수가 없다. 그렇게 되면 휴대성이 나빠지게 된다. 그래서 실전에서 사용하는 칼은 상대를 때리면서 날이 뭉개져서 두께가 변하거나 약간 휘더라도 들어갈 수 있도록 칼집을 약간 큼직하게 만든다.

이 칼과 칼집이 바로 그렇게 만들어졌다.

에리크 왕자 자신이 차고 있는 칼도, 장식은 조금 자제했지만 이것과 비슷한 형태였다. 이렇게 실용성을 해치지 않는 보검이 읍살라 왕국에서는 일반적인 것 같다.

"어떤가, 솔직한 감상을 말해 다오."

다시 한 번 묻는 여왕 아우라에게, 기름접시의 불빛에 칼날을 비춰 가며 보고 있던 푸죠르 원수가 홀린 것 같은 목소리로 대답했다.

"이 검, 갖고 싶군요."

"솔직한 감상을 말하라고는 했지만, 그런 의미는 아닌데 말이다."

푸죠르 원수의 대답에 여왕 아우라는 쓸쓸한 미소를 지으며 대답했다. 타국에서 우호의 증거로 선물한 보검을 자국의 원수라고는 해도 다른 이에게 주는 것은 말도 안 되는 일이다. 하지만 그 진심이 담긴 말에서 푸죠르 원수의 이 칼에 대한 평가가 전해졌다.

"그 정도인가."

"솔직히, 반했습니다. 이 칼이라면 숙부로부터 물려받은 창과 교환해도 좋을 지경입니다."

푸죠르 원수에게 보석 장식을 보는 눈은 없다. 지금 이 평가는 순수하게 무기로서의 평가다.

"음. 보검으로서 바친 만큼 그쪽에서도 고르고 고른 물건일 텐데, 그걸 고려한다고 해도 네가 그렇게까지 말할 정도인가."

프레야 공주가 말했던, 웁살라 왕국이 제철에 관해서는 북대륙에서도 손꼽히는 선진국이라는 이야기는 허풍이 아니었는지도 모르겠다.

"대륙 간 무역은, 무슨 일이 있어도 성립시켜야겠군."

"기대하고 있습니다."

푸죠르 원수가 대담한 미소를 지으며 말했지만, 여왕은 살짝 고개를 끄덕여서 넘겼다. 유력 귀족 가문의 당주인 푸죠르 원수에게 이 시점에서 확실한 언질을 잡힐 수는 없다. 여왕 아우라에게 최선은 카파 왕가와 웁살라 왕가 사이의 대륙 간 무역이다. 물론 최선에만 고집하다가 대륙 간 무역을 망쳐버릴 수도 없는 일이기에 차선으로서 다른 귀족들도 끌어들여서 카파 왕국과 웁살라 왕국이 무역을 하는 것도 시야에 두고 있기는 하지만, 벌써부터 타협할 필요는 없다.

"수고했다. 이만 물러가도 좋다."

여왕 아우라의 말을 듣고, 푸죠르 원수는 자리에서 일어났다.

"실례하겠습니다."

방에서 나가며 마지막으로, 아쉽다는 것처럼 탁자 위에 있는 보검을 쳐다본 것이 인상적이었다.

◇◆◇◆◇◆◇◆

다음날. 왕궁의 한 방에서 웁살라 왕국 제1 왕자 에리크 에스트리젠 웁살라와 카파 왕국 국왕 아우라 카파가 회담을 갖고 있었다.

처음에는 간단한 인사, 이어서 에리크 왕자가 어제까지 받은 접대에 대한 감사 인사, 여왕 아우라가 선물로 받은 보검을 푸죠르 원수가 한껏 칭찬했다는 것까지 전한 뒤에 본론으로 들어갔다.

"이제 와서 묻는 것도 우스운 일이지만, 에리크 전하가 이렇게 우리나라에 왔다는 것은, 내 남편과 나름대로 면식이 있다는 뜻이겠지."

여왕 아우라의 말은 사실을 확인하려는 것이 아니라 지금부터 시작할 회담을 위해 운을 띄우기 위한 말이었다. 원래 표정을 관리하는 능력이 그리 뛰어난 편이 아닌 에리크 왕자는 불쾌감을 감추지 않고 긍정했다.

"그렇습니다. 상당한 지혜를 지닌 분이었지요. 저는 도저히 흉내도 낼 수가 없습니다. 내고 싶지도 않지만."

그래도 명확한 험담을 피하는 걸 보면 에리크 왕자도 한껏 자제하고 있다는 뜻이겠지. 이 사람은 어설프게 수습하면 되레 신뢰하지 않는 부류의 인간이다. 그렇게 파악한 여왕 아우라는 자신도 씁쓸한 웃음을 감추지 않고 대답했다.

"나한테는 가장 사랑하는 남자다."

"이거 실례했습니다."

예의에 벗어난 발언이었다는 것을 깨달은 에리크 왕자가 솔직하게 사과했다. 하지만 사과는 했어도 발언을 정정하지는 않았다.

"그래, 됐다. 누구에게나 상성이라는 것이 있으니까. 다행히 그 사람과 프레야 전하의 상성은 나쁘지 않지."

본론에 들어가자마자 에리크 왕자의 눈이 날카롭게 빛냈다.

"동생의 행복을 바라는 오라비로서는 무조건 찬동할 수만은 없는 일입니다."

"에리크 전하의 개인적인 감상이라고 기억해 두겠다. 구스타프 폐하는 뭐라 말씀하셨나?"

상당히 명확한 거부감을 보인 에리크 왕자의 발언을 여왕 아우라는 가볍게 받아넘겼다. 제1 왕자라고 해도 왕은 아닌 이상, 프레야 공주의 혼인에 관한 결정권은 없다. 에리크 왕자는 그런 취급에 발끈하면서도 일부러 약간 논점에서 벗어난 대답을 했다.

"부왕께서는 귀국과의 대륙 간 무역에 크게 기대하고 계십니다."

"그렇군, 그건 영광이다."

여유 있는 미소와 함께 대답하며 여왕 아우라는 머릿속에서 열심히 생각했다.

이쪽은 프레야 공주의 혼인 이야기를 꺼냈는데 상대방은 대륙 간 무역 이야기를 꺼냈다. 두 이야기가 한 세트인 것은 사실이지만, '프레야 공주의 혼인에 구스타프 왕은 어떻게 말했냐'라는 물음에 '구스타프 왕은 대륙 간 무역을 열망하고 있다'고 대답했다.

에리크 왕자가 정말로 분위기 파악을 못하는 바보가 아닌 한, 그것은 '구스타프 왕은 대륙 간 무역의 성립을 위해서라면 프레야 공주의 혼인을 인정할 생각이 있다'는 뜻일 것이다.

그렇다고 에리크 왕자를 설득할 필요가 없느냐면, 꼭 그런 것도 아니다. 에리크 왕자는 제1 왕자. 상식적으로 생각하면 웁살라 왕국의 다음 국왕이다. 다음 국왕을 무시하고 혼인 외교를 성립시킨다면, 그것은 다음 세대에 시한폭탄을 떠넘기는 것이나 마찬가지다.

"대륙 간 무역에 대해, 에리크 전하는 어떻게 생각하시나?"

일단 상대에게도 이익이 되는 방향에서 설득을 시도했다.

"성공하면 양국에 크나큰 부를 가져다 줄 것이라고 생각합니다. 물론 저는 부를 늘리는 방법도, 사용하는 방법에 대해서도 잘 모릅니다. 자세한 사항은 전문적으로 하는 자들이 처리하겠지요."

내용보다 그 말투가 에리크 왕자의 대륙 간 무역에 대한 관심이 적다는 것을 말해 주고 있다. 찬성이냐 반대냐를 따지자면 찬성이지만, 그것을 크게 바라는 것은 아니라는 태도다.

최근 며칠 동안 봐 온 에리크 왕자의 성격을 바탕으로 생각해 보면 이 반응은 연기가 아닌 것 같다고 여왕 아우라는 판단했다. 그렇다면 대륙 간 무역과 엮어서 프레야 공주의 혼인 문제를 인정하게 만드는 것은 어려울 것 같다.

"그렇군. 그렇다면, 프레야 공주의 혼인에 대해서도 같은 생각인가? 전문적인 지식을 가진 자들이 생각할 일이라고?"

여러모로 생각한 끝에, 여왕 아우라는 일단 그렇게 말을 던졌다.

"아닙니다. 프레야는 여러모로 문제가 있는 녀석이지만, 소중한 동생이라는 것도 사실입니다. 저도 책임을 갖고 임하고 싶습니다."

"동생을 많이 아끼나 보군. 좋은 일이야."

여왕 아우라의 말은 완전히 빈정대는 것만은 아니었다. 에리크 왕자의 표정과 목소리에서는 프레야 공주에 대한, 서툴면서도 알기 쉬운 애정이 확실하게 느껴졌으니까.

"동생의 행복을 바라는 것은 오라비로서 당연한 일입니다."

가슴을 활짝 편 에리크 왕자도 빈정대는 말이라고 생각하지 않은 것 같다.

"헌데, 그렇기에 에리크 전하가 내 남편과 프레야 전하의 혼인을 인정해 줬으면 싶군. 그것이 프레야 전하의 행복으로 이어진다. 우리나라에 그것이 가능할 만큼의 국력이 있다고 자부하니까."

여왕 아우라의 말에 에리크 왕자는 진지한 표정으로 고개를 끄덕였다.

"분명히, 저도 이 나라에 와서 인식을 바꿨습니다. 아직 전부 파악했다고 하기는 힘들지만, 카파 왕국이 대국이라는 점은 의심하지 않습니다."

거친 전사 쪽으로 비중이 크게 기울어 있는 에리크 왕자이기는 하지만, 고도의 교육을 받은 왕족이라는 점 또한 사실이다.

최근 며칠 동안 받은 환대와 왕궁 그 자체. 그리고 어제 상대했던 푸죠르 원수를 따라서 가 봤던 연병장의 병사들과 그 탑승용 동물인 주룡 무리를 보면, 카파 왕국이 대국으로 구분되는 나라라는 것은 이해할 수 있었다.

북대륙은 남대륙을 얕보는 풍습이 있지만, 남대륙과 같은 정령 신앙 국가인 읍살라 왕국은 비교적 그런 경향이 희박했다.

그래서 이렇게 카파 왕국의 국력을 직접 보고서 대등하게 대할 정도의 도량은 있다. 사실 상대국을 '대등하게 대할' 권리가 자신들에게 있다는 생각 자체가 이미 무의식적으로 자신들을 위에 두고 있다는 증거이기도 하지만.

어쨌거나 카파 왕국의 실태를 알게 된 지금의 에리크 왕자에게 카파 왕국 자체는 프레야 공주를 보내는 데 불만이 없는 나라다.

문제는 젠지로 개인의 자질과 국서라는 입장이다.

한손으로 비틀어 죽여 버릴 수 있을 것 같은 젠지로 개인에 대한 낮은 평가는 지난번에 한 방 먹으면서 어느 정도 고쳤지만, 국서라는 입장만은 어떻게 할 도리가 없다.

읍살라 왕국의 제1 왕녀가 카파 왕국 국서의 측실이 된다. 이 부분만 보면 대등은 고사하고 읍살라 왕국이 카파 왕국보다 아래로 보일 수밖에 없다.

그런 우려를 이해하는 여왕 아우라는, 이해한다는 것처럼 몇 번이나 고개를 끄덕이고는,

"그 부분에 대해서는 알고 있다. 현시점에서 구두 약속은 할 수 없지만, 결코 허투루 대하는 일이 없도록, 내 남편은 물론이고 나 또한 열심히 노력하겠다. 왕족으로서 대우는 물론이고, 고유의 공

작위를 내리는 것도 생각하고 있다."

"폐하의 배려를 의심하는 것이 아닙니다. 하지만 오라비 된 입장으로서, 아무래도 동생이 여자로서 보다 자신에게 걸맞은 행복을 거머쥐기를 바랄 따름입니다."

"그 마음은 잘 알겠지만, 구체적인 부분이 조금 부족한 이야기군. 그대는 구체적으로, 프레야 공주가 어떤 혼인을 하기를 바라는가?"

고개를 갸웃거리는 여왕 아우라에게, 에리크 왕자는 당당하게 대답했다.

"웁살라 왕국 제1 왕녀가 시집가기에 걸맞은 나라, 걸맞은 사내의 청혼을 받고, 양국의 축복하에 성립되는 혼인입니다."

그 대답 또한 구체적인 부분이 부족하지만, 여왕 아우라는 그 속에서 설득할 단서를 발견했다.

"남자의 청혼을 받아 결혼한다. 그렇군, 신분 여하를 불문하고 세상 대부분의 여자가 바라는 일이겠지. 허나, 프레야 공주는 그 대부분에서 벗어나는 인물이 아닌가?"

우연히도, 그것은 젠지로가 웁살라 왕국에서 지적했던 것과 같은 내용이다.

기분이 상했는지 눈살을 찌푸린 에리크 왕자는 반론하는 것처럼 되물었다.

"프레야가 보통이 아니다, 아우라 폐하께서 그렇게까지 말씀하시는 근거는 무엇입니까?"

그 질문은, 여왕 아우라 입장에서는 조금 의외였다.

"근거고 뭐고, 있는 그대로의 사실이 아닌가. 얼마 전에 푸죠르 원수의 결혼식이 있었다. 내 남편 젠지로가 왕도를 떠날 수 없는 내 대리로 참석했는데, 프레야 전하가 그 파트너 역할을 자청했다. 많은 이들 앞에서 결혼식에 파트너로 데려가 달라고 부탁하는 그런 여자가 남자의 청혼을 받는 데서 행복을 느낄 여자가 아니라는 것은 너무나 당연한 이야기가 아닌가."

"……………………………예?"

에리크 왕자의 표정이 완전히 얼어붙었다. 일부러 그런 소리를 낸 게 아니라 얼굴에서 힘이 빠지고 입이 반쯤 벌어지면서 자기도 모르게 그런 소리가 나온 것 같은, 그런 못 미더운 얼굴이다.

그만큼, 지금 들은 정보가 에리크 왕자에게 충격적인 내용이었기 때문이다.

여자가, 많은 사람들 앞에서, 자신을 결혼식 파트너로 삼아 달라고 부탁한다. 그것은 에리크 왕자의 가치관에서는 말도 안 될 정도로 파렴치한 행위다.

게다가 부탁한 상대는 국서 젠지로. 지금 에리크 왕자에게 그 이야기를 전한 사람은 여왕 아우라다. 표정 관리를 못 하는 에리크 왕자는 조심스레, 그러면서도 직접적으로 물었다.

"그게, 사람들 앞에서라고 하셨는데, 아우라 폐하도 그 자리에?"

"물론이지. 그 자리는 프레야 전하를 환영하기 위한 파티였으니까. 내가 출석하지 않으면 실례가 아니겠나."

미소 짓는 여왕 아우라를 보며, 에리크 왕자는 머리를 쥐어뜯으면서 몸을 움츠리고 싶은 충동에 사로잡혔다.

'프레야아아아!'

돌아가면 반드시, 눈물을 흘릴 때까지 잔소리를 퍼부어 주겠다. 프레야에 대한 화가 정점에 달한 에리크 왕자지만, 자신의 가치관 안에서는 상식적이고 성실한 왕자는 그 분노조차도 묻혀 버릴 정도로 강렬한 죄악감과 수치심에 사로잡혔다.

자신을 환영하는 파티 자리에서, 그 파티의 주최자인 여왕 아우라 앞에서, 여왕 아우라의 남편인 국서 젠지로에게 '결혼식 파트너로 데려가 달라'고 여자 쪽에서 부탁했다.

이건 상식을 벗어났다는 수준을 넘은 일이다. 솔직히 에리크 왕자의 상식에 비춰서 생각해 보면 여왕 아우라와 국서 젠지로가 어째서 그 부탁을 받아들였는지도 이해하기 힘든 일이다.

"그 자리에 프레야 외에도 우리나라 사람이 있었습니까?"

"웁살라 왕국 사람은 프레야 전하 외에는 스카디 공뿐이었지. 다른 이들도 이야기 정도는 들었겠지만."

"……그렇습니까."

최후의 희망이 무너져 버린 에리크 왕자는 무서울 정도로 감정이 실리지 않은 목소리로 대답했다.

여전사 스카디가 그 자리에 있었다. 직접 본 것은 아니지만 『황금나뭇잎호』의 선원들도 그 경위는 거의 알고 있다. 그렇게 되면 이 프레야 공주와 젠지로의 혼인 이야기가 프레야 공주의 폭주에서 시작됐다는 사실은 무슨 수를 써도 숨길 방법이 없다는 뜻이 된다. 틀림없이, 근시일 내에 웁살라 왕국에서도 이 소문이 퍼질 것이다.

'일이 이렇게 되면, 받아들이는 수밖에 없지 않은가!'

처음부터 결론이 내려져 있었다. 에리크 왕자의 상식으로는 그렇게 결론을 내리는 수밖에 없었다.

에리크 왕자는 프레야 공주를 동생으로서 사랑하고 있다. 그리고 비상식적인 생각에 대한 이해가 부족한, 낡은 가치관을 가진 인간이다. 그래서 에리크 왕자는 낡은 가치관에 바탕을 두고 프레야 공주가 행복한 결혼을 하기를 바라고 있었다.

그렇게 바라고 있었다. 과거형이다.

그 바람이, 지금 무너졌다.

사람들 앞에서, 다른 나라 왕족(그것도 기혼자)에게, 사실상의 교제 신청을 했다고 할 수 있다. 결혼식 파트너로 삼아 달라고 졸랐던 여자에게 제대로 된 혼담이 들어올 리가 없다. 에리크 왕자는 아주 자연스럽게, 그렇게 인식했다.

하지만 실제로 따져 보면 에리크 왕자가 너무 비관적으로 생각하는 구석도 있다. 웁살라 왕국 제1 왕녀라는 간판이 있으면 앞으로도 프레야 공주에게 (에리크 왕자가 생각하는 수준의)제대로 된 혼담이 들어올 가능성은 충분히 있다.

하지만 이 일이 웁살라 왕국 입장에서는 상당히 큰 빚을 지는 것이 된다는 점 또한 틀림없는 사실이다.

프레야 공주의 파격적인, 사실상의 구혼. 젠지로가 그것을 받아들이고 여왕 아우라가 승인했으니 이 일은 '작은 해프닝'으로 넘어갈 수 있었다. 젠지로가 그 자리에서 거절하거나 여왕 아우라가 '무례한 일'이라고 거절했다면 큰 일이 날 뻔했다.

여행지에서 있었던 창피한 일은 그곳에 두고 온다는 생각으로 두 번 다시 남대륙에 발을 들이지 않는다면 어떻게든 해볼 수도 있겠지만, 카파 왕국과의 대륙 간 무역 체결이라는 대전제를 생각해 보면 여왕 부부에게 눈에 보이는 형태로 감사의 뜻을 보여야만 하는 일이 되었을 것이다.

프레야 공주의 인생은 거기서 정해져 버렸다고 해도 과언이 아니다.

에리크 왕자는 생각했다. 프레야 공주가 저지른 실수. 그 정보를 감추는 것이 얼마나 어려운지. 그리고, 프레야 공주에게 선사할 수 있는 최선의 미래……

"……제 동생 프레야를 받아들여 주신 젠지로 폐하와 아우라 폐하의 온정에 최대한의 감사를 전할 따름입니다."

아무리 생각해도 본인이 바라는 대로 젠지로의 측실이 되는 이상의 미래를 찾아낼 수 없었던 에리크 왕자는 결국 뜻을 굽히고 말았다.

[제3장] **탐색 후 밀담의 나날**

젠지로가 모르는 곳에서 프레야 공주를 측실로 맞이하는 일의 가장 큰 장애물이 제거된 그 무렵, 젠지로는 어느 정도 생활 리듬을 잡아 가고 있었다.

아침에 『순간이동』으로 『성인의 증거』를 치르기 위한 숲으로 이동하고, 해가 저물기 전에 『순간이동』을 이용해서 광휘궁으로 귀환. 사우나, 식사를 마친 뒤에 취침. 익숙해지면 다음날 아침이면 피로가 남지도 않는다. 더 익숙해지면 저녁식사를 마친 뒤에 짧은 시간이나마 면회 희망자와 만나서 이야기를 나눌 수 있을 정도의 여유도 생긴다.

그 결과 젠지로는 오늘부터 그동안 기다리게 했던 면회 희망자와의 대담에 시간을 할애하게 됐다.

면회 희망은 여러 건이 들어와 있는데, 역시 신분 문제도 있기 때문에 처음 면회할 사람은 처음부터 정해져 있었다. 가능하다면 이쪽 편인 프레야 공주와 제일 먼저 면회를 하고 이것저것 의논하고 싶었지만, 그럴 수도 없다.

첫날 면회 상대는 필연적으로 웁살라 왕국 국왕 구스타프 5세가 됐다.

"피곤할 텐데, 밤늦게 실례하겠소. 예상보다 일찍 면회를 받아들여 주신 데 대해 감사하오, 젠지로 폐하."

맞은편에 앉은 구스타프 왕의 말에 제3 정장으로 갈아입은 젠지로는 한 손을 들어 보이고 웃는 얼굴로 대답했다.

"무슨 말씀을, 그렇게 대단한 일도 아닙니다. 아무래도 처음 하루 이틀 정도는 나름대로 힘들기도 했습니다만, 서서히 익숙해졌습니다. 하지만 아무래도 술은 자제하고 싶으니, 그 점은 용서해 주시면 감사하겠습니다."

"그런가. 그럼, 미안하지만 혼자 들도록 하겠네."

"예, 부담 갖지 마십시오. 이네스."

"예."

젠지로가 말하자, 뒤에서 대기하고 있던 시녀 이네스가 구스타프 왕의 잔에 술을 따랐다. 거의 무색투명한 속에 금가루가 반짝이는 술을 보고 구스타프 왕의 눈이 가늘어졌다.

"호오, 포모제 후작으로부터 이 술을 받은 것인가. 젠지로 폐하가 『기사단』으로부터 포모제를 지키는 데 크게 활약하셨다는 소문이 사실인 것 같군."

그 술은 젠지로가 떠나기 직전에 포모제 후작이 감사의 뜻으로 건넨 술 중에 하나였다. 포모제 후작이 자랑스럽게 '우리 영지가 자랑하는 명품'이라고 말했는데, 구스타프 왕의 반응을 보니 그 평가는 사실인 것 같다.

일이 진정되면 나도 마셔 보자. 기쁜 일이 하나 더 늘었다고 생각하면서 젠지로는 겸손하게 대답했다.

"아닙니다, 제 힘이 아니었습니다. 우연이 거듭되면서 도울 수 있었을 뿐입니다. 그 포모제의 일에 관해서는 오히려 프레야 전하가 총명한 판단으로 힘써 주셨습니다."

"프레야가 말인가……."

젠지로가 칭찬하자 구스타프 왕의 얼굴이 명주의 맛을 음미하면서 풀어져 있던 표정에서 순식간에 씁쓸한 기색이 감도는 표정으로 변했다.

아들이라면 기뻐해 마땅한 공적도 딸이 했다고 들으니 골치 아픈 문제 행동처럼 여겨진다. 역시 구스타프 왕의 가치관도 에리크 왕자와 같은 것 같다.

"젠지로 폐하, 술의 힘도 빌렸으니 솔직하게 여쭙고 싶소. 폐하는 진실로 내 딸을 아내로 맞이하고 싶다고 생각하시오?"

인생과 표정 관리를 절대로 떼어놓을 수 없는 왕이라는 입장에 있는 사내의 입에서 나왔다는 걸 믿을 수 없을 만큼 단도직입적인 질문에 젠지로는 잠시 말문이 막혔다. 어떤 의미에서 보면 정곡을 찔렸기 때문이다. 구스타프 왕이 우려하는 것과 다른 의미이기는 하지만, 젠지로 자신이 프레야 공주를 아내로 삼는 것에 대해 적극적이지 않은 것 또한 틀림없는 사실이다.

산전수전 다 겪은 왕족을 상대로 거짓말이 먹힐 리가 없다고 생각한 젠지로는 사실만을 있는 그대로 말했다.

"프레야 전하에 대해서는 한 사람의 인간으로서 크게 존경하고 있습니다. 전하와 연을 맺을 수만 있다면 더할 나위 없는 영광일 테니, 그 영광에 걸맞은 대우를 굳게 약속하겠습니다."

"흐음…………."

인간으로서 존경한다. 결혼하면 소중히 여기겠다. 양쪽 모두 거짓은 아니다. 하지만 여자로서 사랑하는지, 애당초 젠지로가 프레야 공주와 결혼하고 싶다고 생각하기는 하는지. 그 질문에는 굳이 대답하지 않은 것을 보고, 구스타프 왕도 눈치를 챘을 것이다.

굳이 그 부분에 대해 지적하지 않는 것은 구스타프 왕도 이 혼사가 파탄나는 것을 바라지 않기 때문이다. 최근 며칠 동안에 구스타프 왕은 프레야 공주는 물론이고 여전사 스카디와 망누스 부장을 비롯한 『황금나뭇잎호』 선원들로부터 남대륙과 카파 왕국에 대한 보고를 들었다.

그 결과, 카파 왕국과의 대륙 간 무역에는 자국의 제1 왕녀를 측실로 밀어 넣을 가치가 있다는 확신에 도달했다. 단, 체면에 문제가 생기는 것만은 틀림없는 사실이기에 조금이나마 체면을 살리기 위한 교섭에는 끝까지 매달릴 생각이지만.

"잘 알겠소. 그렇다면, 근시일내에 젠지로 폐하께 아버님이라고 불리게 되겠군."

"……괜찮으시겠습니까?"

구스타프 왕의 말은 프레야 공주가 측실이 되는 일을 인정한 것이나 마찬가지였다. 약간 놀라서 되물은 젠지로에게 구스타프 왕은 즐겁다는 듯이 웃으면서 긍정했다.

"괜찮소. 조건으로 걸었던 것 중에 하나는 이미 달성된 것이나 마찬가지니까."

프레야 공주를 측실로 맞이하는 데 대해 구스타프 왕은 비밀리에 조건을 하나 걸었다. 그것은 젠지로가 『성인의 증거』에 동행하

는 호위 일행에게 인정받는다. 또는 호위들의 가치관을 무너트린다'
는 것이었다.

한마디로 회담 자리에서 에리크 왕자에게 했던 것과 같은 일을
호위 전사들에게도 저지르기를 기대하는 것이다.

지금까지 웁살라 왕국을 지탱해 온 용맹한 전사의 가치관. 그 가
치관이 웁살라 왕국을 시대의 흐름에서 뒤처지게 만드는 원인이 될
수도 있다. 구스타프 왕은 항상 그것을 걱정하고 있었다.

그런 전사들의 가치관으로는 도저히 평가할 수 없는 젠지로라는
남자에게 한 방 먹으면서 에리크 왕자의 시야가 조금 넓어졌다.

이번에 젠지로의 호위로 붙인 다섯 명은 리더인 빅토르를 제외하
면 하나같이 에리크 왕자 쪽에 가까운 자들이다. 전사로서의 역량
도 뛰어나고 전사단의 중추를 이루는 인재라고 들었다.

그런 이들이 조금이나마 전사의 가치관을 벗어나서 시야를 넓힐
수만 있다면 구스타프 왕에게는 크나큰 의미가 있다. 그야말로 프
레야 공주가 측실로 들어가는 것을 허가할 만큼의 가치가.

"지금 상황을 생각해 보면, 녀석들의 콧대가 꺾일 것은 틀림없
소. 그러니 젠지로 폐하께서 내가 의뢰한 과제를 달성했다고 판단
하고 있소. 그렇다면, 이쪽도 성의를 보여야만 하겠지."

"황송할 따름입니다."

큭큭, 즐겁게 웃는 구스타프 왕에게 젠지로는 일본에 있던 시절
의 버릇대로 살짝 고개를 숙일 뻔했지만 간신히 참았다. 지금의 젠
지로는 설령 상대가 한 나라의 왕이라고 해도 함부로 고개를 숙여
서는 안 되는 입장이다.

구스타프 왕에게 에리크 왕자와 같은 타입인 전사들은 믿음직한 나라의 검인 동시에 왕의 골머리를 썩이는 고집 센 자들이기도 했다. 그런 자들이 아직도 상당히 추운 봄의 산 속에서 제대로 된 준비도 못 한 채로 며칠이나 지내야 한다는 점은 약간 어두운 기쁨을 맛보게 해주는 일이었다. 반대로 말하자면, 그들에게 그 정도 일은 조금 힘든 일이기는 해도 돌이킬 수 없는 큰 부상을 입거나 목숨을 잃는 일은 없을 것이라고 신뢰하고 있다는 뜻이기도 했다.

여전히 기분이 좋은 채로 구스타프 왕이 말했다.

"기껏 이렇게 비밀스런 기회이기에 흉금을 털어놓고 말하는데, 우리나라에도 체면이라는 것이 있소. 제1 왕녀가 남대륙 국서의 측실이 된다고 하면 그다지 듣기 좋은 일은 아니지. 우리가 북대륙에서 얕보이는 일이 없도록 배려해 줬으면 싶소."

"그 마음은 이해합니다. 지금 제가 행하고 있는 『성인의 증거』도 그 일환이겠지요."

프레야 공주와의 혼인을 성사시키기 위해서 젠지로가 눈에 보이는 형태로 고생을 하면, 그만큼 '그렇게까지 원한다면 어쩔 수 없다'는 핑계가 되어 대외적인 체면이 선다는 이야기다.

왠지, 젠지로는 옛날이야기에서 들은 색시를 얻는 이야기가 생각났다. 본질적으로는 다를 게 없겠지.

"그렇소. 보통 다른 나라의 왕족과 결혼할 경우에는 우리나라의 『성인의 증거』를 요구하지는 않지. 다른 나라로 시집을 가는 시점에서 그쪽 나라의 상식에 따르는 것이 관례니까. 하지만 이번에는 상황이 상황이다 보니 그 부분은 그쪽에서 가능한 양보해 줬으면 싶군. 그 뒤에 있을 결혼식도 이쪽에서, 이쪽의 방식으로, 이쪽의 의상으로 행하기를 바라오."

한마디로 결혼에 이르기까지의 과정은 전부 웁살라 왕국의 상식에 따르라는 이야기다. 대외적으로 알기 쉽게 '이렇게까지 고개를 숙이고 부탁을 하니, 귀국의 제1 왕녀를 제 측실로 주십시오'라고, 그렇게 부탁하라는 것이다.

"알겠습니다."

이런 부분은 젠지로의 재량으로 정할 수 있는 것이기에 젠지로는 쾌히 승낙했다. 애당초 남녀를 불문하고 한 쪽이 들어가는 가문에서 결혼식을 행하는 것은 카파 왕국에도 존재하는 풍습이다. 거절할 이유는 없다.

"다행이군. 젠지로 폐하. 프레야를 잘 부탁하네."

"예."

구스타프 왕의 아버지로서의 말에, 젠지로는 짧은 말에 최대한의 성의를 담아서 대답했다.

◇◆◇◆◇◆◇◆

그 무렵. 광휘궁의 다른 방에서는 많이 닮은 은발에 파란 눈의 왕자와 왕녀가 테이블을 사이에 두고 마주 앉아서 이야기를 나누고 있었다.

"정말 오랜만이네 프레야. 잘 지내는 것 같아서 안심했어."

"너도, 웡비."

웁살라 왕국 제2 왕자 윙비와 제1 왕녀 프레야다. 쌍둥이 남매인 두 사람은 아주 많이 닮았다. 공식적으로는 태어난 순서대로 프레야가 누나, 윙비가 동생이지만 윙비는 항상 '내가 오빠다'라고 말했고, 사적인 자리에서는 프레야를 누나라고 부르려 하지 않았다. 그런 탓에 프레야 공주와 윙비 왕자는 서로가 자신이 누나, 오빠라고 주장하는 기묘하게 대등한 인간관계를 형성했다.

지금은 왕족 남자와 여자로서 이렇게 얼굴을 보는 데만도 귀찮은 절차가 필요해졌지만, 어릴적에는 침식을 같이 했던 사이다. 프레야 공주한테는 왕족 중에서도 가장 편한 상대라고 할 수 있다.

"그나저나 윙비치고는 시간이 꽤 오래 걸렸네. 솔직히 귀국한 다음날에라도 면회하러 올 거라고 생각했었는데."

방향성은 다르지만 강한 호기심과 행동력이라는 점에서는 '역시나 쌍둥이'라는 말을 정도로, 윙비는 프레야와 많이 닮았다. 그런 것치고는 행동이 많이 느렸다고 프레야 공주는 느꼈다.

그런 쌍둥이 누나의 말에 은발 왕자는 볼이 퉁퉁 부어서,

"그건 반쯤은 프레야 탓이야. 프레야가 공화국에서 안나 왕녀를 상대로 그런 짓을 저질렀으니까. 공화국과 『기사단』의 싸움을 경계하기 위해서 로그포트에서 해군을 경계 태세로 대기시켜야 했거든. 오늘까지 그걸 지휘했어. 최악의 경우에는 내가 『죽은 전사의 발톱 호』에 타게 될지도 몰라. 나머지 절반은 젠지로 전하 탓이려나? 원래 이런 건 에리크 형님이 하실 일인데, 형님은 지금 남대륙에 있으니까."

그렇게, 정말 불만이라는 것처럼 말했다.

그 부분을 따지면 프레야 공주도 할 말이 없었다.

"미안해."

슥, 하고 눈을 피하면서 작은 목소리로 사과했다.

"아버님도 말씀하셨지만, 역시 우리한테까지 파장이 미쳤어."

쌍둥이 동생이 풀죽은 누나를 달래 주려는 것처럼 말했다.

"뭐, 큰 영향은 없었다고 봐. 시기가 문제일 뿐이지. 공화국과 『기사단』이 본격적으로 부딪치게 되면 어쨌거나 우리 북방 제국도 가만히 있을 수는 없으니까. 우리만이 아니라 투룩 왕국과 베르겐 왕국도 같은 반응을 보였어."

"오프스 왕국과 우트가르즈는?"

"오프스 왕국은 아직 움직임이 보이지 않아. 그쪽은 북방 5개국 중에서 제일 『교회』가 침투한 곳이니까, 이런 문제에는 함부로 움직일 수 없겠지. 우트가르즈는 평소처럼 입을 꾹 다물고 있고. 어차피 그쪽은 무슨 일이 일어나도 끝까지 움직이지 않을 거야."

윙비 왕자는 자국을 포함한 북방 5개국의 동향에 대해 술술 대답했다. 프레야 공주와 나이는 같지만, 남자인 윙비 왕자는 몇 년 전부터 왕족으로서 군사와 정무에서 몇 가지 직책을 맡아 정력적으로 활동하고 있다.

"프레야가 속은 건 짜증나는 일이지만, 국제 정세를 생각하면 공화국이 『기사단』한테 호되게 당하는 일만은 피하고 싶으니까. 결국은 안나 왕녀의 꿍꿍이대로 움직일 수밖에 없지. 구체적으로 원군을 보내는 건 위험 부담이 너무 크기 때문에 불가능하지만, 그래도 견제 정도는 해야겠지."

"웅? 어차피 안나 왕녀의 꿍꿍이대로 움직인다고 한다면, 안나 왕녀가 한 일은 오히려 악수가 아닐까? 같은 결과를 도출할 뿐인데 이렇게 우리 웁살라 왕국에 나쁜 감정을 갖게 만들었잖아."

갑자기 생각난 의문을 입에 담은 프레야 공주에게, 윙비 왕자는 씁쓸한 미소를 지으면서 고개를 저었다.

"아니. 본인한테도 이익이 됐을 거야. 그렇게 해서 국내의 유력한 귀족에게 '자신이 활약해서 웁살라 왕국을 움직이게 했다'고 주장할 수 있으니까. 실제로 북방 제국에서는 우리가 제일 빨리 움직였으니까 그 말에도 어느 정도 신빙성이 있어. 안나 왕녀로서는 다른 나라 왕족의 불만을 사는 것보다 국내 귀족한테 주장할 수 있는 실적을 쌓는 쪽이 중요해. 대국의 오만함이 아주 알기 쉬운 형태로 드러났다고 해야겠지."

빈정대는 것처럼, 그러면서도 자신 있게 자신의 생각을 말하는 동생을 프레야 공주는 자기도 모르게 선망하는 눈으로 바라봤다.

"넌 좋겠다. 그렇게 국제 정세가 귀에 들어오는 입장인데다 국정에 관여할 수 있는 직책도 있으니까."

"그러기 위해서 여러모로 노력했으니까. ⋯⋯프레야 정도는 아니지만."

윙비 왕자가 누나의 투덜대는 이야기에 싫은 기색도 하나 없이 긍정하는 것은, 프레야 공주가 자신보다 더 노력하고 있다는 것을 누구보다 잘 알고 있기 때문이다.

백인대장 이상의 시련을 통과한 여성은 예외적으로 『여전사』라는 칭호를 얻고 성인 남성과 같은 직책을 맡을 수 있다는 것을 알게 된 어린 시절, 프레야 공주는 그쪽 방면으로도 상당한 노력을 거듭했다. 하지만 읍살라 왕국 여성치고는 체격이 상당히 작은 편인 프레야 공주는 어지간한 병사 정도의 역량을 몸에 익히는 것이 고작이었다.

그래도 포기하지 않고 프레야 공주는 부왕과 어머니, 유모를 끈질기게 설득해서 순록 사냥이나 바다표범 사냥에 동행하고, 대학에서 사람을 초빙해서 교양을 익히고는 했다. 물론 여성 왕족으로서의 숙녀 교육을 받으면서 별개로 진행한 일들이다.

"그래도 프레야는 잘 됐잖아. 어쩌네 저쩌네 해도 『황금나뭇잎호』의 선장이 됐고, 우리나라 최초의 대륙 간 항해를 성공시켰으니까. 축하해."

"고마워. 그건 다 윙비 덕분이야."

프레야 공주가 그렇게 말한 것은, 본인이 『황금나뭇잎호』 선장에 입후보하고 대륙 간 항행을 떠나는 데 대해 왕족 중에서 유일하게 찬성해 준 사람이 이 윙비 왕자였기 때문이다.

실제로 윙비 왕자의 설득이 없었다면 프레야 공주는 『황금나뭇잎호』의 선장으로 취임하지 못했을 것이다. 뭐, 그 설득 방법이 '너무 강경하게 반대하다가 프레야가 밀항이라도 하면 더 큰일이 일어날 겁니다'라는 상당히 실례가 되는 말이었다는 점에 대해서는 몇 마디 해주고 싶은 말이 있기는 하지만.

"그나저나 프레야가 결혼이라니. 상대가 남대륙 사람이라는 건 이해가 되지만, 오히려 왕족이라는 얘기에 놀랐어."

역시나 누구보다 프레야 공주를 이해하고 있는 동생다운 말이었다. 오래 전부터 미지에 대한 탐구심이 왕성했던 프레야 공주가 기왕에 결혼을 하려면 자신의 기준으로 미지의 일들이 많은 나라를 고르는 것은 필연적인 일이었다.

"너무하네. 나도 내 멋대로만 하는 건 아니야. 내 결혼과 국익을 같이 생각할 만큼의 상식은 겸하고 있어."

"상식이 있는 공주님은 선장이 돼서 대륙 간 무역에 나서지도 않고, 부왕의 허락도 없이 다른 나라 왕족과 자기 결혼 얘기를 정해 버리지도 않아."

"모든 면에서 상식이 있다는 얘기는 안 했어. 그 정도 상식은 있다는 얘기지."

완전히 정색해서 말하고는 프레야 공주는 새침 떼는 얼굴로 찻잔을 입으로 가져갔다.

"꽤나 한정적인 상식이네. 그래도 뭐, 잘 됐어. 생각보다 좋은 상대라서. 젠지로 폐하는 그렇게 상냥한 분이고, 아우라 폐하 자신도 바라는 일이라고 했으니까 프레야를 함부로 대하지는 않겠지."

허브티를 한 모금 마시고, 프레야 공주는 무슨 소리냐는 것처럼 고개를 갸웃거렸다.

"뭐? 무슨 소리야? 난 아직까지 아우라 폐하 얘기는 한 적이 없는데? 스카디한테 들었어? 아니면 젠지로 폐하?"

여왕 아우라의 됨됨이를 알 만큼 가까이 접할 수 있었던 사람은 프레야 공주와 전사 스카디뿐이었는데. 그렇게 생각하면서 고개를 갸웃거리는 프레야 공주에게 웡비 왕자가 자신 있게 말했다.

"아니, 누구한테 들은 얘기는 아니야. 그저 현재 상황에 대한 정보를 통합하면 간단히 추측할 수 있는 일이지. 프레야가 측실로 들어가는 데 대해 카파 왕국 쪽에서는 이미 이야기가 다 돼 있다. 그리고 그 이야기를 꺼낼 수 있는 사람은 두 사람뿐이지. 젠지로 폐하와 아우라 폐하. 하지만 젠지로 폐하의 성격을 봐. 그렇게 왕족치고는 보기 드문, 다른 이에 대한 경의와 성의가 가득한 분이 국서라는 입장을 고려하지도 않고 타국의 제1 왕녀를 측실로 바랄 리가 없어. 그렇게 되면 답은 하나. 프레야가 측실이 되는 이야기를 꺼낸 사람은 아우라 폐하겠지. 내 생각이 틀렸어?"

순서대로 논리정연하게 엉뚱한 추측을 피로하는 윙비 왕자를 보며 프레야 공주는 얼굴에 땀을 흘리면서 눈동자를 이리저리 움직였다. 그 수상한 표정을 태어난 때부터 같이 지내온 쌍둥이 동생이 놓칠 리가 없다.

"⋯⋯프레야?"

"⋯⋯⋯⋯."

말없이, 눈이 마주치지 않도록 정신없이 시선을 피하는 프레야 공주에게 윙비 왕자가 도끼눈을 뜨고 쳐다보면서 말했다.

"저기, 프레야. 확실하게 말해 줘. 이번 혼인, 처음 말을 꺼낸 게 누구지? 누가 누구에게 결혼을 신청한 거야?"

그렇게까지 확실하게 물어보면, 프레야 공주도 더 이상 얼버무릴 방법이 없다.

프레야 공주는 오른손을 살짝 들고는,

"내가 젠지로 폐하께 신청했답니다⋯⋯."

그렇게, 자백했다.

"무슨 짓을 저지른 거야?!"

윙비 왕자는 태어난 순간부터 함께 지내온 프레야 공주도 처음 들어 보는 절박한 목소리로 외쳤다.

그 뒤에, 긴 『신문(訊問)』 시간을 거쳐서 젠지로와의 혼인까지 도달하게 된 경우를 전부 털어놓은 프레야 공주는 뻔뻔해 보일 정도로 웃고 있었다. 웃어서 넘기는 것 외에는 남은 수단이 없다는 것처럼.

한편, 일련의 사실을 알아낸 윙비 왕자는 완전히 힘이 빠진 것처럼 의자 등받이에 몸을 기대고 어두운 천장을 바라보고 있다.

"……아우라 폐하까지 있는 많은 사람들 앞에서 결혼식 파트너를 자청했다니……. 젠지로 폐하 말이야, 사람이 좋은 걸 넘어서화를 내는 방법 자체를 모르는 분 아니야?"

윙비 왕자가 '사람이 좋은 걸 넘었다'고 한 것은 지금 상황에 대한 이야기다. '프레야 공주가 사람들 앞에서 젠지로가 출석하는 결혼식의 파트너를 자청했다'는 사실을 처음에 밝혔다면 지금 같은 상황은 벌어지지 않았다.

'상식도 모르고 창피한 줄도 모르는 너희 딸을 거둬 주겠다'는 태도를 보여도 웁살라 수뇌진이 거부하기 힘들었을 것이다. 그 사실을 숨기고 에리크 왕자를 비롯한 반대하는 사람들의 '말도 안 된다' '프레야 공주와 결혼하겠다면 우리에게 맞춰라' '귀족 정도밖에 안 되는 자가 건방지다'는 소리를 정면으로 받아들이고, 이쪽이 제시한 조건인 『성인의 증거』를 치르기 위해 지금도 계속 숲에 오고 있다.

"젠지로 폐하는 다른 사람과 부딪치는 걸 최대한 피하려고 하는 분이니까. 그렇게 보여도, 이번에는 우리가 미리 충고한 덕분에 상당히 강경한 태도를 취하고 계신 거야."

"그게?"

윙비 왕자는 질렸다는 것 같기도 하고 감탄한 것 같기도 한 목소리로 말했다. 만약 젠지로가 들었으면 골치가 아팠을 것이다.

젠지로 입장에서는 최대한 노력한, 에리크 왕자가 칼을 뽑기 직전까지 화가 나게 만든 것조차도 읍살라 왕국 남자들의 입장에서 보면 '상냥한'태도일 뿐인 것 같다.

"맞아. 카파 왕국 쪽에서는 내가 결혼하는 게 이미 결정된 사항이니까, 내가 그쪽에서 불편하게 지내지 않도록 배려해 주시는 것 같아."

"젠지로 폐하께 감사해야겠네."

"나도 알아."

프레야 공주는 젠지로가 프레야 공주의 고백에 대해 말하지 않은 것을 젠지로의 상냥함과 배려의 일환이라고 생각하고 있지만, 사실은 그게 아니다.

그저 잊어버렸을 뿐이다. 원리 현대 일본에서 태어나 자란 젠지로에게는 여자가 먼저 고백하는 것이 딱히 특별한 일도 아니다. 이쪽 세계가 극단적인 남성 우위 사회라는 것은 지식으로서 알고 있지만, 가장 가까이에 있는 여성이 그 예외인 여왕 아우라다 보니 크게 실감이 가지 않는다는 이유도 있다.

애당초 젠지로가 이쪽 세계에 온 이유가 '여왕 아우라의 남편이 되기 위해 소환됐다'였으니, 여성이 먼저 고백하는 데 큰 위화감을 품을 수도 없다.

그런 사정을 모르는 쌍둥이 왕자와 왕녀는 멋대로 젠지로에게 빚을 졌다는 생각을 하고 말았다.

분위기를 바꿔서, 윙비 왕자가 말했다.

"그나저나 카파 왕국의 혈통 마법은 정말 대단하네. 그것만 가지고도 프레야 두세 명 정도 가치는 있어. 응, 그래."

최근 며칠 동안 젠지로가 매일같이 숲과 광휘궁을 왕복하고 있는 것은 이미 주지의 사실이다. 그것을 보고 『순간이동』이 가능한 카파 왕가 혈통의 가치를 깨닫는 것은 필연이라고 할 수 있다.

"그건 너무 실례 아냐? 뭐, 나도 같은 생각이지만. 하지만 남대륙 쪽은 우리하고 비교도 안 될 만큼 혈통마법 유출에 과민하게 반응하니까, 내가 측실이 되는 게 정해진다고 해도 내 아이를 읍살라 쪽에서 거두는 건 힘들 거야."

여왕 아우라와의 가교섭에서도, 그 부분에 대해서는 처음부터 확실하게 못이 박혔다.

"그렇구나. 그런데 말이야, 『순간이동』이 있으면 측실이 된 뒤에도 꽤 자주 오갈 수 있잖아. 그렇다면 말이야, 프레야가 임신했을 때, 출산은 이쪽에 와서 해도 되지 않을까?"

정신적으로 불안정한 출산 시기에는 태어난 고향에서 지낸다. 이

윗나라 정도 거리라면 일단은 존재하는 풍습이다. 하지만 동생이 단순히 친절한 마음 때문에 그런 말을 꺼낼 사람이 아니라는 걸 알고 있는 프레야는 도끼눈을 뜨고 노려봤다.

"그래서, 어쩌라는 건데?"

"아니, 만약에, 만약에 말이야? 프레야의 아이가 이쪽에서 태어나고, 그 때 내 아내도 거의 같은 시기에 출산한다면 말이야, 혹시나 실수로 아이가 바뀌기라도 하면 참 곤란하겠구나~ 싶거든. 왜, 나랑 프레야는 쌍둥이잖아. 틀림없이 아이들도 많이 닮을 것 같거든."

"젠지로 폐하는 우리와 민족 자체가 달라. 아무리 나랑 네가 쌍둥이라고 해도, 네 아이랑 닮을 리는 없겠지."

황당하다고 한숨을 쉬는 프레야 공주를 보며, 윙비 왕자는 빙긋 웃었다.

"꼭 그렇지만은 않을 텐데. 프레야와 젠지로 폐하의 아이와, 나랑 카파 왕국 여성 사이에서 낳은 아이라면 많이 닮은 아이가 태어나지 않을까."

"윙비, 너…… 정말로 그런 짓을 저지르면 난 네 적이 될 거야."

낮은 목소리로 노려보는 프레야 공주 앞에서, 윙비 왕자는 장난스레 두 손을 들어 보였다.

"아하하, 농담이야, 농담."

"그래. 그럼 됐고."

물론 그게 농담이 아니라는 건 태어난 순간부터 같이 지내온 프레야 공주는 충분히 알고 있다. 하지만, 동시에 '농담'이라고 말한 이상, 지금 말한 불온한 계획을 이 자리에서 포기했다는 것도 이해했기 때문에 더 이상은 추궁하지 않았다.

카파 왕국의 혈통마법을 손에 넣을 수만 있다면 제일 좋겠지만, 그것 때문에 카파 왕가와의 유일한 창구가 될 프레야 공주와의 관계가 단절될 우려가 있다면 깔끔하게 포기한다. 욕심이 많으면서도 포기할 줄도 아는, 윙비 왕자의 기묘한 판단 기준을 누구보다 잘 알고 있는 프레야 공주이기에 알 수 있다.

"그래서, 어디까지 농담인데?"

"아이가 바뀔 수도 있다는 부분이 농담이야. 만에 하나라도 일어나지 않도록 만전의 준비를 갖출 테니까, 프레야는 안심하고 고향에 돌아와도 돼."

"그렇다면, 카파 왕국에서 아내를 맞이한다는 얘기는?"

"물론 상대가 누구인지에 달렸지만, 진심으로 생각하고 있어. 다행이라고 하면 프레야가 화를 낼 것 같지만, 제1 왕녀인 프레야가 국서 젠지로 폐하의 측실이 되는 거잖아. 그렇다면 웁살라 왕국 차기 국왕인 내가 카파 왕국 고위 귀족 중에서 측실을 맞이해도 아무 문제 없잖아? 남대륙 사람을 정실로 삼는 건 북대륙 제국에 대한 체면 문제가 있으니까."

그만큼 자신이 카파 왕국과의 대륙 간 무역을 중요하게 여기고 있다고, 윙비 왕자는 놀라울 만큼 진지하게 말했다. 그 이야기 속에서 귀에 익은 불온한 단어를 포착한 프레야 공주는 한숨을 쉬면서 주의를 줬다.

"또 위험한 소리를 하네. 우리는 왕족치고는 사이도 좋고 국내에 분열 요소가 없으니까 아직은 농담으로 끝낼 수 있지만, 제2 왕자인 네가 그렇게 수시로 왕이 되겠다고 말하는 건 그만두는 게 좋을 거야."

그렇게 나무라면 윙비 왕자는 항상 바로 사과하고 이야기를 없었던 일로 만들었다. 프레야 공주는 이번에도 그럴 거라고 예상했지만, 오늘은 반응이 달랐다.

"내가 왕이야. 아버님도 아직 십 년 이상은 현역일 테고, 앞으로 제3 왕자 칼이 태두하면 그쪽이 될 가능성도 있기는 하지만, 에리크 형님이 '웁살라'의 왕이 되는 일은 절대로 없어."

그렇게까지 말하자 북방 제국의 국제 정세를 어느 정도 이해하고 있는 프레야 공주는 바로 알아차렸다.

"정식으로 결정된 거야?"

"응. 아직 대놓고 말할 수는 없는 수준이지만, 아버님께 정식으로 요청이 들어왔다는 것 같아. 에리크 형님은 오프스 왕국의 왕이 될 거야. 오프스 왕은 자기 자식한테 물려주는 걸, 결국 포기했다는 것 같아."

"그래……"

윙비 왕자가 말한 정보를 듣고 프레야 공주는 한숨을 쉰 뒤에 생각에 잠겼다.

웁살라 왕국과 마찬가지로 북방 제국에 속하는 오프스 왕국.

지금 그 나라는 조금 귀찮은 상황에 처해 있다. 오프스 왕국의 현 국왕은 이미 60세가 넘은 노인인데, 아직 차기 국왕이 될 왕태자가 존재하지 않는다.

여러 요인들이 복잡하게 얽힌 것 때문이기는 하지만, 가장 큰 문제는 원래 왕태자였던 현 오프스 왕의 제1 왕자가 십여 년 전에 해난 사고로 사망한 데서 시작된다. 당시에 스무 살이었던 제1 왕자도 그 아내도 사망, 철도 들지 않았던 외동딸은 유체도 발견하지 못해서 행방불명이 됐지만, 당연히 생존은 절망적이라고 여겨졌다.

하필 오프스 왕에게는 자식이 두 명밖에 없었다. 죽은 제1 왕자와 그 누나인 제1 왕녀뿐이다. 제1 왕녀는 이미 웁살라 왕국 국왕 구스타프 5세의 정실 왕비가 되었고, 에리크 왕자를 낳은 상태였다.

그 시점에서 소중한 아들을 잃은 오프스 왕은 개인적으로는 슬퍼하고 탄식했지만, 공적으로는 그렇게까지 초조해하지 않았다. 당시 오프스 왕은 아직 40대. 후계자 때문에 귀찮은 문제가 생기는 것을 피하기 위해서 굳이 낳지 않았지만, 마음만 먹으면 아직 아이를 낳을 수도 있는 몸이었기 때문이다. 하지만 이제 와서 다음 아이를 낳는다고 해도, 그 아이가 자랄 때까지 후계자가 없는 상태가 되면 국민들이 불안해한다.

그래서 오프스 왕은 웁살라 왕에게 타진했다. 웁살라 왕국 국왕의 자식이자 오프스 왕국 국왕의 손자인 에리크 왕자에게 오프스 왕국 왕위 계승권도 주는 것을. 오프스 왕의 비밀스런 제안에 웁살라 왕은 몇 가지 조건부로 승낙했다.

이때부터 에리크 웁살라는 양쪽 가문의 이름을 이어받아서 에리크 에스트리젠 웁살라가 되었다.

새롭게 젊은 측실을 들인 오프스 왕에게 제2 왕자가 태어날 때까지의 잠정적인 조치. 당시에는 모두가 그렇게 생각했던 상황이 십여 년이 지난 지금까지도 계속 이어지고 있다.

"오프스 왕도 아직 여러모로 현역에 힘이 넘치지만, 60이 넘어서도 자식을 낳을 수는 없겠지. 운 좋게 들어선다고 해도, 그 아이한테 국정을 맡길 때까지 오프스 왕이 살아 있으리라는 보장이 없으니까. 그렇게 되면 왕위 계승권 2위, 사실상의 1위인 에리크 형님에게 맡기는 수밖에 없겠지."

참고로 1위는 아직 유체가 발견되지 않은, 제1 왕자의 딸이다. 원래는 여성의 왕위 계승권은 남성보다 낮은 것이 당연한 일이지만, 생존이 절망적이라고 여겨지는 손녀를 계승권 1위에 두고 있는 것을 보면, 타국의 왕자에게 계승권을 주는 것에 대해 왕 자신은 물론이고 왕국 내부에서도 복잡한 갈등이 있었다는 것을 엿볼 수 있다.

"그럴 가능성이 있다는 이야기는 예전부터 있었지만, 에리크 오라버니가 정말로 웁살라가 아니라 오프스의 왕이 되는구나. 에스트리젠 왕가에도 사람은 있을 텐데."

프레야 공주가 약간 불만스레 말한 대로 오프스 왕국의 에스트리젠 왕가에도 왕족 그 자체가 고갈된 건 아니다. 현 오프스 왕의 직계가 대가 끊어졌을 뿐이고, 방계라면 얼마든지 있다. 문제는 그 방계에 있다.

"그건 무리야. 방계에 왕관을 주려면 아무리 생각해도 왕제(王弟)

의 핏줄 쪽으로 가는 수밖에 없잖아. 그런데 왕제는 물론이고 그 자식과 손주들은 이미 대부분 『교회』 신자야."

오프스 왕국은 북방 제국이 있는 반도와 북대륙 본토의 딱 중간쯤에 있는 커다란 섬을 주된 영토로 삼고 있는 섬나라다. 그 입지 관계상 북방 제국 중에서도 『교회』와 가장 밀접한 관계를 가지고 있고, 그만큼 『교회』가 많이 침투한 나라다. 지금 시점에서 이미 국민의 20% 이상이 『교회』의 세례를 받았기 때문에 어쩔 수 없이 정치적 측면에서도 어느 정도 『교회』에 대한 배려를 해야만 하는 상황이다.

그 일환으로서 왕제는 『교회』 세력권의 나라에서 아내를 맞이했는데, 그 아내라는 인물이 조금 문제였다. 아니, 문제라고 하면 본인에게 미안한 일이겠지. 그저 상상 이상으로 경건한 『교회』 신자고, 자식과 손주들이 그 영향을 강하게 받았을 뿐이니까.

현왕과 왕제는 거의 같은 세대. 방계에 옥좌를 물려준다면, 제1 후보는 왕제 자신이 아니라 왕제의 자식들. 즉, 북방 제국에 『교회』의 세례를 받은 왕이 탄생하게 된다.

그것만은 무슨 일이 있어도 피하고 싶다는 것이 오프스 왕은 물론이고, 북방 제국의 왕 모두의 공통된 생각이다. 그걸 저지하기 위해서라면 다른 나라 왕자를 자국의 차기 왕으로 맞이하는 것도, 자국의 제1 왕자를 타국의 왕으로 보내는 것도 허용할 만큼.

국제 정세를 들은 프레야 공주는 눈빛은 진지하면서도 어딘가 생기가 넘쳤다.

"그렇구나. 그렇다면, 에리크 오라버니는 정말로 오프스 왕국 국

왕이 되는…… 응?"

진지하게 말하다가, 프레야 공주는 문득 뭔가를 깨달았다.

"잠깐만? 설마 오프스 왕의 요청이 바로 얼마 전에 왔다는 얘기는 아니겠지? 그럼 뭐야? 그 회담에서 에리크 오라버니를 제1 왕자라고 소개한 시점에서 에리크 오라버니는 이미 우리 나라의 왕이 되지 않는다고 정해져 있었다는 얘기야?"

프레야 공주는 회담장에서 있었던 일을 떠올렸다.

"아직 내부에서만 오가는 이야기고, 나나 칼이 왕태자가 된 것도 아니야. 그렇다면 자리 순서나 소개하는 순서도 지금까지대로 하는 게 당연하겠지."

윙비 왕자의 말이 맞다. 하지만 카파 왕궁의 내부 사정을 어느 정도 알고 있는 프레야 공주 입장에서는 젠지로한테 일부러 오인하게 만들려고 했다는 의도가 느껴졌다.

"아버님은 그 자리에서 일부러 젠지로 폐께 '에리크는 언젠가 왕이 될 몸'이라고 하셨는데?"

"거짓말은 아니잖아. 에리크 형님은 오프스 왕국의 왕이 될 테니까."

"그래, 거짓말은 아니지. 하지만, 노골적으로 오해하게 만들려는 의도가 담긴 말이었지?"

"그러니까, 내가 아버님은 아니니까 확실하게 대답하진 못하겠네."

잡아떼는 동생을 무시하고 프레야 공주는 생각에 잠겼다. 어째서 구스타프 왕은 젠지로에게 에리크 왕자가 웁살라 왕국 차기 왕이라는 것처럼 오해하게 했을까.

가장 납득하기 쉬운 답은 에리크 왕자의 신변 안전을 보다 확실하게 보장하기 위해서겠지. 그런 요소가 있었다는 건 틀림없다. 하지만, 그게 전부는 아닌 것 같다.

"……혹시, 에리크 오라버니를 방패로 삼은 거야?"

"…………."

윙비 왕자의 말없는 미소가 프레야 공주에게는 긍정하는 대답처럼 들렸다.

생각해 보면 대륙 간 무역을 시작하려고 한 사람은 아버지 구스타프 왕이었다. 『죽은 전사의 손톱호』와 『황금나뭇잎호』를 만들고, 그것을 운용할 수 있는 선원들을 키우고, 해운과 해군의 본거지로서 로그포트라는 도시를 대형 선박이 여러 척 정박할 수 있는 항구로 바꿔 놓았다. 물론 그 모든 것이 대륙 간 무역만을 생각하고 행한 이은 아니지만, 주목적이 대륙 간 무역이라는 점은 틀림없다.

그렇게 힘을 쏟은 것을 생각해 보면 카파 왕국과의 대륙 간 무역은 무슨 일이 있어도 성공시키고 싶을 것이다.

구스타프 왕은 좋건 나쁘건 올바른 왕이다. 체면 문제는 별개로 쳤을 때, 카파 왕국과의 대륙 간 무역에 프레야 공주의 신병이 반드시 필요하다고 생각하면 그것을 필요 경비라고 생각할 수도 있는 사람이다.

반대로 에리크 왕자는 좋건 나쁘건 정이 많고, 체면과 명예를 중요시하는 사람이다.

구스타프 왕이라면 아들인 에리크가 프레야 공주가 측실이 되는 것을 강경하게 반대하리라는 정도는 쉽게 예상할 수 있었을 것이다. 그런데도 그 회담 자리에 에리크 왕자를 동석하게 했다. '너는 차기 오프스 왕으로 내정됐으니까'라고 말했다면 에리크 왕자를 동석시키지 않을 수도 있었을 텐데. 게다가, 생각해 보면 그때 구스타프 왕은 에리크 왕자의 언동에 거의 한계까지 제약을 걸지 않고, 마음대로 굴게 했다.

단순하게 생각해 보면 대륙 간 무역의 체결을 확실하게 하기 위해서라면, 에리크 왕자한테 마음대로 발언하게 하고 젠지로의 불편을 사는 것은 좋지 않게 작용할 뿐이다. 그렇다고 에리크 왕자의 입을 막는다고 간단히 해결되는 문제도 아니다.

그 자리에 있던 사람들의 반응을 보면 알 수 있듯이, '자국의 제1 왕녀를 남대륙 국서의 측실로 보내는 것은 말도 안 되는 일이다'라는 의견은 에리크 왕자 한 사람의 의견이 아니다. 같은 가치관, 같은 의견을 가진 사람이 웁살라 왕국 중추에도 여러 명 존재했다.

그렇다면 대표로 에리크 왕자에게 그들의 의견을 대변하게 하는 형태로 마음껏 떠들게 한다. 평범한 신하라면 모를까 왕자, 그것도 차기 국왕이라고 오해하게 만든 상태라면 젠지로는 물론이고 카파 왕국의 여왕 아우라도 다소 강건한 의견을 보인다고 해도 간단히 교섭을 깨 버리지는 않을 것이다.

보통 그런 충돌은 양쪽에 감정적인 응어리를 남길 우려가 있지만, 에리크 왕자의 경우에는 그 이후의 일을 걱정할 필요가 없다. 아무래도 어차피 나중에 웁살라 국왕이 아니라, 이웃 나라 오프스의 왕이 될 테니까.

중요한 것은 측실이 되는 것을 반대하는 자들의 김을 빼기 위해서 에리크 왕자가 마음껏 반대하게 했고, 그것 때문에 에리크 왕자와 카파 왕가의 관계가 미묘해진다고 해도 그 실질적인 부담은 오프스 왕국으로 보내 버린다는 꿍꿍이다.

　"……아버님."

　프레야 공주는 자기도 모르게 천장을 바라봤다.

　"그걸 지금 이 타이밍에서 나한테 알려줘도 되는 거야?"

　이 정보가 프레야 공주를 통해서 젠지로한테 전해지면 어떻게 할 생각인 걸까? 그 질문에, 윙비 왕자는 빙긋 웃으면서 터무니없는 소리를 했다.

　"확실하게 못을 박은 건 아니지만, 아버님은 다른 사람한테 말하지 않았으면 싶었을 거야."

　"잠깐만, 윙비?"

　"하지만, 난 오히려 지원사격을 하고 싶어. 젠지로 폐하는 이런 책모를 그다지 좋아하지 않잖아?"

　"부정은 안 하는데, 그런다고 전혀 모르는 것도 아냐."

　변명하는 것처럼 그렇게 말한 프레야 공주를 보며 윙비 왕자는 더욱 짙게 웃으며 말했다.

　"그건 말 그대로의 뜻이겠지. 알기는 하지만 불쾌하기는 하다. 딱 잘라서 판단하는 게 아니라 그냥 삼켜 버릴 뿐이야. 하지만 불쾌한 감정은 축적되는 법이지. 그리고 언젠가 허용 범위를 넘으면 정말 무서워. 그런데 말이야, 젠지로 폐하는 사람이 좋잖아. 이쪽 사정을 최대한 공개하면서 '우리도 이런 사정이 있습니다. 번거로우시 겠지만 잘 부탁드리겠습니다. 물론, 이런 이익이 되는 것도 준비해 뒀습니다'라고 말하는 쪽이 백 배는 좋은 상대야, 그 사람은."

"윙비……."
직접 말을 나눈 적도 없는 젠지로의 됨됨이에 대해서 자신 있게 단언하는 동생을 보며, 프레야 공주는 등줄이가 오싹해지는 기분을 맛봤다.
'처음 봤을 때 받은 첫인상을 나중에 배신당한 경험이 없다'. 어린 시절, 천진난만하게 말했던 윙비 왕자의 특기. 사실은 엄청나게 쓸데가 많은 능력이 아닐까. 프레야 공주는 이제 와서 그렇게 생각했다.

그 뒤로 십여 일의 시간이 지났고.
젠지로 일행은 무사히 목적지인 숲속의 절벽에 도착했다.
"여기인가."
"젠지로 폐하, 발밑을 조심하십시오."
"그래."
걱정해 주는 빅토르의 목소리에 등을 돌린 채로 대답하며, 슬쩍 절벽 아래를 내려다봤다. 튼튼한 밧줄을 근처에 있는 실한 나무에 묶고(묶는 방법은 빅토르에게 배웠다), 그 밧줄을 몸에 고정해서 생명줄로 삼은 채로 하는 행위지만, 아래에서 불어오는 차가운 바람에서 심장을 직접 찌르는 것 같은 한기가 느껴졌다.

문외한인 젠지로가 보기에는 거의 수직. 깊이는 아무리 적게 잡아도 젠지로가 다니던 회사가 입주해 있던 빌딩 창문에서 내려다보던 높이보다는 깊어 보였다.

아마도 말라 버린 습지대 같은 것이 아닐까. 마치 대지에 조각칼로 칼집을 내 놓은 것처럼 긴 균열이 그어져 있다.

"……떨어지면 살아남지 못하겠군."

"예."

두려움에 떨고 있는 젠지로의 말에 빅토르가 긍정했다. 실제로는 이 정도 높이에서 떨어져도 무조건 즉사하는 건 아니지만, 큰 부상을 입으면 그 뒤에 활동이 불가능해지기 때문에 결과적으로 죽는다는 점에서 본다면 크게 다를 건 없다. 그것은 숲에 사는 동물들도 마찬가지다. 젠지로는 마침내 가죽 장갑 안에 있는 손에서 땀을 뻘뻘 흘리며 신중하게 생명줄을 잡고서 그 자리를 벗어났다.

"……후우."

추위와 공포 때문에 곱은 손으로 간신히 생명줄을 풀고서 몸이 가벼워진 젠지로는 가죽 장갑을 낀 채로 두 손을 비비면서 안도의 한숨을 쉬었다.

"괜찮군."

젠지로는 균열 같은 대지의 갈라진 틈을 보면서 다시 한 번 그렇게 말했다. 다행히도 그 틈은 완만한 U자 모양을 그리고 있다. 수직 절벽보다 몰아넣기 편하다.

하지만, 젠지로한테는 숲속에서 동물을 자기 생각대로 몰아넣을 수 있는 기량이 없다. 자신이 할 수 없는 일에 대해서는 전문가의 의견을 듣는 게 제일이다.

"빅토르. 어떻게든 사냥감을 저쯤으로 몰고 싶다. 방법을 가르쳐 주게."

조언을 바라는 젠지로의 말에 호위의 리더는 수염이 난 턱에 손을 대고 잠시 생각한 뒤에 천천히 입을 열었다.

"……젠지로 폐하의 경우에는 몰아가는 것보다 끌어들이는 쪽을 추천합니다. 몰 때는 경우에 따라 며칠이나 걸려서 대상의 진로를 유도해야 할 때도 있습니다. 그리고 무엇보다 사냥감을 발견할 필요도 있고, 상대가 이쪽을 발견하기 전에 먼저 발견하지 않으면 유도는 불가능에 가깝습니다. 한편으로 끌어들이는 것은 미끼가 될 만한 것만 있으면 그냥 기다리기만 하면 됩니다. 미끼만 가지고 도망친다고 해도 젠지로 폐하의 경우에는 다음 미끼를 준비하는 것이 상당히 쉽지 않으십니까."

그 말을 듣고서 젠지로도 납득했다.

분명히 젠지로의 실력으로 몰아넣는 건 힘들 것 같다. 길도 없는 숲속에서 야생동물과 술래잡기를 할 수 있을 만큼의 민첩성도, 체력도 없으니까.

"알았다. 그럼 미끼로 끌어들이도록 하지. 그렇게 됐으니, 하는 김에 덫도 설치해 볼까. 안 되면 그만이고, 걸리면 다행이라는 생각으로."

젠지로는 그런 생각으로 활도 창도 거부하고 덫만 준비해 왔다.

하지만 그 의견에도 전문가인 빅토르는 고개를 저었다.

"그건 자제하시는 쪽이 좋을 것 같습니다. 덫이 있다는 걸 알아본 순간 이 근처에 다가오지도 않을 가능성이 큽니다."

"아, 그렇군. 정말 어려운 일이야."

당연한 얘기지만 야생 동물도 바보는 아니다. 덫이 있다는 걸 알아차리면 그 근처에는 다가가지 않을 만큼의 지혜는 있다. 유인하려고 하다가 되레 경계심을 자극해서 벼랑 근처로 다가오는 걸 방해하게 된다면, 말 그대로 주객전도다.

게다가 『성인의 증거』를 치르기 위해서는 그 덫도 젠지로가 혼자서 설치해야 한다. 전문가가 옆에서 조언을 준다고 해도 감각이 예민한 짐승을 완전히 속일 수 있다고 생각하는 것은 너무나 낙관적인 판단이겠지.

"그래, 알았다. 그럼, 오늘은 조금 이르지만 일단 귀환해서 사냥감을 끌어들일 준비를 하겠다. 여러모로 준비를 해야 하니 내일은 이쪽에 오지 않는다. 그래서 개시는 모레 아침. 구체적으로 뭘 준비해 오면 되겠나?"

조언을 구하는 젠지로에게 빅토르가 거침없이 대답했다.

"그건, 먼저 어떤 것을 사냥할지 정해야 합니다. 곰, 늑대, 멧돼지, 사슴, 순록. 어느 정도는 공통되지만, 주로 먹는 것이 다르니까."

"그렇군. 어떤 녀석을 노리는 게 좋겠나?"

"글쎄요, 그 부분은 일장일단이 있습니다. 사슴이나 순록은 상대하기가 비교적 안전하지만, 그 대신에 발이 빨라서 도망칠 가능성이 큽니다. 한편으로 곰이나 멧돼지, 특히 궁지에 몰린 멧돼지는 상당히 공격적으로 구니까 도망치지 않을 가능성이 큽니다. 오히려 덤벼드는 경우가 더 많을 정도죠. 그만큼 흉포하고 공격력이 높으니까 위험도 더 큽니다만. 그리고 늑대는 그만두시길 권합니다. 무리로 사냥하는 생물이라서 한 마리만 돌아다니는 경우가 거의 없습니다. 늑대 무리가 덤벼든다면 필연적으로 저희도 참전해야 하니, 그 경우에는 『성인의 증거』의 조건에 저촉됩니다."

늑대 무리와 젠지로가 싸운다. 그 경우에 젠지로가 혼자 힘으로 늑대 한 마리를 쓰러트린다고 해도, 나머지 늑대들에게서 젠지로 자신의 몸을 지키는 것은 불가능하다. 나머지 늑대들을 호위 전사들이 쓰러트리는 건 물론이고, 쫓아내기만 해도 '호위의 힘을 빌린' 것이 되기 때문에 '성인의 증거'의 조건에 저촉된다.

"알았다. 조언에 감사한다. 늑대는 피하도록 하지. 그나저나, 그렇게 되면 고민거리가 생기는군. 사슴이나 순록을 놓치지 않을 자신은 전혀 없지만, 곰이나 멧돼지는 무섭군. 역시 여러 번 실패하는 걸 전제로, 사슴이나 순록을 노리는 쪽이 무난하려나?"

한심한 소리를 하는 젠지로에게, 예전 같았으면 실실 웃었을 호위 전사들이 진지하게 조언했다.

"젠지로 폐하, 그렇다면 저쪽에 미끼를 뿌리시는 것이 좋습니다. 저희가 이쪽에 숨어 있다가, 잘 몰아넣을 수 있습니다."

"미끼를 뿌릴 때는 가능한 절벽에 가까운 쪽에 뿌리는 게 좋습니다. 사냥감이 절벽에 등을 돌린 상태에서 미끼를 먹으면 들킬 위험이 더 커지니까요."

"이동할 때는 근처에 있는 풀을 뜯어서 신발에 감는 게 좋습니다. 그러면 발자국도 숨길 수 있고, 냄새도 최대한 남지 않으니까요."

이들은 이제는 젠지로가 『성인의 증거』에 성공하기를 누구보다 크게 바라는 자들이다. 왜냐하면 젠지로가 『성인의 증거』를 치를 때까지 그들은 숲을 떠날 수가 없다. 조금 이른 단계에서 젠지로가 『성인의 증거』를 치르는 데 실패했다면 일시적으로 집에 다녀올 수도 있었겠지만, 지금의 젠지로는 이 주변의 풍경을 디지털 카메라에 담아 버렸으니 『순간이동』을 이용해서 곧바로, 숙련된 사냥꾼이 곧장 걸어가도 닷새가 넘게 걸리는 이 숲속 깊은 곳까지 바로 오갈 수 있다.

젠지로가 실패해도 며칠 뒤에 다시 도전하리라는 것을 생각하면 그들은 실질적으로 젠지로가 『성인의 증거』에 성공할 때까지 돌아갈 수 없다는 뜻이 된다. 장기 체재를 위한 준비도 하지 않은 상태에서 벌써 열흘이 넘게 숲속에서 지낸 호위들은 젠지로의 성공을 기도할 수밖에 없는 상황이다.

"그럼, 오늘은 이만 실례하겠다. 모레부터 다시 잘 부탁한다."

그 말을 남긴 젠지로가 평소보다 일찍 『순간이동』으로 돌아갔다.

남겨진 호위 다섯 명은 야영 준비를 시작했다. 익숙한 손놀림으로 잠자리가 될 곳을 확보하고 모닥불을 피울 자리도 확보했다.

"오늘은 시간이 있으니까, 저녁거리를 사냥하러 가고 싶습니다."

가장 젊은 전사의 말에, 리더 역할인 빅토르가 충고했다.

"그건 좋지만, 사냥은 가능한 떨어진 곳에서 하도록."

"알고 있습니다."

빅토르의 지적에, 젊은 전사는 바로 기분 나쁘다는 표정을 지었다.

이 근처에서는 모레 이후로 젠지로가 사냥을 할 예정이다. 그 주위에서 먼저 사냥을 해서 사냥감들이 경계심을 품게 해서는 안 된다. 그걸 알고 있는 젊은 전사는 빅토르의 말을 받아들이면서도 이 자리에 없는 인간에 대한 불평불만의 말을 늘어놓지 않을 수가 없었다.

"정말이지, 왜 우리가 그 비겁한 인간 때문에 이 고생을 해야 하는 건지. 대체 얼마나 못돼먹은 거냐고, 그 자식은."

대놓고 이름을 말하지는 않았지만, 아무리 들어도 젠지로에 대한 불만이다. 젠지로 본인이 들으면 '뭐, 그렇게 생각하겠지. 미안해'라면서 씁쓸하게 웃었겠지만, 호위가 호위 대상에 대해서 해도 될 말은 아니다.

"이봐, 말조심해라. 우리의 잘못은 그대로 우리를 전폭적으로 신뢰하고 계시는 에리크 전하의 잘못이 된다."

빅토르가 날카로운 목소리로 질책했지만, 젊은 전사는 오히려 더 짜증을 낼 뿐이고, 형식적인 미안하다는 말조차 하지 않았다.

이대로는 안 되겠다고 생각했기 때문인지 빅토르가 보란 듯이 크게 한숨을 쉬더니,

"우리는 지금 젠지로 폐하의 온정 덕분에 간신히 체면을 유지하고 있는 것이다. 우리는 그분의 도량에 감사해야 하는 입장이고. 그걸 알고는 있는 건가?"

그렇게, 조금 큰 목소리로 말했다. 빅토르의 말에 질책을 받은 전사는 물론이고 나머지 세 명의 전사들도 깜짝 놀라서는 작업하던 손을 멈추고 빅토르 쪽을 쳐다봤다.

하나도 이해하지 못한 것인가. 빅토르는 다시 한 번 한숨을 쉬고서 설명을 시작했다.

"무엇보다, 젠지로 전하는 이미 『성인의 증거』를 치를 필요도 없다. 우리의 잘못을 지적하고, 그 사실을 근거로 에리크 전하께서 계약을 이행하지 않았다고 따지기만 하면 되니까."

이렇게까지 말해도 빅토르가 무슨 말을 하는 건지 이해한 사람은 단 한 명도 없었다. 세 전사는 의미를 모르겠다는 것처럼 고개만 갸웃거리고 있고, 젊은 전사는 화가 나서 콧등에 주름까지 만들고 있다.

"젠지로 폐하는 단 한 마디, 이렇게만 말씀하시면 된다. '역시, 사흘째에 지나갔던 곳에 사냥감이 있을 것 같다. 내일은 그 근처에서 시작하자'고."

"뭡니까, 그 말도 안 되는 소리는?"

"……?"

"……??"

"……아!"

젊은 전사가 투덜대고 두 명은 고개를 갸웃거리는 와중에 나머지 한 명의 전사가 무슨 말인지 알아차리고 비명 같은 소리를 냈다.

빅토르는 그 전사를 보며 고개를 끄덕이고는,

"그렇다. 젠지로 폐하는 『순간이동』을 사용할 수 있다. 굳이 우리한테 맞춰서 다음날 아침부터 이동할 필요는 없다. 한 번 갔던 곳으로 『순간이동』을 할 수 있다면, 이 십여 일 동안에 『순간이동』 했던 곳이라면 어디든 상관없다."

듣고 보니 너무나 당연한 이야기다. 하지만 바로 얼마 전까지만 해도 『순간이동』이라는 이동 수단이 존재한다는 것 자체를 몰랐던 사람이 그 위험성을 이해하지 못하는 것도 당연한 일이다.

호위 전사들은 주인인 에리크 왕자와 젠지로가 주고받았던 대화를 떠올렸다.

'그렇습니까. 그렇다면 그들의 사정 때문에 제가 발을 멈추게 되는 가능성은 전혀 고려하지 않아도 되겠군요?'

'그런 일이 발생한 경우에는, 이번 일이 전제부터 뒤집힌다. 그만한 각오가 있다는 것이지요?'

젠지로는 그렇게 물었다. 그리고 에리크 왕자는 그 모든 질문에 '그렇다'고 대답했고.

즉, 지금 빅토르가 말한 대로 젠지로가 '내일은 사흘째 갔던 거점에서 출발한다'고 말하면, 그들 호위 전사들은 무슨 일이 있어도 하룻밤 안에 그 사흘째의 거점까지 이동해야만 한다. 물론 그건 불가능한 일이다. 그 시점에서 '이번 일이 전제부터 뒤집히는' 일이 벌어지는 것이고.

젠지로는 그것만으로도 목적을 달성할 수 있다.

그렇게 되면 에리크 왕자가 거짓말을 한 셈이 되고, 에리크 왕자의 신뢰를 거짓으로 만들어 버린 그들 심복 전사들에게는 어찌할 도리가 없는 어두운 미래만이 기다리게 될 것이다.

그제야 그 사실을 이해한 빅토르 이외의 호위 전사들은 하나같이 얼굴에서 핏기가 가셨다.

"젠지로 폐하의 온정을 이해했나? 이해했으면 있는 힘껏 그 온정에 보답해라. 빚을 지고서 갚지 않는 전사는 누구도 신뢰하지 않는다."

"예!"

젊은 전사는 위기감이 밴 목소리로 대답하고는 곧바로 움직이기 시작했다.

"정말이지. 저건 온정을 이해했다기보다는 자기가 얼마나 위험한 상황에 처해 있는지를 이해하고 발등에 불이 떨어진 것 같은 꼴이군. 뭐, 결과만 같으면 상관없지만."

빅토르는 질렸다는 것처럼 살짝 어깨를 으쓱거렸다.

[막간2] **일시 귀국**

　『순간이동』으로 숲속에서 벗어난 젠지로가 눈을 떴더니, 그곳은 어둠침침한 방이었다. 창문은 없고, 대신에 항상 화톳불을 피워 놓은 밀실.

　눈에 익은 풍경. 온 몸에 걸치고 있는 모피가 무덥게 느껴지는 것은 화톳불 때문이 아니다. 단순히 이 방, 이 대륙이 덥기 때문이다.

　"다녀오셨습니까 젠지로 님."

　"귀환을 진심으로 환영합니다."

　놀란 기색을 보이는 낯익은 병사들에게 젠지로는 친근하게 손을 들어 보이며 대답하고는,

　"이번에도 일시 귀국이다. 내일은 또 그쪽으로 떠나야 한다. 비공식적인 귀국이니까 연락은 아우라 폐하께만 부탁한다. 나는 바로 후궁으로 가겠다."

　그렇게 말했다.

　"예, 알겠습니다."

　여기는 남대륙 카파 왕국 왕궁. 『성인의 증거』를 치르는 중이지만, 젠지로는 일시적으로 귀국했다.

오랜만의 카파 왕국 후궁. 지금의 젠지로에게는 집. 거실로 들어간 젠지로는 제일 먼저 메고 있던 배낭을 내려놓고 신발을 벗고, 옷을 벗었다.

　"후우, 덥고 무거워서 죽는 줄 알았네. 무게는 똑같지만, 더위가 정말 엄청났어."

　지난번에 무인도에서 일시적으로 귀국했을 때는 평상복이었기 때문에 기온 변화가 그렇게 크게 느껴지지 않았지만, 이번에는 아직 눈이 남아 있는 깊은 숲속에서 행동하기 위한 모피와 산속을 걷기 위한 신발로 완전히 방한 대책을 한 상태였다. 카파 왕국 사람이라면 선선하다고 느낄 우기의 기온도 웁살라 왕국의 숲과 비교하면 찜통 같은 더위다.

　석실에 있던 병사가 후궁 쪽으로 기별을 했겠지. 거실에서 대기하고 있던 시녀들이 젠지로가 마구 벗어 놓은 신발과 옷을 모아서 깔끔하게 정리했다.

　"다녀오셨습니까, 젠지로 님."

　"다녀왔어, 아만다 시녀장."

　주인의 갑작스런 귀국에도 한 점의 동요도 보이지 않는 시녀장의 견본 같은 완벽한 인사를 보며, 젠지로는 약간 반갑다는 기분이 들었다.

　티셔츠와 사각 팬티 차림이 된 젠지로는 그대로 소파에 누워서 눈을 감고 싶은 충동에 사로잡혔다. 페이스는 파악했고 크게 무리를 한 것도 아니지만, 어쨌거나 열흘 이상 숲속을 돌아다녔다. 밤에도 정기적으로 들어오는 웁살라 왕국 중진들과의 회담 때문에 긴장 상태가 계속 이어지는 동안에는 의식하지 못했지만, 그동안 쌓여 있던 정신적인 피로가 단숨에 밀려왔다.

하지만 지금 여기서 잠들 수는 없다. 최대한 빨리 처리해야 하는 중요한 일이 있기 때문이다.

젠지로는 고개를 저어서 잠기운을 날리고는 배낭에서 디지털 카메라와 휴대용 음악 플레이어를 꺼냈다. 둘 다 배터리가 얼마 안 남았다. 디지털 카메라는 빨간 경고등이 들어와 있는 수준이고.

바로 이것이 젠지로가 일시적으로 귀국할 수밖에 없었던 가장 큰 이유다.

이번 여행 중에 젠지로는 『순간이동』에 많이 익숙했지만, 베이스캠프라고 할 수 있는 카파 왕국의 석실 외에는, 아직까지 『디지털 카메라』로 찍은 사진을 보지 않으면 제대로 발동하기 힘들다.

매일 『순간이동』으로 숲속과 광휘궁을 왕복하고 있는 현재 상황에서 디지털 카메라는 농담이 아니라 정말로 젠지로의 생명줄이다.

"이제 됐다."

디지털 카메라와 휴대용 음악 플레이어에 충전 중을 뜻하는 램프가 켜진 것을 확인한 젠지로는 안도의 한숨을 쉬었다. 이걸로 걱정거리는 사라졌다. 소파에 털썩 주저앉은 젠지로에게 아만다 시녀장이 온화한 목소리로 물었다.

"아우라 폐하께서는 용무가 있으시기에 한동안은 후궁으로 돌아오지 못하실 것 같습니다. 먼저 목욕 준비를 할까 합니다만, 어떻게 하시겠습니까?"

그 말을 듣고, 젠지로는 그제야 생각났다는 것처럼 몸을 부르르 떨었다.

몸 표면은 땀도 나고 뜨겁게 달궈져 있지만, 몸속에는 냉기가 뼛속 깊은 곳까지 스며 있다. 추운 공간에서 오랫동안 운동을 했을 때 특유의 감각이다. 이 몸속이 얼어붙은 것 같은 감각은 기온이 높은 곳으로 돌아와도 쉽게 풀어지지 않는다. 가장 빠른 해결 방법은 목욕탕에 몸을 담그는 것이다.

"응, 준비가 되는 대로 목욕을 할게."

"알겠습니다."

젠지로가 대답하자 아만다 시녀장은 고개 숙여 인사를 하고는 그 자리에서 물러났다.

그 뒤, 젠지로는 오랜만에 사우나가 아닌 물에 담그는 목욕을 천천히 즐겼다. 숲속을 돌아다니느라 뼛속까지 차가워진 몸 속 깊은 곳을 따뜻하게 덥혀 주고, 왕궁에 출입하는 상인들이 개량을 거듭한 액체 비누로 머리와 몸의 땀과 때를 깔끔하게 씻었다.

오랫동안 목욕을 했는데도 사랑하는 아내가 후궁으로 돌아올 때까지는 시간이 많이 남아 있었기 때문에, 젠지로는 오랜만에 사랑하는 아들과 딸, 카를로스 젠키치와 후아나 요시노를 만났다.

너무 기뻐서 자기도 모르게 너무 열심히 놀아 주다가 아이들을 전부 울려 버려서 유모들한테 질책을 받기도 했지만, 그것을 사소한 문제라고 생각할 만큼 충실한 시간이었다.

그렇게 자식들과의 접촉을 즐긴 젠지로가 거실에서 반쯤 잠들려고 할 무렵. 평소보다 조금 더 세차게 거실 문이 열렸다.

"젠지로, 정말로 돌아온 거야?"

오랜만에 들어 보는 사랑하는 아내의 목소리에 젠지로는 순식간에 정신을 차렸다.

"아우라, 다녀왔어. 뭐, 이번에도 1박2일이고, 내일 아침에는 또 저쪽으로 가야 하지만."

그렇게 말하면서 젠지로는 소파에서 일어났고, 종종걸음으로 다가오는 여왕 아우라를 향해 걸어갔다.

포옹은 누가 먼저랄 것도 없이, 동시였다. 부드럽고 따뜻한, 이 후궁에 있던 때는 매일같이 느꼈던 사랑하는 사람의 감촉에 젠지로는 젠키치와 요시노를 안았을 때와 또 다른 부류의, 그러면서도 동등한 만큼의 사랑스런 느낌을 받았다.

"다녀왔어."

"어서 와."

두 사람은 잠시 포옹한 상태를 유지했다. 서로가 닿은 면적을 조금이라도 넓히려는 것 같은 깊고, 긴 포옹.

"……먼저 보낸 시녀와 에리크 전하를 통해서 무사하다는 소식은 들었지만, 이렇게 내 손으로 직접 만지니까 이제야 안심할 수 있어."

"나도, 지금, 일상으로 돌아왔다는 기분이 들어."

그럴 수만 있다면 오늘 하루는 계속 이렇게 있고 싶지만, 아무리 사적인 공간이라고 해도 사적인 감정보다 정무를 우선해야만 하는 것이 왕족이라는 생물이다.

긴 포옹을 마치고 아쉽다는 것처럼 떨어진 여왕과 그 반려는 마치 그게 당연한 일이라는 것처럼 '마주보고' 소파에 앉았다.

그 뒤에 젠지로와 여왕 아우라는 조용히 서로가 가진 정보를 교환했다. 북대륙에 가 있는 젠지로와 카파 왕국의 왕궁에서 움직이지 않은 여왕 아우라이기 때문에, 정보의 90% 이상이 젠지로 쪽에서 제공하는 것들이지만, 아우라 쪽에서 나온 새로운 정보도 있었다.

"그렇구나. 에리크 전하는 푸죠르 원수랑 의기투합했단 말이지. 생각해 보니까 상성이 좋을 것 같기는 하네."

자신이 에리크 왕자와 감정적으로 대립 관계가 돼 버린 것을 걱정하고 있던 젠지로는 푸죠르 원수나 여왕 아우라와는 나쁘지 않은 관계를 구축했다는 이야기를 듣고서 안도의 한숨을 흘렸다.

"그래. 그 에리크 전하가 프레야 전하가 측실로 들어오는 데는 찬성해 주셨어. 계기가 사람들 앞에서 프레야 공주가 먼저 제안했던 일이라는 걸 그쪽에 가서 말하지 않았던 것 같던데."

그 얘기를 했으면 한 방에 끝났을 텐데, 라고. 여왕 아우라는 웃으면서 말했다.

"솔직히 말해서 난 생각도 못 했어. 누가 먼저 얘기를 했건 간에, 최종적으로는 구스타프 왕의 허가를 받아야 하는 거잖아."

그렇게 말하면서 젠지로는 머리를 긁었다. 조금만 생각해 보면 얼마든지 떠올릴 수 있는 일이다. 좋건 나쁘건 이쪽 세계는 남대륙과 북대륙을 불문하고 아직까지 남성 중심 사회다. 사전에 손을 쓰지도 않고 많은 사람들 앞에서 여성이 먼저 사실상의 결혼 신청을 하는 것이 흠이 될 수 있다는 정도는 얼마든지 상상할 수 있었을 것이다. 그 부분은 젠지로가 반성해야 할 점이다.

"하지만, 에리크 전하한테서 좋은 대답을 듣고 기분이 좋았었는데 에리크 전하가 차기 국왕이 아니라니, 한 방 먹은 기분이네."

여왕 아우라는 그 일을 떠올리고 씁쓸하게 웃었다. 분명히 에리크 왕자는 웁살라 왕국 제1 왕자라고 했지만, 왕태자라고 하지는 않았다. 이 세계에서는 언령 덕분에 다른 나라의 사람과도 대화가 성립된다는 것을 자꾸만 잊게 되기는 하지만, 문명이 다르면 같은 단어라도 의미가 미묘하게 달라지기도 하고, 애당초 해당하는 단어가 존재하지 않는 경우도 있다.

카파 왕국에서는 공작이 왕가의 분가를 의미하지만, 샤로와 지르벨 쌍왕국의 공작은 사막의 4부족 족장 가문을 뜻하는 것 같은 차이다.

그래서 에리크 왕자가 자신을 왕태자라고 소개하지 않고 제1 왕자라고 한 것을 언령이 통역할 때 발생한 차이라고 생각해 버렸는데, 이쪽은 아우라의 실수라고 해야겠지.

"그나저나 다른 나라의 왕자를 왕으로 맞이한다는 건가. 이쪽과는 문화가 근본적으로 다르네. 북대륙과의 문화 차이는 프레야 전하를 통해서 어느 정도 듣기는 했지만 평소 감각으로 생각하다가는 생각지도 못한 함정에 빠질 수도 있겠어."

진지하게 말하는 아우라에게 젠지로는 동의하면서도 충고해 줬다.

"그건 맞아. 그래도 북방 제국은 같은 정령 신앙인데다 왕정도 이쪽과 비슷하니까 그나마 다행인 편이야."

"즈워타 보르노시치 귀족제 공화국 말이지. 일단 왕은 있다고 했지?"

"응, 왕은 있어. 하지만 아우라가 생각하는 왕과는 전혀 다른 존재라고 생각하는 게 좋을 거야. 왕도 왕가도 권한은 거의 없어. 실권은 입법부(세임)가 쥐고 있지."

그리고 왕은 선거왕정이라는 형태로 선출되고, 선거권은 귀족 전원이 한 표씩 가지고 있다든지, 그 선거를 관리하는 원로원의 권력이라든지, 선거로 선출한다고는 해도 그 선거에 입후보할 수 있는 것은 다른 나라에서 말하는 왕태자에 해당하는 인물뿐이라서 사실상의 신임 투표나 마찬가지라든지, 그런 자잘한 설명은 지금은 하지 않았다.

하룻밤만의 귀국이기 때문이다. 지금 애매하게 정보를 제공해봤자 오히려 해만 끼칠 거라고 젠지로는 판단했다.

"그 공화국이 『기사단』과 대규모 전쟁을 벌일 거란 말이지. 『기사단』이라는 것도 국가지?"

"응. 정식 명칭은 『북방 용발톱 기사 수도회』. 북대륙에서도 엄청나게 강한 세력을 가진 종교 조직 『교회』의 『발톱파』. 원래 설립 이유 자체가 『교화가 지연되고 있는 대륙 북부의 치안 유지』라는 명목이었으니까, 웁살라 왕국을 비롯한 북대륙 북방 제국과는 잠재적인 적대 관계인 것 같아. 나도 정확하게 이해한 건 아니지만 독자적인 국토, 독자적인 경제, 독자적인 군사력을 지니고 있으니까 국가라고 인식해도 될 것 같아."

"알았어. 자세한 얘기는 프레야 전하 일이 끝나고 돌아온 뒤에 하자. 아무튼 공화국과 『기사단』은 양쪽 모두 북대륙의 대국, 또는 유력한 세력이라는 얘기지. 그 양쪽 진영이 근시일 내에 대규모 전쟁을 벌일 예정이고. 언제가 될지 혹시 알아?"

진지한 표정으로 묻는 여왕 아우라에게 젠지로는 고개를 저어 보였다.

"거기에 대해서는 난 잘 모르겠어. 하지만 공화국 안나 전하의 말이 맞는다면, 『유익 기사』를 이용한 상공 정찰을 통해서 『기사단』의 대규모 부대가 국경으로 이동하는 게 확인됐다는 것 같아. 그게 지금으로부터 대략 30일 전에 있었던 일이야."

젠지로의 대답에 여왕 아우라는 떨떠름한 표정을 지었다.

"그건…… 어디까지나 이쪽의 상식에 바탕을 둔 판단이기는 하지만, 언제 전쟁이 벌어져도 이상하지 않을 상황이네. 지금 가 있는 읍살라 왕국에는 정말로 전화가 번지지 않겠지?"

"그건 괜찮아. 대충 설명하자면, 공화국이 이렇게 있으면 『기사단』령은 그 북쪽이고 읍살라 왕국이 있는 북방 제국은 거기서부터 더 북쪽인데, 이 북방 제국과 『기사단』령 사이에는 정상에 만년설이 쌓여 있는 험한 산맥이 뻗어 있다더라고. 한여름이라도 그 산을 넘기만 하면 용사라고 추앙받을 정도라나."

그렇게 말하면서 젠지로는 테이블 위에 있는 용피지에 볼펜으로 엉터리 지도를 그려 가며 설명했다.

"바다는 괜찮으려나?"

"상당히 큰 승부니까. 원래 바다 쪽에 힘을 쏟지 않은 『기사단』 한테는 그쪽에 전력을 할애할 여유가 없다는 것 같아. 만에 하나 바다 쪽으로 쳐들어간다고 해도 내가 있는 왕도 웁살라는 해안선 에서부터 메타 호수라는 이름의 배를 타고 횡단해도 하루가 걸리는 호수를 지나야 하는 위치에 있으니까, 왕도가 전화에 휘말리는 건 현실적으로는 있을 수 없는 일이라고 들었어."

"흐음."

이어서 공화국의 포모제 항에서 웁살라 왕국의 로그포트 항까 지 걸린 날짜와 포모제 항에서 개전 장소로 예상되는 탄넨발트까 지의 육로 이동에 걸린 날짜 등을 듣고서 전체적인 거리를 파악한 여왕 아우라는 공화국과 『기사단』의 이대 결전이 웁살라 왕국에게 는 『강 건너 불구경』이라고 판단했다.

안심하고 긴장을 푼 여왕은 사랑하는 남편에게 말했다.

"거기까지 보낸 내가 할 말은 아니지만, 위험하다 싶으면 바로 도 망쳐야 해. 급할 때는 망설이지 말고 『순간이동』 마도구를 쓰고. 알 았지?"

"응. 알고 있어."

젠지로는 사랑하는 아내를 안심하게 하려는 것처럼 최대한 웃는 얼굴로 고개를 끄덕였다.

"충전이 끝나면 디지털 카메라와 휴대용 음악 플레이어의 이미지 데이터를 컴퓨터로 옮겨 둘게. 그걸 보면 북대륙, 특히 공화국의 국 력을 느낄 수 있을 거야. 개인적인 의견으로는 상당히 위협적이라고 여겨졌어. 하지만 지금은 시간이 없으니까 그 얘기는 미뤄 두고 웁살라 왕국 얘기로 돌아갈게."

북대륙의 정찰도 중요하지만, 현시점에서는 프레야 공주가 측실이 되는 것과 웁살라 왕국과의 대륙 간 무역 체결이 가장 중요한 과제라는 것에는 변함이 없다.

자신도 같은 생각인 여왕 아우라는 고개를 살짝 끄덕이고서 이야기를 계속하라고 말했다.

"일단 반대파의 선봉이었던 에리크 전하를 함락했으니까 프레야 전하의 측실 문제와 대륙 간 무역 이야기는 문제없을 것 같아. 내 『성인의 증거』도 최악의 경우에는 꽁지를 말고 도망치면 어떻게든 될 것 같으니까. 그러니까 그 이후의 일에 대해서 얘기하고 싶은데, 왕태자는 아니지만 차기 웁살라 국왕으로 가장 유력한 후보인 윙비 제2 왕자가 우리나라에서 측실을 맞이하고 싶다고 했어."

"호오, 그건 생각할 여지가 있는데."

젠지로의 말을 들은 여왕은 움찔, 한쪽 눈썹을 치켜 들었다.

카파 왕국이 웁살라 왕국의 제1 왕녀를 국서의 측실로 받아들인 이후의 일이다. 만에 하나, 윙비 제2 왕자가 왕이 되지 못한다고 해도 충분히 수지가 맞을 수 있는 이야기다.

"윙비 전하라면 프레야 전하의 쌍둥이 동생이었지?"

"응, 본인 혼자만 쌍둥이 오빠라고 하고 있지만. 생김새는 프레야 전하랑 쏙 빼닮았어. 성격도 닮았다고 할 수도 있겠지? 내 첫인상은 왕족치고는 특이하지만 나쁜 사람은 아닌 것 같아. 프레야 전하도 같은 얘기를 했으니까 크게 빗나가지는 않을 거야."

"그렇다면 어느 정도 안심할 수 있겠네. 북대륙은 남대륙을 한 수 아래로 보는 경향이 있다고 들었거든. 그런 다른 문화권으로 시집을 보내려면 최소한 결혼 상대가 성실한 사람이라야지, 안 그러면 아무리 정략결혼이라고 해도 위험하니까."

정략결혼은 말 그대로 정략이지만 결혼이다. 정략상의 이익이 없으면 발생하지 않는 것이지만, 결혼인 이상 남녀의 감정이 잘 맞지지 않으면 파탄이 나게 된다.

"아우라 생각은 어때?"

"그쪽이 내거는 조건과 이쪽의 희망자에 달린 문제겠지. 푸죠르 원수가 들으면 아주 신이 나서 파티마를 보내려고 할 것 같은데……."

"그건, 좀 그렇지?"

그렇게 확인하는 젠지로에게 여왕 아우라는 고개를 끄덕였다.

"그래, 고려할 여지도 없지. 파티마 기젠은 푸죠르 기젠의 여동생이잖아. 왕가의 피가 푸죠르 원수에 필적할 정도로 짙어."

실수로라도 국외에 내보내서는 안 될 인재다. 가능성은 상당히 낮지만 까딱 잘못하면 쌍왕국의 보나 왕녀처럼 자식이 격세 유전으로 『시공 마법』에 각성할 수도 있다.

"그렇게 생각하면 마르케스 백작 가문의 밀레라도 위험하겠지?"

"아니, 밀레라는 혈통적으로는 마르케스 백작 가문의 분가 쪽 딸이니까. 마르케스 백작 가문의 피를 이어받기는 했어도 왕가의 피는 약해. 이쪽은 괜찮다고 할 수도 있어. 어느 쪽이 됐건 이 문제만은 서류상의 정략보다 본인의 능력, 기질, 무엇보다 의욕이 제일 큰 문제야. 국경 정도가 아니라 대륙을 뛰어넘은 혼인 정책이니까 무리해서 시킬 수 있는 일은 아니야."

그것은 정에 의한 배려가 아니다. 양국 우호를 위해서라도 최소한의 교량이 되어 줘야 할 혼인 정책이 실패로 끝나는 꼴을 보느니, 차라리 하지 않는 쪽이 낫다는 판단이다.

"그렇게 생각하면 프레야 전하는 정말 대단하네."

"그러게. 어지간한 담력, 행동력이 아니라는 건 확실해."

그렇게 생각하니 프레야 공주가 측실이 되겠다고 밀어붙인 것도 본인의 고집 때문만은 아닐지도 모른다. 웁살라 왕국의 귀족 여성에게 남대륙은 미지의 야만적인 땅이다. 그런 곳에 정략결혼으로 시집을 가서 프레야 공주만큼 적응할 수 있는 인재는 찾기 힘들 것이다.

"일단 윙비 제2 왕자가 차기 국왕으로서 가장 유력하다는 점. 그 인물이 우리 쪽에서 측실을 맞이하는 것을 검토하고 있다는 점. 이 두 가지는 당신과 교대하는 형태로 그쪽에 보낼 외교관한테 전달해 둘게. 그밖에, 뭔가 지금 보고해 두는 게 좋은 건 없고?"

여왕 아우라의 말에 잠시 생각에 잠겼던 젠지로는 갑자기 생각이 났다는 것처럼 탁, 하고 무릎을 쳤다.

"맞다. 볼룬드라는 대장장이 영감님이 굳이 나한테 직접 면회를 신청해서 '나도 남대륙으로 데리고 가라'고 하셨어. 동석했던 프레야 공주가 환희했고 스카디는 경악했지. 아무래도 볼룬드라는 건 스카디처럼 특별하게 뛰어난 대장장이한테 주어지는 이름이라는 것 같더라고."

"호오? 그건 기뻐해야 할 일이기는 하지만 뭔가 다른 꿍꿍이가 있을 것 같아서 무서운데."

좋은 소식이라고 무조건 받아들이지 않는 것은 한 나라를 맡은 사람이라면 당연한 반응인지도 모른다.

"뭐, 본인은 딴 생각이 없다고 해도 구스타프 왕은 볼룬드를 보내는 것에 대해서 뭔가 대가를 요구할 거라고 생각해."

"그만한 가치가 있는 인재라면 이쪽도 양보할 필요가 있겠지. 문제는 대장장이 개인의 능력 이상으로 제자에 대한 지도력을 갖췄느냐야. 그런 능력이 있는 인재라면 정말 갖고 싶어. 무슨 일이 있어도."

명공이 반드시 뛰어난 지도자가 아니라는 것은 어느 세계에서나 통하는 이야기다.

명공이 한 사람 온다 하더라도 생산 가능한 철제 도구가 그렇게 많이 늘어나는 것도 아니고, 명공이 노인이면 그 생산도 십여 년 만에 멈춰 버리고 만다. 중요한 것은 그 고도의 제철 기술이 카파 왕국에서 퍼져 나가고 뿌리를 내리는 것이다.

"아무튼, 전체적으로 잘 될 것 같아. 단지, 저쪽에서 결혼식을 올린 뒤에 이쪽으로 돌아와야 할 것 같으니까 귀국은 예정보다 늦어질 것 같아."

저쪽에서 결혼식을 올린다는 남편의 말에, 여왕은 욱신, 가슴속 깊은 곳에 불쾌한 아픔을 느꼈다. 하지만 그것을 절대 겉으로 드러내지는 않았다. 자신의 사정 때문에 측실을 받아들이게 하고, 그것 때문에 목숨을 건 항해까지 시키고, 지금도 『성인의 증거』라는 것을 치르기 위해 숲속에서 익숙하지도 않은 사냥을 하느라 고생하고 있는 남편하게 불쾌감을 드러내는 것은 아무리 생각해도 너무나 뻔뻔한 짓이다.

"그래, 기다리고 있을게."

여왕은 그렇게 말하고, 의연하게 미소를 지을 뿐이었다.

[제4장] **바람의 철퇴**

"당장 볼룬드를 불러라!"

광휘궁 깊은 곳에 있는 한 방에서 구스타프 왕의 굵직한 고함소리가 울렸다.

"예, 즉시 불러오겠습니다."

주위에 대기하고 있던 구스타프 왕의 심복들도 왕을 달래지 않았다. 오히려 같이 당황하고 있다. 지금 들은 사실이 어떤 것인지 알고도 당황한 그들을 비웃을 사람은 이 읍살라 왕국에는 없을 것이다.

이번 일은 그만큼 큰일이다. 어떤 의미에서는 프레야 공주가 젠지로의 측실이 되는 것보다 큰일인지도 모른다. 아무래도 프레야 공주는 남대륙 국서의 측실이라는 것이 예상 밖일 뿐이지, 어쨌거나 근시일 내에 다른 나라로 시집가는 것이 반쯤 확정된 일이었으니까.

한편, 볼룬드는 국보라고 해야 할 최고의 대장장이다. 그런 인물이 프레야 공주와 함께 남대륙으로 가겠다고 했으니 그야말로 아닌 밤중에 날벼락이다.

왕과 그 심복들이 안절부절못하면서 기다리기를 한참.

작은 소리와 함께 출입문이 열렸다.

"왕이여, 불렀는가? 난 바쁜 몸이다. 짧게 부탁한다."

그렇게 말하면서 들어온 사람이 바로 볼룬드 본인이다.

겉보기에 나이는 60세 전후일까. 나이에 비해 풍성한 머리카락과 수염은 원래 짙은 갈색이었던 것 같지만, 지금은 흰 털이 많이 보인다. 평균 신장이 180 센티미터나 되는 스베아인치고는 키가 작은 부류겠지. 허리가 조금 구부러지기는 했지만, 똑바로 선다고 해도 172 센티미터인 젠지로보다 조금 작을 것 같다.

단, 대장장이 일로 단련된 그 몸은 상당한 근육질인데, 그가 지금까지도 현역 대장장이라는 것을 무엇보다 확실하게 말해 주고 있다.

성큼성큼 왕 앞까지 걸어온 나이든 대장장이는 묻지도 않고 털썩 소리까지 내며 의자에 앉아 버렸다.

보통 사람이라면 용서받지 못할 만행이지만, 왕은 물론이고 주위에 있는 측근들도 특별한 반응은 보이지 않았다. 아직 기력이 정정하기는 하지만, 볼룬드는 오랜 대장장이 생활 때문에 허리와 다리가 좋지 않았다.

읍살라 왕국에서는 대장장이 일을 하면서 입은 부상을 전사가 전장에서 입은 부상과 똑같이 여기고 있다. 상처에 따라서는 똑바로 서거나 걷는데도 고통이 따르는 전사에게는 언제 어디서나 그 누구의 허락도 필요 없이 자리에 앉을 수 있는 권리가 있다.

무엇보다 사소한 일들을 따지고 있을 여유가 없는 구스타프 왕은 바로 본론으로 들어갔다.

"볼룬드! 그대가 카파 왕국으로 가기를 희망했다고 들었다. 사실인가?"

자국 왕의 물음에 나이든 대장장이는 귀찮다는 것처럼 콧방귀를 뀌고는,

"아니, 그런 소리를 한 기억은 없는데?"

그렇게 말하면서 이상하다는 것처럼 고개를 갸웃거리는 볼룬드를 보고 구스타프 왕은 안도의 한숨을 쉴 뻔했지만, 그전에 볼룬드가 아무렇지도 않게 말을 이어 갔다.

"희망 따윈 하지 않았다. 난 카파 왕국으로 간다. 그렇게 정했다."

나이든 대장장이의 말에 구스타프 왕은 두 손으로 머리를 감싸고 한숨을 쉬었다.

그렇다. 이 사내는 이런 사람이다.

새삼 그 사실을 깨달은 구스타프 왕은 이 시점에서 이미 반쯤 포기했지만 그래도 어떻게든 설득해 보려고 했다.

"멋대로 정하지 마라. 이 나라의 중진이 타국으로 적을 옮기는 것을 내가 가만히 허락하리라고 생각했는가."

"뭐라고? 빚이 잔뜩 쌓여 있을 텐데? 그걸 다 청산해 줄 테니까 그 대신에 허락해 달라고, 폐하."

"으음……."

그 부분을 언급하면 구스타프 왕도 할 말이 없다. 볼룬드는 구스타프 왕은 물론이고 선왕 시절부터 오랜 세월 동안 왕궁의 필두 대

장장이로서 그 실력을 발휘해 왔다.

전과를 올린 전사에 대한 포상이나 여러 외국과의 거래에 주목받는 상품으로서, 당대 볼룬드의 이름이 들어간 무구는 강한 존재감을 발휘해 왔다.

물론 그것들은 왕가가 '사들이는' 형태였지만 시장 가격과 비교하면 양심의 가책을 느낄 수밖에 없을 만큼 싼 가격이었던 것도 사실이다. 그 부분은 '볼룬드'의 명성이 높아서 부가가치가 하늘 높은 줄 모르고 올라간 탓이기도 해서 꼭 부당한 거래라고 할 수만도 없지만.

"아니, 안 된다. 분명히 그대에게 많은 빚이 있는 것은 사실이다. 그걸 생각한다고 해도 '볼룬드'를 밖으로 내보낼 수는 없다."

"고지식한 소리 하지 말라고. 공주님도 밖으로 보내잖아. 남은 날도 얼마 안 되는 영감탱이 하나 정도는 덤으로 보내도 되지 않겠어?"

"될 리가 있겠나. 아무리 그대로 본인의 고집 때문에 볼룬드씩이나 되는 이를 국외로 내보낼 수는 없다."

그 말에 나이든 대장장이는 씁쓸한 것이라도 삼킨 듯한 표정을 지었다.

"고집 때문만은 아니야. 여기서는 설명할 수 없지만."

그렇게 말하고는 구스타프 왕 주위에 있는 심복들에게 노골적으로 '니들, 귀찮다'는 시선을 보냈다.

구스타프 왕은 벌써 몇 번째인지도 모를 한숨을 쉬었다.

"알았다. 너희들은 물러가도록 해라."

구스타프 왕이 그렇게 말하니 심복들도 어쩔 수 없다. 그들도 볼룬드와 오랫동안 알고 지낸 사이다. 왕과 단둘이만 남겨 둬도 걱정은 없다. 반대로 볼룬드를 잘 알고 있기 때문에 이런 말을 꺼낸 그가 자신들이 있으면 무슨 일이 있어도 입을 열지 않으리라는 것도 아주 잘 알고 있다.

"예, 그럼 잠시 자리를 비우겠습니다."

측근들은 얌전하게 방에서 나갔다.

나이든 대장장이와 단둘만 남았을 때, 구스타프 왕이 다시 한번 물었다.

"이제 됐겠지. 말해 봐라."

"그래. 신경 쓰게 해서 미안하군, 폐하. 이유야 당연히 있긴 한데, 좀 듣기에 안 좋을 수도 있으니까 다른 사람들 귀에는 안 들리게 했으면 싶거든."

그렇게 말하고, 볼룬드는 뿌득뿌득 소리가 나게 목을 움직였다.

"⋯⋯."

말없이 재촉하는 구스타프 왕에게, 볼룬드는 약간 쓸쓸해 보이는 미소를 짓고는 너무나 단정적으로 말했다.

"솔직히 말해 봐, 내가 있으면 귀찮지?"

나이든 대장장이의 말에 왕은 움찔, 하고 몸이 떨렸다.

의미가 통했다고 확신한 볼룬드는 거침없이 말했다.

"난 쇠 두드리는 것밖에 모르니까 말이야. 국제 정세네 경제네

하는 건 하나도 몰라. 하지만 대장장이질에 대해서는 정보 수집을 게을리한 적이 없어. 최근에는 제철로도 아주 좋은 게 나왔다던데 말이야. 바람을 불어넣는 데 물레방아를 이용하는 그거. 그게 있으면 철을 만드는 양이 비약적으로 증가하지. 그걸 놓칠 만큼 폐하도 바보는 아니잖아. 솔직히, 아직 시험 단계기는 해도 이미 만들었지?"

물레방아를 이용해서 바람을 불어넣는 용광로는 지금 북대륙에서 혁명을 일으키고 있는 기술 중 하나다. 물레방아 송풍식 용광로의 탄생을 기준으로 연간 제철량에 수십 배의 차이가 발생할 것으로 예측되고 있다. 그야말로 혁명적인 시설이다.

하지만, 볼룬드는 그게 마음에 들지 않았다. 그것은 감정적인 문제가 아니라 기술적인 문제 때문이다.

"철을 잔뜩 만들 수 있다. 그건 좋아, 아주 좋은 일이야. 하지만 그런 개똥같은 쇠, 난 안 쓴다. 칼도 도끼도 방패도 갑옷도 죄다 똑같은 쇠를 쓴다고? 대장장이를 뭘로 보는 거냐고. 그런 얘기야."

볼룬드는 상당히 구식 대장장이다. 일을 할 때는 먼저 직접 가마를 만드는 데 쓸 돌을 모으고 벽돌을 굽는 것부터 시작한다. 철광석도 젊은 시절에는 직접 산에 가서 캐 왔을 정도였다.

나이를 먹고 체력이 떨어진 지금은 아무래도 가마를 만드는 데도 힘쓰는 일은 제자들한테 돕게 하고, 철광석도 사들이는 경우가 더 많아졌지만, 그래도 무조건 똑같은 철을 만드는 짓은 절대로 하지 않았다. 볼룬드의 말을 빌자면 무기에 어울리는 철과 방어구에 어울리는 철은 명확하게 다르다는 것 같다.

그래서, 볼룬드는 자신 있게 말했다.

"난 지지 않아. 확실히 말할 수 있어. 내가 살아 있는 동안에 대형 용광로에서 나온 쇠로 벼린 무구가 내가 만든 무구의 발밑에라도 미치는 날은 절대로 오지 않아. 그리고 난 거짓말도 안 하거든? 전사들이 대형 용광로로 제철한 무기는 어떤가? 라고 물으면, 난 솔직하게 대답할 거야. 그건 개똥만도 못한 물건이라고."

역대 볼룬드 중에서도 손꼽히는 실력을 지녔다고 하는 당대 볼룬드의 영향력은 무시할 수 없다. 전사들 사이에서 대형 용광로의 철로 만든 무구의 신용도가 급격히 떨어질 것이다. 실제로는 볼룬드의 기준에서 봤을 때 부족할 뿐이지 충분히 실전에서 사용하고도 남을 물건들이지만, 아마도 그런 점은 전해지지 않을 것이다.

"그건 나도 알고 있다. 하지만 철이 필요한 것은 전사의 무구뿐만이 아니다. 세상의 발전 상태를 보면 앞으로는 일상생활에서도 철이 필요한 것이 비약적으로 많아질 거야. 그렇다면 신형 용광로로 철을 대량 생산하면서도 전사들의 무구만은 지금까지와 같은 방법으로 만든다. 그러기 위해서도 볼룬드는 필요해."

"이 나라에서 그게 무리라는 건 대장장이질밖에 모르는 나보다 왕인 댁이 더 잘 알고 있을 텐데?"

"……."

너무나 간단하게 반박하는 볼룬드의 말에 구스타프 왕은 도저히 반론할 방법이 없었다. 볼룬드의 말이 지극히 당연한 말이었기 때문이다.

웁살라 왕국은 결코 큰 나라가 아니다. 경제력에서는 중견 국가.

총 인구는 중견 국가 중에서도 소국에 가까운 규모다. 당연히 대장장이의 숫자도 중견 국가 수준이다.

그런 나라가 북대륙에서도 최첨단인 물레방아 송풍식 대형 용광로를 도입한다. 당연히 거기에는 나라가 기울 정도의 자금과 인재를 쏟아부어야 한다. 이 경우, 문외한까지 포함해서 무조건 숫자만 늘려 봤자 의미가 없기 때문에 대장장이가 중추를 맡아야 한다.

필연적으로, 지금까지 작업해 온 방식을 이어 갈 대장장이의 숫자는 크게 줄어든다. 당연히 기존 방식으로 생산할 수 있는 무구의 숫자도 감소하겠지. 국내의 전사 숫자가 달라지지 않는 이상, 지금까지와 같은 수준의 무구는 전사들 중에서도 일부 인간들만이 손에 넣을 수 있게 된다.

"그리고 말이야, 폐하 입장에서 봤을 때는 젊고 실력 있는 대장장이들이 신형 용광로를 굴려 줬으면 싶지 않겠어? 오, 그 얼굴을 보니 정답인가 보군. 그렇게 나오면 실력에 자부심을 가진 놈들은 삐칠 거야."

움살라 왕국은 좋건 나쁘건 전사들의 나라다. 가치관에 있어서도 전사들이 위쪽에 놓이게 된다. 그래서 전사들이 기존 방식을 고수하는 대장장이가 만드는 무기를 바라고 신형 용광로로 만든 무기를 못 쓸 것이라고 여기게 되면 어쩔 수 없이 기존 방식으로 만드는 대장장이를 대단하게 여기고 신형 용광로를 다루는 대장장이는 하수로 취급받게 된다.

"그럼 곤란하잖아? 그렇다면 말이야, 나 같은 낡은 기술에 고집하는 놈들은 죄다 그만두는 게 좋다고. 돈도 모자라잖아?"

지금까지처럼 오래된 방식의 대장장이도 왕가가 데리고 있으면서 신형 용광로도 개발한다. 읍살라 왕국의 재정은 그런 방침을 양립할 만큼 풍요롭지는 못했다.

　대륙 간 항해 선박 개발, 제조 기술 확립, 그리고『죽은 전사의 손톱호』『황금나뭇잎호』두 척의 건조는 읍살라 왕국의 재정에 큰 부담을 줬다.

　읍살라 왕국에게 있어 대륙 간 무역은 건곤일척까지는 아니라도 실패하면 나라가 크게 기울어질 정도로 큰 승부다. 그 크나큰 승부를 하는 중에 물레방아 송풍식 대형 용광로를 개발하고, 그러면서 예전 방식 대장장이들도 지금까지와 똑같이 대우하는 것은 분명히 읍살라 왕가에게 너무나 부담이 가는 일이다.

　"……그래서 어쩌라는 건가?"

　구스타프 왕은 괴로워하는 표정을 지었지만, 그 물음 자체가 이미 볼룬드의 말을 받아들인 것이나 마찬가지였다.

　"뭐, 어려운 일은 아니야. 앞으로 왕국에서 거느리고 있는 대장장이들을 전부 그 신형 용광로 쪽으로 돌리면 돼. 그게 싫다는 놈들은 죄다 밖으로 내보내 버리면 되고. 아무리 '볼룬드'라는 이름을 가진 대장장이라도 말이지."

　"네놈……."

　구스타프 왕은 씩 웃는 볼룬드에게 미간에 주름을 지어 버렸다.

　"그렇게 되면 대장장이는 물론이고 기존 방식의 무구를 바라는 전사들도 크게 반발할 텐데."

　"그걸 어떻게든 하는 게 왕의 수완 아니겠어. 난 신형 용광로에 그 반발을 웃도는 가치고 있다고 생각하거든."

"의외군. 너는 신형 용광로를 싫어할 거라고 생각했는데."

왕이 말하자, 볼룬드는 콧방귀를 뀌었다.

"싫어하지. 그래, 아주 싫어. 내가 신형 용광로에 엮이는 건 말도 안 된다고 생각할 정도로. 하지만, 짜증나지만 그 생산량은 내가 죽었다 깨어나도 이길 수 없다는 것만은 인정할 수밖에 없어. 그리고 쇠라는 게 질도 중요하지만, 그 이상으로 양도 중요하다는 걸 모르는 것도 아니고."

"볼룬드……"

볼룬드의 말에 구스타프 왕은 자신이 이 나이든 대장장이의 각오를 잘못 생각했다는 것을 깨닫고 말았다.

볼룬드는 제철과 대장장이 일밖에 관심이 없는 뼛속까지 대장장이다. 하지만 그 철을 통해서 시대의 흐름을 파악하고 자신의 기술이 과거의 것이 되었다는 것을 이해했다. 보다 정확히 말하자면 그 기술을 과거의 것으로 만들지 않는 나라는 지금 이 시대의 조류에서 뒤처지게 된다고 이해했다.

그 마음, 그 생각, 그 결의를 단적으로 표한 말이 '내가 있으면 귀찮지?'였다.

물레방아 송풍식 대형 용광로를 도입하지 않으면 나라의 미래는 어둡다. 볼룬드의 역량과 명성은 그 흐름을 막을 수 있을 만큼 크다. 그래서 자신이 떠난다.

"거기까지 각오한 것인가."

왕의 말에 나이든 대장장이는 빙긋 웃었다. 왠지, 그 얼굴을 언젠가 본 것 같다고 느낀 구스타프 왕은 잠시 생각하다가 기억해 냈다.

그 웃는 얼굴은 『황금나뭇잎호』의 선장 자리를 차지했을 때 딸이, 프레야 공주가 보여줬던 웃는 얼굴과 똑같아 보였다.

"그렇게까지 말한다면 나도 허락할 수밖에 없겠군. 단, 하나만은 솔직히 대답하게. 거짓을 말한다면 무슨 일이 있어도 국외 이동을 허락하지 않겠다."

"그래."

"네가 카파 왕국에 가고 싶어 하는 진짜 이유는 뭐지?"

"앙? 지금 말했잖아. 뭐야, 내가 헛소리라도 했다는 거야?"

생각 외로 화를 냈지만, 볼룬드와 오랫동안 알고 지낸 구스타프 왕은 그 화가 상대를 속이기 위한 행동이라는 것을 바로 알아차렸다.

"그런 소리는 아니다. 조금 전에 말한 이유도 거짓은 아니겠지. 진짜 이유라는 표현이 잘못됐다면 다시 묻겠다. '가장 큰 이유'를 말해 다오."

"으……."

왕이 똑바로 쳐다보자 볼룬드는 뭔가 거북하다는 것처럼 시선을 이리저리 움직였다. 그 뒤에 한숨을 한 번 크게 쉬고, 나이든 대장장이는 포기했다는 것처럼 입을 열었다.

"남대륙에는 용이 있잖아. 아무리 『교회』 놈들이 바보처럼 숭배해 봤자 지혜가 있는 고대룡은 발견하지 못했다는 것 같지만, 보통 용은 질려 버릴 정도로 있다는 것 같아. 강력한 용종의 구역이 돼 버린 탓에 그 땅에는 나라가 손도 대지 못할, 그런 용들이 우글거리고 있어."

"그래서?"

"용이 있고 전사가 있으면 당연히 『드래곤 슬레이어』 아니겠어? 내 손으로 『드래곤 슬레이어』의 무구를 벼릴 거야. 인생 최후의 목표로 이것보다 좋은 건 없지 않겠냐고."

그렇게 말하는 볼룬드의 웃는 얼굴은 눈부시게 빛나고 있었다.
"후우……."
나이든 대장장이의 대답에 구스타프 왕은 한숨을 쉬면서도 마음속으로는 납득과 안도하는 기분을 맛보고 있었다.
너무나 볼룬드다운, 그리고 상당히 긍정적인 이유다.
"너라면 어디서든 잘 살 것 같군."
될 대로 되라는 말처럼 들렸지만, 사실상의 출국 허가였다.

◇◆◇◆◇◆◇◆

며칠 뒤. 그 순간은 생각보다 빨리 찾아왔다.
숲속. 진흙과 낙엽을 이용해서 일부러 더럽혀 놓은 모피를 머리부터 뒤집어쓰고서 몸을 숨기고 있던 젠지로는 그것을 눈으로 보고 있었다.
젠지로가 벼랑 가까이에 뿌려놓은 도토리들. 그것을 열심히 먹고 있는 것은 커다란 멧돼지였다.

"어떻게 하시겠습니까, 젠지로 폐하. 솔직히 말해서 귀찮은 상대입니다만."

옆에서 젠지로처럼 엎드려 있는 호위 전사 빅토르의 말에 젠지로는 잠시 생각했다.

멧돼지는 버겁다. 초식의 비중이 훨씬 많은 잡식 동물이지만, 몸이 크고 성질은 어지간한 곰 따위보다 더 공격적이다. 도망칠 때는 도망치지만, 공격할 때는 무시무시할 정도로 주저하지 않고 덤벼든다. 그 두 개의 이빨을 이용한 돌진은 인간 정도는 충분히 사망하게 만들 수 있다. 가장 큰 문제는 똑바로 돌격해 왔을 때는 멧돼지의 이빨이 사람 허벅지에 있는 대동맥을 파열시킬 가능성이 상당히 높다는 점이다. 현대 일본에서도 인적이 없는 곳에서 허벅지 대동맥이 파열된다면 살아남지 못할 가능성이 크다. 게다가 의학을 크게 기대할 수 없는 이쪽 세계에서라면 실혈에 의한 사망을 각오해야겠지.

"역시 도토리가 문제였나."

이제 와서, 젠지로는 그렇게 중얼거렸다. 도토리는 젠지로가 노리던 사슴이나 순록도 먹지만, 멧돼지나 곰도 좋아한다. 미끼로 도토리를 선택한 시점에서 빅토르가 이렇게 될 가능성이 크다고 분명히 말했었다.

"글쎄요. 도토리를 선택한 것은 잘못된 판단은 아니었다고 봅니다. 이끼나 새싹 정도로는 이렇게 끌어들이지도 못했을 겁니다."

반성하는 젠지로를 달래는 것처럼 빅토르가 말했다. 그 말에 거짓은 없다.

이 시기에 싹이 나는 부류의 이끼나 식물의 새싹은 사슴이나 순록이 좋아하는 먹이다. 그런 반면에 멧돼지나 곰은 거의 먹지 않는 것이고. 하지만 그런 미끼는 도토리에 비해서 다루기가 많이 힘들다고 한다.

직접 손을 대는 건 물론이고, 나름대로 충분히 조심했다고 해도 사람이나 쇠 냄새가 옮아서 사냥감을 경계하게 만든다. 또한 도토리와 달라서 이끼나 새싹은 살아 있기 때문에 잘 모르는 사람이 함부로 장소를 옮기면 바로 말라비틀어져서 미끼로서의 효력이 현저하게 저하된다는 문제도 있다.

즉, 도토리라는 선택지는 그 미끼를 취급하는 사람이 초보자인 젠지로라는 것을 고려한 경우에는 가장 좋은 선택지가 틀림없다. 문제는 위험한 동물도 끌어들일 수도 있다는 폐해가 있다는 것과, 그 폐해가 지금 이 순간에 정확하게 현실이 됐다는 점이다.

하지만 젠지로는 다시 한 번 생각했다. 공격적인 멧돼지한테는 분명히 위험도 많지만, 오히려 자신에게 달려들 가능성이 큰 만큼 사슴이나 순록보다 도망쳐서 놓칠 가능성이 적다. 위험할 수도 있지만 위험해지기 전에 호위 전사들이 처리해 주기로 이야기도 되어 있고.

그 경우에 『성인의 증거』는 일단 실패한 것이 되고, 약속대로 에리크 왕자를 다시 데리고 와야만 한다는 점이 조금 문제지만, 지난번 일시 귀국 때 에리크 왕자가 프레야 공주의 결혼 문제를 허락해 줬다는 사실이 판명됐다.

너무 낙관적인 생각일 수도 있지만, 호위 전사들이 충성을 바치는 대상인 에리크 왕자가 자신과 프레야 공주의 결혼을 이미 허락해 줬다면 에리크 왕자가 남대륙에 있는 상태―인질로 잡힌 상태가 해제된다고 해도 호위 전사들은 임무를 충실하게 수행해 줄 것이다.

  "후우…… 좋았어, 해 보자."

  마지막으로 숨을 한 번 크게 내쉰 젠지로는, 각오를 다지고 숨어 있던 자리에서 일어났다.

  "무운을 빕니다."

  "조심하십시오."

  "위험하다 싶으면 바로 끼어들 겁니다."

  "이번에 바로 해치우십시오."

  "아, 집에 가고 싶다."

  호위 전사들도 젠지로를 따라 일어났다. 젠지로 근처에 서 있는 것만으로도 '짐승의 퇴로를 막는' 것을 도와주는 셈이 되지만, 멧돼지의 돌진 속도를 생각해 보면 이 정도 거리에 있어야 만약의 경우에 호위 역할을 할 수 있다.

  젠지로와 다섯 명의 호위, 총 여섯 명의 사람들이 일어났으니 거리가 조금 떨어져 있기는 해도 멧돼지가 알아차리지 못할 리가 없다.

  "후욱, 훅훅훅훅후우욱!"

  미끼로 뿌려 놓은 도토리를 게걸스럽게 먹고 있던 멧돼지는 시선을 명확하게 젠지로에게 돌리고는 호전적인 콧김을 내쉬었다.

"조심하십시오, 바로 덤벼듭니다!"

빅토르가 경고했다.

그 말대로 멧돼지는 주저하지 않고 젠지로를 향해 돌진했다. 저돌맹진(猪突猛進). 젠지로의 머릿속에 그런 말이 떠올랐다.

각오는 이미 되어 있다. 지금 이 자리에서 할 일도 정해져 있다. 연습도 많이 했다. 그래도, 막상 실전이 닥치니까 도망치고 싶은 기분이 들 정도로 무섭다. 다리가 떨리고, 손이 떨리고, 목이 마르고, 목소리를 내는 데만도 기력을 짜내야만 할 것 같다.

하지만, 젠지로는 어떻게든 그 공포를 견뎌내고 『팔찌』를 낀 오른손 손바닥을 달려오는 멧돼지를 향해서 내밀고 마법어로 한 마디를 중얼거렸다.

『물러나라』.

다음 순간, 젠지로에게서 멧돼지를 향해 엄청난 돌풍이 휘몰아쳤다.

그 멧돼지의 체중은 150 킬로그램 정도는 될 것이다. 돌진할 때의 속도는 시속 40 킬로미터가 넘는다고 하고.

하지만, 젠지로가 오른쪽 손목에 차고 있는 마도구 『바람의 철퇴』가 내뿜는 돌풍은 주룡에 올라탄 기사조차도 날려 버릴 수 있다고 한다. 그 바람 앞에서는 멧돼지의 체구도 종잇장이나 마찬가지였다.

"꾸울?!"

돌진하다가 갑자기 정면에서 날아온 돌풍을 맞은 멧돼지는 앞바퀴를 들고 달리는 데 실패한 오토바이처럼 멋지게 세로 방향으로 반 바퀴 회전해 버렸다. 쿵, 하는 묵직한 소리를 내며 멧돼지가 등부터 떨어져 버렸다. 떨어진 장소는 조금 전까지 멧돼지가 달리고 있던 장소보다 몇 미터 후방. 지금 그 한순간에 멧돼지의 커다란 몸이 그만큼 뒤로 밀려난 것이다.

할 수 있다. 실전에서 마도구를 발동하는 데 성공한 젠지로는 긴장이 풀린 덕분에 손발의 떨림이 멈췄다.

젠지로는 멧돼지가 일어나기 전에 빠른 걸음으로 거리를 좁히고는 다시 오른손 손바닥을 멧돼지 쪽으로 겨누고 마도구를 발동시켰다.

『물러나라』.

"꾸우우우울!"

아직 제대로 일어서지도 못한 멧돼지가 이번에는 십여 미터 이상 뒤로 밀려났다. 이젠 벼랑까지 코앞이다.

"꿀, 꾸울, 꾸울!"

생명의 위기를 알아차린 멧돼지가 비통하게 소리를 질렀지만, 멧돼지가 자세를 바로잡는 것보다 젠지로가 거리를 좁히는 쪽이 더 빠르다.

『물러나라』.

"꾸우우우우우우울……!"

세 번째 돌풍이 커다란 멧돼지를 멋지게, 계획했던 대로 벼랑 아래로 떨어트려 버렸다.

"⋯⋯⋯⋯⋯."

젠지로보다 조금 뒤쪽에서 일련의 행동과 그 결말을 지켜본 호위 전사들은 하나같이 할 말을 잃었고 얼굴에서는 핏기가 싹 가셔 있었다.

"뭐야, 저거?"

젊은 호위 전사의 목소리에는 명확한 공포의 기색이 깃들어 있었다. 그것도 당연한 일이다. 전사라면 지금 그 현상이 무엇을 의미하는지 잘 알고 있을 테니까.

단 한 마디의 말로 발동하는 돌풍. 그것도 돌진하는 멧돼지를 몇 미터나 뒤로 날려 버릴 정도의 돌풍이다. 저걸 버틸 수 있는 인간은 없을 것이다. 게다가 지금 젠지로는 세 번이나 연발로 발동했다. 삼 연발이 한계라는 증거도 없다. 최대로 몇 연발이나 쏠 수 있을까? 10연발, 50연발, 어쩌면 100연발.

어쨌거나 확실하게 알고 있는 것은 단 하나. 이 자리에 있는 그 누구도 정면에서 일대일로 지금 저 공격을 공략할 수 있는 사람은 없다는 점이다.

멧돼지가 하늘로 날아오를 만큼의 돌풍. 그것을 어떻게 할 수 있는 인간이 존재할 리가 없다. 가까이 다가가지 못하면 체격도, 근력도, 칼이나 창을 다루는 기술도 다 소용없다. 그리고 제아무리 강한 활로 쏜 화살이라고 해도 지금 저 바람을 거스르면서 날아가는 건 불가능하겠지.

즉, 젠지로를 해치우기 위해서는 젠지로가 마도구를 사용할 틈도 없이 기습 공격으로 해치우는 수밖에 없다는 뜻이 된다. 그것은 약자가 강자를 처치하는 방식이다.

"마법이라는 게, 저런 걸 할 수 있는 건가?"

"스카디 님도 무리겠지, 저런 건."

"저게 남대륙의 왕족……. 『남마북기』라고 했지."

남대륙에 비해 마법을 경시하는 경향이 있는 북대륙이지만, 그것은 비교적 우위에 의한 경시일 뿐이지 무시하는 것은 아니다. 왕족의 심복 수준의 전사라면 자신이 다룰 수 있는지 여부와 관계없이 마법에 대한 지식과 그 대처 방법에 대해 잘 알고 있다.

하지만 그건 어디까지나 북대륙 기준에서의 이야기다.

부여마법의 존재를 모르는 호위 전사들은 조금 전에 연발로 날린 돌풍이 젠지로 자신의 힘에 의한 것이라고 착각하고 있다.

그 평가는 젠지로의 능력을 과대평가한 것이라고 할 수도 있고, 『바람의 철퇴』를 항상 몸에 지니고 있는 지금의 젠지로를 올바르게 평가했다고 할 수도 있다.

어쨌거나, 젠지로에게 가장 반발했던 젊은 호위 전사까지 포함해서 모든 이가 젠지로를 보는 눈이 완전히 달라졌다.

젠지로는 『바람의 철퇴』를 이용해서 무사히 멧돼지를 계곡 밑바닥으로 떨어트리는 데 성공했는데, 진짜 시련은 그 뒤에 기다리고 있었다.

『성인의 증거』는 그 이름대로 그것을 성취하면 성인, 자립한 한 사람의 남자로 인정한다는 증거다. 그래서 『성인의 증거』에서는 짐승을 쓰러트리는 강한 힘과 동시에, 살아가기 위한 식량을 얻을 수 있는 생활력도 보여야만 한다.

즉, 멧돼지를 쓰러트린 시점에서 끝나는 것이 아니라 자신이 쓰러트린 멧돼지에서 식량으로 삼을 고기나 팔아서 돈으로 바꿀 수 있는 부위를 떼어내서 사람들이 사는 곳까지 가지고 왔을 때 비로소 『성인의 증거』를 치렀다고 할 수 있다.

필연적으로, 젠지로는 멧돼지를 떨어트린 계곡 밑바닥으로 내려가야만 한다.

『성인의 증거』를 치르기 위해서는 이동도 전부 자기 팔다리로 해야만 한다. 그래서 뿌리를 탄탄하게 내린 나무에 밧줄을 묶어서 생명줄로 삼는 작업도 어디까지나 젠지로가 혼자서 해야만 한다.

물론 빅토르를 비롯한 호위 전사들이 은근슬쩍 지도해 주기는 했는데, '그렇게 묶으면 금방 풀립니다'라든지 '거기서 줄을 내리면 저 바위에 쓸려서 중간에 끊어집니다' 등등, 상당히 심장에 좋지 않은 경고들투성이였기 때문에 젠지로는 꼭 추위 때문만이 아니라 다른 이유 때문에 이를 딱딱 부딪칠 정도로 떨었다.

그래도 호위 전사들의 수십 배의 시간을 들여서 간신히 '그 정도면 되겠죠'라는 보장을 받은 젠지로는 솔직히 말해서 그 시점에서 『끝났다』는 기분이었다. 물론 그걸로 끝날 만큼 쉬운 일이 아니지만.

"그럼, 두 사람이 먼저 내려가겠습니다. 밑에 내려간 두 사람이 신호를 보내면 젠지로 폐하가 내려가 주십시오. 위쪽은 나머지 세 명이 지키겠습니다."

빅토르의 말을 듣고 젠지로도 각오를 다지고 고개를 끄덕였다.

"아, 알았다. 잘 부탁한다."

젠지로가 그렇게 말하자 호위 전사 중에 두 명이 이미 묶어 놓은 자신들의 밧줄을 사용해서 술술술, 계곡 밑바닥으로 내려갔다. 젠지로 입장에서 보면 현기증이 날 정도로 높은 절벽인데, 그들에게는 긴장할 만큼의 행위도 아닌 것 같다.

순식간에 밑바닥에 도착한 두 호위 전사는 잠시 주위를 확인하는 것 같은 행동을 하더니, 마침내 위쪽을 보면서 손을 크게 흔들었다.

다음은 젠지로 차례다. 알고는 있지만, 젠지로는 당장 행동을 시작할 만큼 배짱이 좋지는 못했다.

"젠지로 폐하. 재촉하는 것은 아닙니다만 시간을 너무 오래 들이면 해치운 멧돼지의 냄새를 맡고서 다른 육식 짐승이 올 겁니다."

하지만 빅토르의 그런 조언에 등을 떠밀려서 젠지로도 각오를 굳혔다.

"알았다. 간다."

각오를 다진 젠지로는 자신이 묶은 밧줄을 두 손으로 붙잡고는 계곡 바닥을 향해서 발을 내디뎠다.

그 때부터 수십 분 동안은 젠지로가 살아오면서 가장 크게 생명의 위기를 느낀 시간이었다.

늘어트린 밧줄을 타고서 계속 밑바닥으로 내려간다. 물론 젠지로의 악력만 가지고 수십 분이나 자기 체중을 버틸 수는 없기 때문에 사전 준비도 확실하게 해 뒀다. 여전사 스카디에게 상담해서 초보자가 밧줄을 타고 내려갈 때 사용한다고 하는 금속 도구를 준비했다. 그것은 좌우 한 쌍으로 되어 있는데, 양쪽 손목에 하나씩 끼우고 그 뒤에 밧줄에 걸어서 사용한다.

생김새는 풀어 놓은 지혜의 고리처럼 보인다. 그 도구는 지렛대의 원리가 작용해서 조여지고, 그 덕분에 약한 악력으로도 밧줄을 확실하게 붙잡을 수 있다. 그리고 밧줄에는 대략 2미터 간격으로 커다란 매듭을 지어 뒤서 만에 하나 중간에 젠지로가 힘이 빠진다고 해도 그 매듭에 금속 도구가 걸려서 낙하를 멈출 수 있게 해 뒀다. 그 대신에 매듭을 지나가려면 한바탕 귀찮은 절차를 거쳐야 하지만, 그래도 목숨이 더 아까우니 어쩔 수 없는 일이다.

그렇게 꼼꼼하게 사전 준비를 한 덕분에 젠지로는 무사히 계곡 밑바닥에 두 발을 디디는 데 성공했다. 그 대가로 가죽장갑 속에 있는 양손 손바닥에는 피가 살짝 뱄지만.

"허억, 허억, 허억, 허억…… . 평평한 땅에 두 발을 디디는 건 정말 대단한 일이야…… ."

체면이고 뭐고 다 내던져 버리고 젠지로는 평평한 돌 위에 털썩 주저앉아서 거칠게 숨을 쉬었다. 온몸은 땀으로 흠뻑 젖었지만, 몸 안쪽은 긴장과 공포 때문에 꽁꽁 얼어 있다.

"그나저나, 이렇게 보니까 전혀 다르네."

그렇게 중얼거리면서 올려다본 것은 나머지 호위 전사 세 사람이 밧줄을 태고 내려오는 모습이었다. 젠지로와 비교하는 자체가 실례가 될 정도의 기량이다.

세 호위 전사들은 술술술, 전혀 위험해 보이지 않는 움직임으로 순식간에 바닥까지 내려왔다. 젠지로에게는 비유가 아니라 정말로 목숨을 건 밧줄타기도 그들에게는 조금 신경 써야 하는 작업 정도로 보일 뿐이었다.

마지막으로 내려온 빅토르는 발걸음도 가볍게 착지하더니, 자연스런 동작으로 줄을 풀고 젠지로 쪽으로 다가갔다.

"젠지로 폐하. 위에서도 말씀드린 것처럼 시간을 너무 오래 들이면 늑대나 곰이 죽은 멧돼지 냄새를 맡을 수가 있습니다. 사냥감을 지키는 것도 『성인의 증거』의 일환이니까, 저희는 충고해 드릴 수는 있어도 도와드릴 수는 없습니다."

그렇게 말하면서 빅토르도 마음속에서는 그다지 필요 없는 경고라고 생각하고 있었다. 조금 전에 그 돌풍을 연속으로 발사한다면 곰이건 늑대 무리건 해치우지는 못해도 쫓아내는 정도는 간단할 테니까.

그런 빅토르의 평가와 반대로 젠지로에게는 그것이 상당히 도움이 되는 지적이었다. 분명히 『바람의 철퇴』를 사용하면 늑대나 곰도 쫓아낼 수는 있겠지만, 그렇다고 굶주린 육식 짐승과 사냥감을 두고 다투고 싶은 생각은 전혀 없다.

"알았다, 바로 가도록 하지. 난 해체에 관해서도 문외한이다. 조언을 부탁한다."

그렇게 말하고 젠지로는 얼마 남지 않은 기력을 쥐어짜며 앉아 있던 자리에서 일어났다.

다행히 멧돼지는 숨이 끊어져 있었다. 야생 동물의 생명력은 정말 대단해서 저 높이에서 떨어져서도 즉사하지 않았을 가능성이 있다고 한다. 그럴 경우에는 젠지로가 직접 숨통을 끊어야 한다. 단말마의 발악이 제일 위험하다는 설이 있는데. 물리적인 위험이라는 의미에서도 심리적인 혐오감이라는 의미에서도 그런 일을 겪지 않아서 그저 다행일 뿐이다. 이제 그 멧돼지한테서 식량으로 삼을 고기나 팔아서 돈으로 만들 수 있는 부위를 채집하기만 하면 된다. 말로 하는 건 간단하지만, 문외한에게는 상당히 힘든 일이다.

빅토르가 처음에 해 줬던 조언은 '털가죽은 포기하십시오'였다.

북방 제국에 사는 멧돼지는 털가죽이 질겨서 방어구나 신발 소재로 선호되지만, 초보자가 가죽을 상하지 않게 벗겨 내는 건 아주 힘들다.

어차피 멧돼지 한 마리를 통째로 들고 가는 건 불가능한 일이다. 그렇다면 『성인의 증거』로 인정받을 수 있는 부위만 고르는 게 좋다. 빅토르의 조언에 따라 젠지로는 뒷다리 하나와 이빨 두 개를 고르기로 했다.

"다리만 뗀다면 주위에 있는 털가죽에 단검을 이용해서 이중으로 빙 둘러서 칼집을 내고 떼어내면 됩니다. 예, 그렇게 하시면 됩니다. 연골은 톱으로 자르는 게 좋겠죠. 뼈 자체를 부러트리는 건 힘드니까 귀찮더라도 관절을 분리하는 쪽으로 하십시오. 손을 집어넣으면 감촉으로 알 수 있을 겁니다. 쑥 좁아지는 부분입니다. 거기에 톱날을 대고 당기시면 됩니다."

"으…… 음, 으윽!"

젠지로는 혹시라도 코로 숨을 들이쉬지 않도록 입을 반쯤 벌린 상태로 말 그대로 피범벅이 돼서 죽은 멧돼지와 씨름했다. 주위에 짐승 냄새와 피 냄새가 가득 고여서 잠깐이라도 코로 숨을 들이쉬면 틀림없이 토할 것 같은 기분이 들었다.

호위 전사들의 말에 의하면 이 정도면 평범한 해체 작업보다는 압도적으로 냄새가 적은 편이라고 한다.

이 멧돼지는 『성인의 증거』이기 때문에 젠지로 외에 다른 사람은 손댈 수 없다. 그리고 젠지로 혼자서 추정 무게 150킬로미터가 넘는 멧돼지를 매달아서 피를 빼는 작업을 할 수 있을 리도 없고. 그래서 빅토르의 조언에 따라 멧돼지의 뒷목과 등의 동맥을 크게 잘라내고 뒤로 크게 눕혀서 사지에서 최소한의 피만 빼낸 상태에서 작업을 진행하는 중이다.

보통은 피 냄새도 훨씬 지독하고 혹시라도 내장을 터트려 버리면 숙련된 사냥꾼도 토하지 않고는 배길 수 없을 정도로 지독한 냄새가 난다는 것 같다.

계절이 초봄인 것도 정말 다행이었다. 여름이었다면 아무리 서늘한 웁살라 왕국의 여름이라도 사체가 금세 상해 버릴 테고, 겨울이었다면 벌써 사체가 얼어 버리기 시작해서 힘없는 젠지로가 아무리 칼을 꽂으려고 해도 들어가지 않을 정도로 딱딱해져 버렸을 것이다.

그 뒤, 젠지로는 약 한 시간 동안 죽은 멧돼지와 싸웠다. 젠지로 입장에서 보면 살아 있던 때보다 몇 배나 힘든 상태다. 피와 지방이 눌어붙어서 무뎌진 단검을 몇 번이나 다시 갈아 가면서 간신히 뒷다리 한 개를 잘라내고 커다란 이빨 두 개를 빼낸 젠지로는 코가 냄새를 못 맡을 정도로 마비된 김에 한껏 안도의 한숨을 쉬었다.

"축하드립니다, 젠지로 폐하. 훌륭한 멧돼지의 큰 이빨이군요. 이 정도면 틀림없이 『성인의 증거』로 인정받을 것입니다."

빅토르의 축하하는 말에 이어서 나머지 네 명의 호위 전사들도 '축하합니다'라고, 기쁜 기색을 감추지 않고 젠지로를 칭찬했다.

그 마음속에 '겨우 집에 갈 수 있다'는 이기적인 생각이 있는 것도 틀림없는 사실이지만, 그래도 처음과 다르게 순수하게 젠지로의 성과를 축하하고 칭찬하는 마음도 틀림없이 존재하고 있었다.

처음 보는 강렬한 바람 마법으로 멧돼지를 해치우고, 생판 문외한이 공포를 견디고 자기 힘으로 계곡 밑바닥까지 내려와서 피와 짐승 기름으로 범벅이 돼 가며 멋지게 『성인의 증거』를 쟁취했다. 그들의 가치관에서는 평가가 달라지는 것도 당연하다고 할 수 있다.

분위기가 달라졌다는 것은 젠지로도 느꼈다. 『성인의 증거』를 치르는 데 성공했다는 해방감도 있어서 입으로는 투덜대면서도 지금까지 자신을 지켜 준 호위 전사들에게 감사의 뜻을 표했다.

"시간이 오래 걸리기는 했지만, 너희들 덕분에 무사히 『성인의 증거』를 치를 수 있었다. 고맙다. 감사의 뜻이라고 하기는 뭣하지만, 내가 가지고 가지 못하는 멧돼지 나머지 부위는 자네들 마음대로 하게."

"감사합니다!"

"오랜만에 고기 좀 실컷 먹겠네!"

젠지로의 통 큰 한마디에 호위 전사들이 더욱 기뻐했다. 젠지로가 이빨과 다리를 떼어내는 데 시간이 너무 오래 걸렸기 때문에 지금부터 처리를 해도 그다지 좋은 결과는 기대할 수 없겠지만, 그래도 조금이나마 괜찮아지도록 호위 전사들은 척척 해체 처리를 해나갔다.

피를 빼는 데 어느 정도 실패했어도 멧돼지 고기는 한 달도 넘게 숲속 생활을 강요받은 호위 전사들에게는 진수성찬이나 마찬가지다.

호위 전사들이 신이 나서 멧돼지를 해체하는 동안 젠지로는 소중한 『성인의 증거』인 이빨 두 개와 다리 한 개를 가느다란 밧줄로 묶고 등에 짊어져서 운반할 준비를 했다.

이빨 두 개와 다리 하나뿐이라도 젠지로에게는 충분히 무겁다. 어깨에 파고드는 가죽 끈의 감촉이 신경 쓰여서 『순간이동』을 발동하는 데 실패할 것 같다고 걱정이 될 만큼.

젠지로는 조금이라도 짐을 줄이기 위해, 더 이상 필요 없는 물건은 두고 가기로 했다.

"빅토르. 내 개인 짐은 두고 갈 테니까, 쓸 수 있는 게 있으면 사양 말고 써 주게."

젠지로가 꼭 가지고 가야만 하는 것은 『바람의 철퇴』 마도구와 『순간이동』 마도구 정도. 그것 외에는 두고 간다.

젠지로의 짐 안에는 물주머니와 소금, 아직 먹지 않은 오늘 점심으로 가져온 빵 등이 들어 있다. 젠지로에게는 그저 무거운 짐일 뿐이지만, 앞으로 열흘도 넘게 걸어서 귀환해야만 하는 호위 전사들에게는 귀중한 물자다.

"감사히 쓰도록 하겠습니다."

빅토르가 대표로 고맙다는 인사를 하며 짐을 받았다. 그러는 동안에도 나머지 네 명은 쉬지 않고 해체 작업을 진행했다. 일단 작업이 어느 정도 끝난 것을 보고 젠지로는 작별 인사를 했다.

"그럼, 난 이만 귀환하겠다. 자네들에게는 신세 많이 졌다. 너희들의 활약에 충분히 만족했다고 에리크 전하께 반드시 전해 드리도록 하겠다."

에리크 왕자의 심복인 호위 전사들에게 그 말은 심정적으로도 실리적으로도 천금보다 고마운 칭찬이었다. 젠지로가 그렇게 말해 준다면 에리크 왕자는 틀림없이 이 다섯 명의 호위 전사들을 높이 평가해 줄 것이다.

"감사합니다, 젠지로 폐하."

"최고의 칭찬입니다."

"그 한 마디가 모든 고생에 대한 보답이 됐습니다."

"저희야말로 정말 감사합니다."

"자, 잘 전해 주십시오!"

온 몸으로 기쁜 감정을 표현하는 전사들이 지켜보는 앞에서 젠지로는 『순간이동』 마법을 이용해서 광휘궁으로 귀환했다.

◇◆◇◆◇◆◇◆

젠지로가 무사히 『성인의 증거』를 치르는 데 성공했을 무렵, 광휘궁의 주인인 구스타프 국왕은 연속으로 닥친 문제들 때문에 위와 심장과 골치가 아픈 상황이었다.

먼저 가장 큰 문제이자 동시에 읍살라 왕국에게는 가장 영향이 적은 문제인데, 공화국과 『기사단』 사이에 전쟁이 시작됐고 예상보다 일찍 종결됐다는 보고였다.

그 보고를 가지고 온 사자에게 구스타프 왕은 진지한 눈빛으로 쳐다보며 물었다.

"『기사단』과 공화국의 싸움이 일단 공화국의 승리로 끝났다. 그 말인가. 장소는 탄넨발트가 틀림없고?"

"예, 틀림없습니다. 『기사단』이 대략 2만 5천, 공화국이 대략 2만 8천. 탄넨발트에서 격돌한 것 같습니다."

바다 건너에서는 전서구를 날릴 수도 없다. 현장을 직접 본 첩자가 서면을 작성해 배에서 기다리는 연락책에게 건네야 한다. 당연히 정보에 상당히 큰 시간 차이가 발생하게 된다. 구스타프 왕은 다시 한 번 보고서를 보면서, 생각을 정리하려는 것처럼 혼잣말을 했다.

"얼마나 크게 이기고 졌는지를 모르면 이쪽도 함부로 움직일 수는 없지만, 어쨌거나 최악의 미래는 피한 것 같군."

최악의 미래란 굳이 말할 필요도 없이 『기사단』이 대승을 거두는 것이다. 만년설이 뒤덮인 산맥에 가로막혀 있다고는 해도 읍살라 왕국이 있는 북부 지방과 『기사단』의 영토는 바로 인접해 있다. 종교적인 문제에서 강경한 태세를 유지하고 있는 『기사단』이 강대해지는 일은 북대륙에서 소수파인 정령신앙 국가 읍살라 왕국으로서는 바람직한 일이 아니다.

정보가 그다지 많지 않은 보고서를 보면서 구스타프 왕은 고개를 갸웃거렸다.

"헌데, 건곤일척의 대승부라고 하기에는 양쪽 모두 예상보다 병력이 적군. 공화국은 공격을 받은 입장이다. 국토가 넓은 탓에 병력을 미처 모으지 못했다는 것도 이해가 되지만, 『기사단』은 공격한 쪽인데 말이다."

혹시 안나 왕녀에게 속아 넘어간 프레야 공주의 움직임이 영향을 준 것일까?

일단 『기사단』 영토의 연안에도 정찰을 보내야 할지도 모르겠다. 만약 『기사단』이 연안부 방위에 전력을 할애했다면 나중에 공화국 쪽에 크게 생색을 내야겠다.

구스타프 왕은 마음속으로 그런 생각을 했다.

"배치한 첩자 중에 인원 여유는 있나? 있다면 한 사람이라도 좋으니까 『기사단』 영토의 연안부로 보내도록."

북대륙 서부에서도 특히 커다란 세력들 간의 전면 대결. 단순한 승패만이 아니라 승리의 형태, 패배의 형태, 그 결과에 따라 어떠한 배상을 지불하게 될까. 거기에 따라서 북대륙 서부의 정세가 크게 움직인다. 시대의 추세를 점친다는 의미에서 보면 당연히 정보 수집을 게을리 해서는 안 되지만, 동시에 지금 웁살라 왕국의 입장에서는 정보 수집 외에는 할 수 있는 일이 없는 것도 사실이다.

"물러가도 좋다."

"예, 실례하겠습니다."

사자가 물러난 것을 확인하고 구스타프 왕은 고개를 크게 저어서 생각을 떨쳐내려고 했다. 왕이라는 입장은 한 가지 문제에만 계속 매달려 있을 만큼 쉬운 것이 아니다. 생각해야 할 일은 얼마든지 있다.

구스타프 왕은 테이블 위에 놓여 있는 두 개의 도구를 봤다.

돌 두 개를 긴 사슬로 연결한 것과 바이스와 금속제 컵을 붙여 놓은 물건.

『담수화』 마도구와 『부동화구』 마도구다. 그리고 프레야 공주, 여전사 스카디, 그리고 망누스 부장 등의 증언에 의하면 『황금나뭇잎호』에는 『잔잔한 바다』라는 마도구도 있다고 한다.

"『부여마법』으로 만든 마도구인가. 또 말도 안 되는 이야기를 가지고 왔군."

구스타프 왕은 손으로 머리를 감쌌다. 이 문제만은 누구에게도 상담할 수가 없다. 『하얀 제국』과 관련된 전승은 역대 웁살라 왕에게 전해지는 구전. 이웃 국가의 왕위 계승권을 지닌 에리크 제1 왕자는 물론이고, 유력한 차기 국왕 후보이기는 하지만 아직 차기 국왕으로 결정되지는 않은 윙비 제2 왕자한테도 현시점에서는 밝힐 수 없다.

"샤로와 지르벨 쌍왕국. 『부여마법』과 『치유마법』이라고? 가문의 이름은 다르지만 『하얀 제국』의 슐레포프 제4 왕가와 제미체프 제10 왕가와 같은 혈통 마법이 아닌가."

게다가 샤로와 지르벨 쌍왕국의 왕족은 남대륙 사람이 아니라 북대륙의 이민자가 세운 국가라고 한다. 앞뒤가 너무나 잘 들어맞는 정보 때문에 구스타프 왕은 한숨이 멈추질 않았다.

역대 왕들에게만 전해지는 구전을 통해서 『하얀 제국』이 과거에 실제로 존재했다는 것을 알고 있는 구스타프 왕만이 할 수 있는 고민이다. 하지만 웁살라 왕에게 전해지는 구전도 그렇게 자세한 것은 아니다. 하얀 제국의 일부가 남대륙으로 도망쳤다는 설이 사실인지 아닌지는 전해지지 않았다.

그렇게 되면 쌍왕국이 『하얀 제국』의 자손인지 아닌지 판단하기는 힘들다. 더 자세히 조사하려면 우트가르즈와 연락을 취하는 수밖에 없는데, 그건 말 그대로 최후의 수단으로 미뤄 두고 싶다.

구스타프 왕은 생각을 정리하기 위해서 일부러 소리 내 말했다.

"그렇게 생각하면 프레야의 걱정과 판단은 일반적인 수준이군."

프레야 공주는 '『하얀 제국』은 그냥 옛날이야기지만, 그것을 바탕으로 『교회』가 간섭해 오지는 않을까 우려됩니다. 하지만 그런 우려가 있어도 샤로와 지르벨 쌍왕국과의 거래는 매력적입니다'라고 말했다.

『하얀 제국』이 실제로 존재하지 않았고, 단순한 옛날이야기일 뿐이라는 세간의 일반적인 지식을 바탕으로 생각해 보면 프레야 공주는 오히려 냉정하고 적절한 판단을 했다고 할 수 있다.

"실제로, 이건 매력적이다."

구스타프 왕은 손끝으로 『부동화구』 마도구를 건드렸다. 왕도 웁살라와 인접한 메타 호수는 아쉽게도 겨울이 되면 대부분 얼어 버리는데, 로그포트항을 비롯한 웁살라 왕국 국토에 접해 있는 바다는 한겨울에도 얼어붙지 않는다. 그래서 숫자가 압도적으로 줄기는 하지만, 겨울에도 오가는 배가 완전히 없어지지는 않는다.

해류 관계상 바다가 얼지 않을 뿐, 웁살라의 겨울은 춥다. 방한 대책을 제대로 마련하지 않으면 목숨에 지장이 있을 수준의 추위다. 그런 배 위에서 조금이라도 안전하게 사용할 수 있는 불이 있다는 것은 상당히 큰 의미를 지닌다. 또한 『담수화』 마도구가 장기 항해에서 얼마나 큰 역할을 할지는 굳이 말할 필요도 없다.

"『교회』 놈들이 마도구에 어떤 반응을 보일까. 그들이 젠지로 폐하가 보유한 마도구를 봤을 때의 반응을 보고 나서 결론을 내리고 싶지만, 아마도 소용없는 짓이겠지."

체념과도 같은 말은 두 가지 근거 때문이었다.

하나는 『황금나뭇잎호』에 『잔잔한 바다』라는 숨기기 힘든 커다란 힘을 가진 마도구가 설치돼버렸다는 것. 이것을 끝까지 다른 나라에 속이기란 힘들다. 하지만 제거하는 것은 더 힘들다. 항해의 안전에 너무나도 큰 기여를 하기 때문이다. 그것을 제거하라고 하면 『황금나뭇잎호』 선원들이 크게 반발할 것은 쉽게 상상할 수 있다. 정치적인 판단 때문에 목숨을 건 장기 항행 선박에서 안전에 기여하는 마도구를 제거하는 일은 불가능하지는 않겠지만 상당한 마찰을 불러올 것이 틀림없다.

두 번째는 보다 간단한 것인데, 웁살라 왕국과 카파 왕국 사이에 대륙 간 무역을 행하는 것이 이미 결정된 사항이기 때문이다. 카파 왕국에게 샤로와 지르벨 쌍왕국은 카파 왕궁에 쌍왕국 왕자, 왕녀를 주재시키고 이번 북대륙으로 가는 항해에 쌍왕국의 비공식 사자를 동행시킬 정도로 친밀한 관계인 것 같다.

그렇다면 읍살라 왕국으로서도 '카파 왕국과는 왕족 간에 혼인을 맺은 우호국이지만, 샤로와 지르벨 쌍왕국과는 소원하게 지낸다'는 외교는 어렵다. 안 그래도 『교회』 세력이 보면 이쪽은 같은 정령 신앙 국가라는 공통점이 있다. 그런 이유로, 같이 『적』으로 분류해 버릴 가능성이 크다.

그렇게 적으로 인정된 상태에서 벗어나기 위해서는 상당히 불리한 외교적 양보를 강요받게 될 것이다.

"윙비에게 왕위를 계승하는 것을 서둘러야 할지도 모르겠군."

윙비 제2 왕자는 『교회』 세력과 적대하는 데 주저하지 않는다. 물론 그것은 전면전쟁을 벌인다는 의미가 아니라, 『교회』 세력과 마찰을 일으키는 것을 피하기 위해서 저자세를 취하는 외교를 하지 않는다는 의미다.

어쨌거나 『교회』 세력과 적대할 수밖에 없다면, 배짱이 있는 윙비 왕자 쪽이 옥좌의 주인이 되는 쪽이 좋을지도 모른다. 다행스럽게도 구스타프 왕과 윙비 제2 왕자의 부자 관계는 양호하다. 윙비 왕자가 옥좌에 앉은 뒤에도 구스타프 왕이 상왕으로서 '조언'해 주는 것도 가능하다.

"카파 왕국과의 대륙 간 무역. 외교적으로는 우호국과 비우호국의 전환. 현재의 대장간에서 물레방아 송풍식 용광로로 전환. 이 모든 것을 왕의 교대에 맞춘다면 혼란을 최소화할 수 있으려나?"

생각해 볼 여지가 있다고 구스타프 왕은 생각했다. 윙비 왕자의 가치관을 생각해 보면 대규모 신형 용광로 전환에는 반대하지 않을 것이다. 새로운 무역, 새로운 외교, 새로운 기술의 도입. 이 모든 것들을 왕비 왕자가 주도한다면 낡은 외교 루트나 낡은 방식의 대장장이에 대해서는 왕위에서 물러난 구스타프 왕이 어찌저찌 유지할 수 있다. 왕위에서 물러나면 권력도 마음대로 쓸 수 있는 자산도 크게 줄어들기 때문에 구스타프 왕이 거둘 수 있는 것은 극히 일부로 한정되지만, 그래도 전부 버리는 것보다는 낫다.

한 나라 안에서 외교 전환에 대해서도 기술 혁신에 대해서도 찬성하는 이와 반대하는 이가 있는 것은 흔한 일이다. 특히 외교 문제는 시대의 흐름을 잘못 판단했을 경우에 대비해 국가의 표면적인 외교와 반대 태도를 지니는 자를 남몰래 준비해 두는 경우도 종종 있다. 그리고 흐름이 뒤집혔을 때는 지금까지 전면에 있었던 자들을 숨기고, 지금까지 숨어 있던 자들을 앞에 내세워서 빠르게 외교의 방향을 전환한다.

"그나저나, 본인은 그렇게 느긋하면서도 정말 엄청난 격변을 불러오는 사람이군, 젠지로 폐하는."

구스타프 왕은 씁쓸하게 웃으면서 한숨을 쉬었다.

◇◆◇◆◇◆◇◆

젠지로의 귀환. 그 자체는 딱히 신기한 일이 아니다. 배터리를 충전하기 위해서 직접 카파 왕국으로 날아왔던 하루를 제외하면 젠지로는 매일 『순간이동』으로 숲과 광휘궁을 왕복했다. 일과라고 할 수도 있을 만큼.

하지만 평소에는 저녁 무렵에나 귀환하던 젠지로가 오전에 귀환했고, 게다가 등에는 훌륭한 멧돼지 이빨 두 개와 다리를 하나 짊어지고 있다면 얘기가 달라진다.

드디어 젠지로가 『성인의 증거』를 달성했다. 그 소식은 순식간에 광휘궁 전체로 퍼져 나갔다.

귀환한 젠지로는 『성인의 증거』인 멧돼지 이빨 두 개와 다리 하나를 맡기고는 사우나에서 몸을 데우면서 몸의 때를 씻어 냈다.

성공했다는 달성감 때문에 고양되기도 했지만, 긴장의 끈이 끊어지면서 갑자기 피로가 몰려왔다. 사우나에서 나온 젠지로는 방에서 실내복으로 갈아입은 뒤에 소파에 몸을 묻고서 쉬었다.

"푹 쉬고 싶다."

자기도 모르게 입에서 나온 말에 반응한 것은 뒤쪽에서 대기하고 있던 시녀 이네스의 온화한 목소리였다.

"『성인의 증거』를 치르는 데 성공하셨으니, 젠지로 님은 에리크 전하를 맞이하기 위해 카파 왕국으로 귀국하셔야겠지요. 가신 김에 그쪽에서 하루 이틀 정도 쉬고 오시는 건 어떻겠습니까?"

피로를 자각해버린 젠지로에게, 시녀 이네스의 그 제안은 너무나 매력적으로 들렸다.

"그렇군. 그 정도는 쉬어도 되겠지."

솔직히 말하자면 지금의 젠지로는 완전히 지쳐 있었다. 『바람의 철퇴』라는 마도구의 도움을 받았다고는 해도 멧돼지 한 마리를 해치우고, 줄을 타고 벼랑을 내려가고, 멧돼지 해체 비슷한 것까지 했다.

명확한 살기를 품고 자신에게 돌진해 오는 멧돼지. 중간에 밧줄이 끊어지면 틀림없이 목숨을 잃게 될 절벽 타기. 생명의 위기는 차원이 다른 피로를 불러온다. 지금까지는 긴장감이 피로를 적당히 잊게 했지만, 긴장감이 달성감으로 바뀐 지금은 온 몸을 갉아먹는 것 같은 피로를 무시하는 게 불가능했다. 이 피로를 빨리 풀어 버리지 않으면 앞으로 있을 교섭에서도 치명적인 실수를 저질러 버릴 것 같다.

역시 휴식을 해야겠지. 그렇게 마음을 먹으니 기력이 조금 샘솟았다. 불행 중 다행이라고 할까, 그 기력을 쓸 곳은 이미 정해져 있다.

"젠지로 님. 프레야 전하께서 면회를 요청하셨습니다."

"……모시고 와 줘."

예상했던 말에 젠지로는 지금 막 샘솟은 기력을 소비해서 대답했다.

"『성인의 증거』 성공을 축하드립니다, 젠지로 폐하. 그리고 정말 감사합니다. 저를 위해서 이렇게 오랫동안 고생해 주신 데 대해 깊은 감사를 드릴 따름입니다."

"저도 감사드립니다, 젠지로 폐하. 정말로, 감사합니다."

프레야 공주는 물론이고, 평소에는 호위 역할에만 철저히 임하고 거의 입을 열지 않았던 여전사도 이번에는 웬일로 그런 말을 했다.

"제가 제 결혼을 위해서 제 의지로 행한 일이니 고맙다는 말씀을 하실 필요는 없을 것 같습니다. 그런데 프레야 전하, 스카디 공이 그렇게 말씀해 주시니 저도 참으로 기쁘군요. 그 말, 감사히 받도록 하겠습니다."

그렇게 대답하고 젠지로는 프레야 공주에게 소파에 앉도록 권했다. 프레야 공주가 소파에 앉고 여전사 스카디가 그 뒤에 서자 젠지로도 맞은편 자리에 앉았다.

마주앉은 젠지로와 프레야 공주. 분위기가 진정되자 프레야 공주가 입을 열었다.

"제 아버지, 구스타프 왕으로부터 전갈이 있었습니다. 『성인의 증거』, 틀림없이 확인했다. 이것으로 웁살라 왕국 제1 왕녀 프레야 웁살라가 카파 왕국 국서 젠지로 비르보 카파의 측실이 되는 것을 허락한다. 라는, 전갈이."

처음에는 『성인의 증거』를 치르면 지금까지는 말도 안 되는 일이라고 했던 프레야 공주가 측실이 되는 건을 일단 의제로 삼기는 하겠다는 이야기였는데, 어쩌다 보니 단번에 결혼 성립까지 내정돼 버리고 말았다.

그것은 젠지로와 구스타프 왕이 밀약을 나눴던, 호위 전사들을 기죽게 만들어서 기존 전사의 가치관을 파괴한다는 의뢰를 달성한 것과 더불어 이 일의 발단이 프레야 공주가 사람들 앞에서 먼저 신청했다는 것이 판명됐기 때문이다. 또한 북대륙의 시대적인 조류가 예상보다 빠르고, 구스타프 왕이 대륙 간 무역의 성립을 서두른 내부 사정도 있다.

어쨌거나 젠지로와 프레야 공주의 혼인은 근시일 내에 광휘궁에서 정식 결혼식을 치르는 것까지 이야기가 진행되어 있었다.

"그렇습니까. 솔직히 말해서 아직 실감이 가지 않지만, 잘 부탁드리겠습니다. 프레야 전하."

말 그대로, 어딘가 남의 일이라는 양 그렇게 말한 젠지로에게 프레야 공주는 정말 즐겁다는 것처럼 깔깔 웃었다.

"저야말로 잘 부탁드립니다, 젠지로 폐하. 저는 이미 알고 계시는 것처럼 말괄량이라서 결혼을 한다고 해도 자리를 잡는 데까지 긴 시간이 걸릴 것 같으니 인내심을 갖고 기다려 주시면 감사하겠습니다."

결혼한 뒤에도 얌전하게 지낼 생각은 없다는 당당한 선언에 뒤에 있는 여전사 스카디가 눈이 휘둥그레져서 한 마디 하려고 했지만 젠지로는 스카디에게 신경 쓰지 않고 꾸밈없는 미소와 함께 대답했다.

"그것이야말로 프레야 전하의 인간적인 매력이 아니겠습니다. 무리해서 참으실 필요는 없다고 봅니다. 전하의 언동이 카파 왕국, 카파 왕가, 그리고 카파 왕국 국왕 아우라 폐하의 불이익이 되지 않는 한, 저는 그 모든 것을 긍정하겠습니다."

나라, 왕가, 왕이라는 세 가지 조건을 이야기했지만, 젠지로가 정말로 말하고 싶은 것은 세 번째뿐이었다. 가장 사랑하는 아내, 여왕 아우라에게 불이익을 끼치지 않는 한은 이 대륙을 넘어서 시집을 오는 공주님에게 가능한 편의를 도모해 주겠다고, 진심으로 그렇게 생각했다.

그 정도 생각을 할 만큼은 프레야 웁살라라는 개인에게 호의와 존경을 품고 있기에.

자신의 행동과 공적에 경의를 표해 주고 결혼 이후의 자유까지 보장해 준다.

그것은 프레야 공주가 무엇보다 원했던, 그러면서도 반쯤 포기하고 있던 것이었다.

"정말 감사합니다, 젠지로 폐하."

미소 짓는 프레야 공주의 하늘색 두 눈이 약간 촉촉해져 있었다.

[제5장] 두 번째 결혼식

　오늘, 웁살라 왕국에서 카파 왕국 국서 젠지로 비르보 카파와 웁살라 왕국 제1 왕녀의 결혼식이 거행된다.

　젠지로가 『성인의 증거』를 치른 뒤로 대략 한 달도 안 되는 기간 동안에 준비를 마쳤는데, 그 부분은 젠지로가 관여할 문제가 아니다. 하지만 그 한 달 동안 가장 바빴던 사람 중에 하나가 젠지로였던 것도 틀림없는 사실이다.

　젠지로는 이 세상에서 단 한 사람뿐인, 자신의 『순간이동』으로 북대륙과 남대륙을 오갈 수 있는 사람이다. 그래서 젠지로는 최근 한 달 동안 수도 없이 『순간이동』으로 양쪽 대륙을 오갔다.

　에리크 왕자를 웁살라 왕국으로 데려온 것을 시작으로, 카파 왕국 쪽 외교관을 웁살라 왕국으로 보내고, 반대로 웁살라 왕국 쪽 외교관을 카파 왕국으로 데려가기도 했다. 물론 그것은 한 번 왕복하는 것으로 끝나지 않았는데, 양쪽 외교관들이 본국의 뜻을 듣기 위해서 몇 번이나 양쪽 나라를 오갔다.

　짧은 기간 동안에 기온 차이가 많이 나는 두 나라를 여러 번 왕복한 탓인지, 젠지로는 체온 조절에 지장이 생겨 잠시 몸이 좋지 않았다. 밤이 돼도 흥분 상태가 가라앉지 않고, 피곤한데도 잠이 오지 않기도 했고, 반대로 낮에 중요한 일을 치르면서 하품을 참느라

혼 힘을 다 해야 한다든지. 아마도 교감신경과 부교감신경의 전환에 이상이 발생한 것이겠지. 그래도, 우는 소리를 하면서도 젠지로는 어떻게든 자신의 역할을 다했다. 그 역할은 말 그대로 젠지로 외에는 그 누구도 할 수 없는, 대체할 사람이 없는 일이었기에 다행이라 할 수 있었다.

대륙 간 무역에 대해서는 '카파, 웁살라 양쪽 왕가가 직접 및 독점적으로 행한다'는 큰 틀만 정했을 뿐이고 자세한 내용은 앞으로도 외교관들이 오가면서 조율하면 되는데, 프레야 공주의 결혼 조건만은 그럴 수가 없었다.

아주 급하게 조건을 조율했기 때문에 그 부담을 혼자서 양쪽 나라를 오갈 수 있는 젠지로가 혼자서 뒤집어쓰게 됐다.

덕분에 젠지로는 결혼식 당사자면서 당일까지도 결혼식의 흐름을 제대로 이해하지 못한 상태였다.

유일하게 결혼식 의상을 맞출 때는 몸에 맞게 지어야 하기 때문에 어떻게든 참석했지만, 프레야 공주는 다른 방에서 의상을 맞췄기 때문에 신부 의상을 입은 프레야 공주를 보는 것은 오늘 이 순간이 처음이었다.

대기실에서 신랑과 신부가 오늘 처음으로 얼굴을 마주했다.

"젠지로 폐하."

"프레야 전하?"

웃는 얼굴로 자신의 이름을 부른 소녀의 이름을 젠지로는 자신 없다는 듯이 의문형으로 입에 담았다.

그녀는 프레야 공주가 틀림없을 것이다. 지금 젠지로의 이름을 부른 목소리는 귀에 익은 프레야 공주의 것이고, 그 외모도 지금은 완전히 눈에 익은 프레야 공주다.

복장은 하얀색 바탕의 웨딩드레스고, 머리에는 매 깃털 모양을 본뜬 하얀 레이스로 만든 베일을 쓰고 있다. 허리에 감은 벨트 모양의 장식과 목에 여러 겹으로 차고 있는 목걸이는 전부 눈부신 황금으로 만든 것들.

매와 황금은 북대륙 북방 제국에서 결혼식 때 사용하면 행운을 불러온다는 이유로 중하게 여기는 것들이다. 그래서 그녀가 오늘의 신부 프레야 공주라는 것은 틀림없을 것이다. 하지만, 그런데도 젠지로가 확신을 갖지 못하는 것은 신부의 머리모양 때문이다.

신랑의 시선이 자신의 머리로 향하고 있다는 것을 알아차렸겠지. 신부는 짓궂게 웃고는,

"아, 이것 말인가요? 이건 붙인 머리예요. 『황금나뭇잎호』 선장이 됐을 때 잘랐던 제 머리랍니다."

그렇게 말하고는 그 자리에서 빙글, 뒷모습을 보여줬다.

그렇다. 지금의 프레야 공주는 젠지로가 알고 있는 짧은 머리모양이 아니다. 늘어뜨리면 등 중간까지 내려올 것 같은 긴 은발을 꼼꼼하게 땋은 뒤 커다란 경단 모양으로 정리해서 위로 올렸다.

결혼식이라는 경사스런 무대에 걸맞은, 상당히 손이 가고 아름답게 보이는 머리 모양이다.

"잘 어울립니다, 프레야 전하. 아니, 평소에 하시던 머리 모양만큼이나 잘 어울리는군요."

젠지로 나름대로 솔직하게 칭찬했지만, 평소의 짧은 머리야말로

프레야 공주 자신이 선택한 머리모양이자 삶의 방식이라는 것이 생각나서 그렇게 덧붙였다.

그런 젠지로의 서툰 칭찬에 프레야 공주는 낯간지럽다는 것처럼 웃고는 살짝 장난스런, 그러면서도 밝은 목소리로 대답했다.

"정말 감사합니다. 젠지로 폐하도 그렇게 차려 입으시니 평소보다 약간 강해 보이시네요."

"그건 아무리 좋게 생각하려고 해도 칭찬으로 들리지 않는군요."

보란 듯이 얼굴을 찌푸린 젠지로의 말에 프레야 공주는 혀를 살짝 내밀어 보이며 웃었다.

신랑인 젠지로의 복장은 한마디로 말하자면 잘 꾸며 놓은 갑옷 차림이다.

금속 갑옷을 바탕으로 털가죽과 황금 장식을 둘렀는데, 이것이 웁살라 왕국의 왕족과 고위 귀족의 결혼식에서 신랑이 입는 의상이라고 한다. 허리에는 크고 작은 두 자루의 칼도 차고 있다. 양쪽 모두 장식이 많은 의례용 검이지만 웁살라 왕국의 관습대로 당장 실사용이 가능할 정도로 확실하게 날을 세워 뒀다.

젠지로의 복장은 웁살라 왕국의 아주 일반적인 신랑들의 차림새지만, 허리에 차고 있는 칼 두 자루만은 젠지로가 끈질기게 부탁한 부분이다. 보통 신랑은 허리에 칼을 한 자루만 찬다.

하지만 지금 프레야 공주가 놀린 것처럼, 그 차림새를 하면 남들이 아무리 좋은 말을 건네도 전부 거짓말이 돼 버릴 듯할 정도로 젠지로한테는 전혀 어울리지 않았다.

애당초 금속제 갑옷과 허리에 차고 있는 칼 두 자루가 너무 무거

워서 지금의 젠지로는 오리가 걷는 것과 비슷한 속도로밖에 걸을 수 없다. 이렇게 무거운 것을 입는 것보다는 T셔츠와 청바지만 입고 있는 쪽이 도망치기라도 쉬울 것 같고 살아남을 가능성도 더 클 것 같았다.

젠지로는 이런 것을 착용하고서 만약의 경우에는 한나절 이상 전장을 뛰어다니는 전사들이라는 인종에게 이제나마 존경하는 마음을 품었다.

그러는 사이에 입구 문을 두드리는 소리가 났다.

"젠지로 폐하, 프레야 전하. 준비가 다 됐습니다. 입장을 부탁드립니다."

문밖에서 그런 목소리가 들렸다.

젠지로와 프레야 공주는 의도한 일은 아니지만 동시에 서로의 얼굴을 봤다.

"전하, 손을."

"예."

젠지로가 대답하자 프레야 공주는 살며시 젠지로의 손을 잡았다.

신랑 젠지로가 신부 프레야 공주를 에스코트해서 두 사람은 조용히 대기실 밖으로 나갔다.

결혼식장은 안뜰에 있었다.

카파 왕국에서는 그렇게 하지 않지만, 야외에서 결혼식을 하는 것은 정령신앙 국가에서는 그렇게 보기 드문 풍습이 아니다. 정령

이란 자연을 관장하는 존재. 그 자연에 둘러싸인 야외야말로 결혼식이라는 신성한 의식을 치르기에 걸맞은 곳이라는 사고방식에서 나온 것이다.

물론 아무리 야외라고 해도 이곳은 왕궁. 왕족간의 결혼식장이다. 잔디밭 위에 설치해 놓은 테이블 위에는 순백색 테이블클로스를 덮어 놨고 참석자들이 앉는 의자도 먼지 한 점 없이 잘 닦아 뒀기 때문에 불결하다는 느낌은 전혀 들지 않았다.

계절은 초여름. 시간은 한낮. 카파 왕국의 가혹한 더위에 익숙한 젠지로에게는 약간 쌀쌀하다고 느껴질 정도로 맑고 시원한 바람이 부는 속에서 젠지로는 프레야 공주를 에스코트하며 박수갈채를 보내는 사람들 사이를 천천히 걸어갔다.

자기도 모르게 여왕 아우라와 결혼식을 치렀던 때처럼 프레야 공주와 타이밍을 맞춰서 발을 움직일 뻔했지만 의식적으로 약간 빠르게, 반걸음 정도 앞으로 나서서 신부를 리드하는 형태를 취했다.

여왕 아우라와의 결혼식 때는 너무 긴장해서 두 발로 걷는 방법조차 잊어버릴 뻔했었는데, 그 때와 비교하면 오늘은 훨씬 여유가 있다. 문제없이 프레야 공주를 에스코트하면서 걷는 건 물론이고 결혼식장 이곳저곳을 둘러볼 수도 있을 만큼.

이번이 두 번째다 보니 익숙한 것도 있고, 대륙 간 항해와 『성인의 증거』를 통해서 말 그대로 목숨이 위험한 상황을 헤치고 나온 덕분에 긴장감이 어느 정도 풀어졌는지도 모른다.

그 사실을 알아차린 젠지로는 다시 한 번 마음을 다잡았다. 자신처럼 힘없는 존재가 겁도 없이 대담해지면 득보다는 실이 더 많다.

그렇게 걸음을 옮겨서 젠지로와 프레야 공주는 무사히 신랑신부 자리가 있는 정면 단상 위에 도착했다.

신랑신부가 나란히 단상 위에 서자 사람들이 조용해졌다. 사전에 이야기한 대로라면 이다음에 행동해야 할 사람은 신랑인 젠지로다.

곁눈질로 프레야 공주 쪽을 확인했더니 살짝 고개를 끄덕여서 긍정해 줬다. 자신의 기억이 틀림없다고 자신을 가진 젠지로는 왼손으로 허리에 찬 장검의 칼집을 쥐고 오른손으로 신중하게 장검을 뽑았다.

태양의 빛을 받아서 번뜩 빛나는 그 칼날을 높이 들어 올린 젠지로는 숨을 크게 들이쉬고서 가능한 큰 목소리로 선언했다.

"내 이름은 젠지로, 젠지로 비르보 카파. 젠지로 비르보 카파는 프레야 웁살라와 혼인을 맺고 이후로 그녀를 행복과 풍요와 애정으로 채워 줄 것을 맹세한다. 바람의 정령, 대지의 정령, 물의 정령, 불의 정령 앞에서."

이어서 프레야 공주가 칼을 들고 있는 젠지로의 오른손에 왼손을 얹었다.

"내 이름은 프레야, 프레야 웁살라. 프레야 웁살라는 젠지로 비르보 카파와 혼인을 맺고 프레야 알카트 카파가 되며, 이후 그를 흠모하고, 존경하고, 사랑할 것을 맹세한다. 바람의 정령, 대지의 정령, 물의 정령, 불의 정령 앞에서."

프레야 알카트 카파. 알카트란 카파 왕국에서 발렌티아보다 남쪽에 있는 사람이 살지 않는 연안 영지다. 최근 한 달 동안의 외교를 통해서 젠지로의 측실이 되는 프레야 공주에게는 일단 알카트라는 영지와 그 영지를 다스리는 알카트 공작 작위가 내려지는 것이 결정됐다.

장래에는 그곳에 항구와 조선소를 만들 예정이지만, 일정도 예산도 아직 하나도 정해지지 않았다. 일단 대륙 간 항해용 초대형 범선 제조는 처음 몇 척까지는 발렌티아의 조선소에서 건조할 예정이다. 언제까지, 어느 정도 규모의 항구와 조선소를 알카트에 만들지는 향후의 교섭에 달려 있다.

신랑신부가 선언을 마치자 하객들은 제각기 손뼉을 치고 발을 두르면서 두 사람의 결혼을 축복했다.

결혼식 전체의 진행을 맡는 성직자 같은 사람은 없다. 웁살라 왕국에도 무당 같은 신과 관련된 의식을 주관하는 사람이 있기는 하지만, 웁살라 왕국의 일반적인 결혼식은 이번처럼 신랑신부가 직접 정령 앞에서 맹세하는 의식이라고 한다.

그래서 극단적으로 말하자면 조금 전에 젠지로와 프레야 공주의 선언이 끝난 것과 동시에 결혼식 자체도 끝났다고 할 수 있다.

신랑신부가 단상에 있는 의자에 앉자 신부측 가족 자리에서 한 남자가 일어섰다.

눈부신 갑옷을 입은 젊고 키가 큰 대장부. 바로 웁살라 왕국 제1왕자 에리크 에스트리젠 웁살라였다.

예정과 다른 사람이 일어난 탓에 젠지로는 깜짝 놀라서 옆자리에 있는 신부를 봤다. 그랬더니 웨딩드레스 차림의 프레야 공주도 하늘색 두 눈을 몇 번 깜박이면서 놀랐다는 뜻을 표현했다.

아무래도 젠지로에게도 프레야 공주에게도 미리 알리지 않은 깜짝 이벤트인 것 같다.

예정대로라면 여기서 일어나는 사람은 에리크 왕자가 아니라 구스타프 왕이어야 했다.

구스타프 왕이 가지고 있어야 할 작은 황금 망치를 에리크 왕자가 들고 있는 것을 보면 원래 구스타프 왕이 해야 할 역할을 에리크 왕자가 그대로 가로챘다고 봐야겠지.

프레야 공주는 포기했다는 것처럼 씁쓸하게 웃고 있다. 이제 와서 어쩔 도리가 없는 일이라는 건 알고 있지만, 에리크 왕자와의 사이에 있었던 문제가 완전히 풀렸다고 생각하지 않는 젠지로 입장에서는 그 역할을 에리크 왕자가 맡는 것에 아주 조금 불안한 기분이 들었다.

그래도 이제 와서 허둥지둥해도 소용없다는 것 또한 사실이다. 각오를 다진 젠지로가 가만히 있었더니 오른손에 황금 망치를 든 에리크 왕자가 단상으로 돌라왔다.

처음에 멈춰선 곳은 신부 프레야 공주 앞.

프레야 공주 앞에 선 에리크 왕자는 오른손에 들고 있는 작은 망치를 프레야 공주의 가느다란 어깨 쪽으로 가져갔다.

"이 자의 남은 인생에서, 재앙이여, 사라져라."

그 말과 함께 황금 망치로 프레야 공주의 어깨를 톡, 하고 건드렸다.

황금 망치는 전설로 전해지는 전사가 사용했다고 전해지는 무기다. 상당히 작아서, 손잡이를 쥐면 주먹만 한 망치 머리가 튀어나올 정도밖에 안 되는 크기다. 하지만 그 황금 망치는 크기와는 달리 무시무시한 파괴력을 지녔다고 전해진다. 또한 그 망치에는 사악한 기운을 멸하는 힘이 있다고도 전해지는데, 그래서 결혼식 때는 신랑신부의 앞길에 있는 재앙이 사라지도록 친족 대표가 황금 망치로 신랑신부의 몸을 두드려 주는 의식을 한다.

굳이 말할 필요도 없지만, 그 황금 망치는 복제품이다. 복제품이지만 순금으로 만들었다는 의미에서는 진짜다. 당연히 상당히 무겁다.

그 무거운 황금 망치를 이번에는 젠지로 앞으로 이동한 에리크 왕자가 젠지로 쪽을 향해 뻗었다. 그 순간, 에리크 왕자의 눈가에 웃음이 드리운 것처럼 보였는데, 젠지로가 잘못 본 것은 아닐 것이다.

그 증거로, 황금 망치는 퍽, 하고. 프레야 공주 때와 전혀 다른 소리를 울렸다. 젠지로의 쇄골에 묵직한 아픔이 퍼져 나갔다.

"이 자의 남은 인생에서, 재앙이여, 사라져라."

상당히 아프기는 하지만 다치지는 않을 만큼의 절묘한 힘 조절을 보고 젠지로는 이것이 에리크 왕자의 작은 보복이라고 확신했다.

"프레야를 잘 부탁합니다, 매부 공."

그렇게 말하고, 에리크 왕자가 진한 미소를 지었다. 그리고 그 직후, 그 미소가 바로 씁쓸한 웃음으로 바뀌더니,

"결국 폐하가 처음에 말씀하신 대로, 폐하를 매부라고 부르게 됐군요. 폐하의 혜안에는 그저 감탄할 따름입니다."

그렇게 말하고, 에리크 왕자는 그 굵은 어깨로 살짝 으쓱거렸다.

"웁살라 왕가 모든 분들께서 이해해 주신 덕분입니다. 물론 저 또한 그리 되도록 최대한의 노력을 했다고 자부하고 있습니다만."

젠지로는 그렇게 말하고, 일부러 가슴을 활짝 폈다. 자신의 공적을 다른 사람이 아닌 자신의 입으로 설명한다. 이쪽의 방식에도 어느 정도 익숙해진 젠지로는 그렇게 말하고서 조금 전까지 에리크 왕자가 앉아 있던 테이블 쪽을 봤다.

그쪽은 웁살라 왕가 사람들이 앉아 있는 테이블이다.

구스타프 왕, 에리크 제1 왕자, 윙비 제2 왕자까지는 지금까지 왕궁에서 소개를 받았다.

그밖에 40세 전후로 보이는 여성이 한 명, 30대 중반으로 보이는 여성이 한 명. 아직 성인이 되지 않은 어린 여자가 두 명에 남자가 한 명. 그리고 나이든 귀부인이 한 명.

순서대로 펠리시아 제2 왕비, 마틸다 제3 왕비, 옐다 제2 왕녀, 힐다 제3 왕녀, 칼 제3 왕자, 그리고 거넬 왕태후다.

성인이 되지 않은 왕녀, 왕자와 이미 현역에서 은퇴한 왕태후가 공식 석상에 나타나지 않았던 것은 당연한 일이지만, 펠리시아 제2 왕비와 마틸다 제3 왕비가 나타나지 않았던 것은 돌아가신 제1 왕

비를 기리는 의미 때문이었다고 한다.

펠리시아 제2 왕비와 마틸다 제3 왕비는 웁살라 왕국의 유력 귀족 출신이지만, 제1 왕비는 이웃나라 오프스 왕국의 왕녀 출신이다. 그 유일한 자식인 에리크 제1 왕자는 여러 사정 때문에 웁살라 왕국이 아닌 오프스 왕국의 왕위 계승권도 지니고 있다.

오프스 왕국 쪽에서 생모라는 배경을 잃은 에리크 제1 왕자가 멸시당하고 있는 것은 아닌가, 라는 오해를 하지 않도록 구스타프 왕은 제1 왕비가 죽은 뒤에도 펠리시아 제2 왕비나 마틸다 제3 왕비를 제1 왕비로 올리지 않았다.

그래서 펠리시아 제2 왕비와 마틸다 제3 왕비는 공식적인 자리에 나서는 데 큰 제한을 받고 있다고 한다.

물론 비공식적으로 만나는 데는 아무런 문제가 없기 때문에 프레야 공주의 모친인 펠리시아 제2 왕비와는 젠지로도 지금까지 몇 번이나 만난 적이 있었다. 『성인의 증거』를 무사히 치르고 프레야 공주와의 결혼이 확실해진 뒤에는 '결혼식장에서는 저를 장모라고 불러 주세요'라는 다짐까지 받았을 정도였다.

반대로 마틸다 제3 왕비는 이 자리에서 처음으로 본다.

그렇게 젠지로가 왕족들의 테이블 쪽에 정신이 팔려 있는 사이에 신랑신부에 대한 액을 쫓는 의식을 마친 에리크 왕자는 자기 자리로 돌아갔다.

액을 쫓는 의식이 끝나면 다음에는 본격적인 식사가 시작된다. 급사들이 각 테이블 한복판에 차례차례 갓 구운 멧돼지와 산양 고기를 가져다 놨다.

지글지글 기름 타는 냄새와 구수한 냄새를 바람이 젠지로 쪽으로 실어다줬다. 그 식욕을 자극하는 소리와 냄새에 반사적으로 입안을 흥건하게 적시면서 젠지로가 자리에서 일어났다.

"프레야 전하."

"예, 젠지로 폐하."

그 뒤를 따라 일어난 프레야 공주를 에스코트해서 젠지로는 단상에서 내려왔다.

주 메뉴인 고기를 잘라서 나누는 것은 신랑의 역할이다. 그렇기에 웁살라 왕국의 결혼식에서 신랑은 반드시 진짜 칼을 허리에 차는 것이다.

물론 출석자가 적은 평민의 결혼식이라면 모를까, 왕후귀족의 결혼식에서 모든 고기들을 전부 신랑이 잘라서 나눠 주는 것은 불가능한 일이다. 그래서 보통 신랑이 잘라 나누는 것은 양가 친족들 자리의 고기뿐이고, 나머지 자리에서는 칼로 열십자 모양의 칼집만 내 준 뒤에는 각 테이블에 배치된 급사가 잘라서 나눠 준다고 한다.

보통 제일 먼저 가는 곳은 신랑 쪽 일가친척 자리지만, 아쉽게도 이 자리에 젠지로의 일가친척은 오지 않았다. 굳이 따지자면 카파 왕국 내빈석이 거기에 해당되겠지만, 단순한 외교관이나 호위 기사에 시녀 정도가 잘 차려입고 앉아 있을 뿐인 자리다. 일단은 왕족 간의 결혼식인데 신랑의 일가친척이 너무 적으면 문제가 있다는 이유로 급하게 준비한 사람들이다. 그러다보니 그곳을 우선하는 건 뭔가 아니라는 기분이 들었다.

결과적으로 신랑 젠지로와 신부 프레야 공주가 제일 먼저 간 곳은 신부쪽 일가친척의 자리. 즉, 구스타프 왕 일행이 앉아 있는 웁살라 왕가의 자리였다.

"그럼, 자르도록 하겠습니다."

웁살라 왕가의 자리로 간 젠지로는 그렇게 인사를 하고 먼저 허리에 찬 검 중에서 작은 것을 뽑았고, 그 칼을 옆에 있는 신부 프레야 공주에게 건넸다.

"큭큭……."

"…………."

"아하하, 이 사람, 정말로 저질렀네."

사전에 이야기를 들었던 구스타프 왕은 씁쓸하게 웃었고, 에리크 왕자는 뚱한 표정으로 침묵을 지켰으며, 윙비 왕자는 간신히 천박하게 보이지 않을 만큼의 소리로 웃었다.

한편, 사전에 이야기를 듣지 못했던 다른 하객들은 놀라움을 감추지 못하고 술렁거렸다. 눈치 빠른 사람은 젠지로가 칼을 두 자루 차고 있다는 것까지는 알아챘지만, 설마 한 자루는 신부를 위한 칼이었다는 것까지는 꿈에도 생각하지 못한 것 같았다.

술렁거리는 소리를 무시하고 젠지로는 나머지 한 자루를 뽑아 이번에는 자신이 들었다.

이것이 젠지로가 칼을 두 자루 차고 있었던 이유다. 고기를 잘라서 손님들에게 대접하는, 원래는 신랑 혼자만이 하는 역할을 굳이 신부와의 공동 작업으로 만들었다.

고기를 잘라서 손님에게 대접하는 역할은 원칙적으로 남자의 특권이다. 예외라면 스스로 사냥을 하는 여전사의 자격을 지닌 사람뿐. 그런 일을 굳이 프레야 공주와 함께 하는 것으로 젠지로는 자신과 프레야 공주의 역할 분담이 웁살라 왕국에서 생각하는 일반적인 남녀의 그것과 다르다는 것을 어필할 생각이었다. 그리고 단순하게 젠지로 혼자서 식칼이라면 또 모를까 장검으로 고기를 자르는 것은 무리라는 한심한 이유도 약간 섞여 있고. 일단 최근 한 달 동안에 최소한의 합격 점수를 받을 수 있을 만큼은 할 수 있게 됐지만.

웃는 얼굴을 유지하며, 하지만 사실은 주위에서 실소하는 소리가 들릴 정도로 서툰 손놀림으로 젠지로는 고기를 잘라서 순서대로 손님들의 접시 위에 얹었다.

젠지로가 고기를 잘라서 손님의 접시에 담고 있는 사이에 프레야 공주가 멧돼지 통구이 쪽으로 가서는 작은 칼을 휘둘러서 고기를 잘랐다.

아무리 조심스레 표현하려고 해도 젠지로와는 하늘과 땅만큼의 차이가 나는 손놀림이다. 리허설에서는 젠지로의 체면을 살려 주기 위해서 일부러 젠지로보다 시간을 들여서 고기를 자르는 것도 프레야 공주 본인이 제안했었지만, 그 의견은 젠지로가 각하했다.

프레야 공주가 보통 공주가 아니며 이것이 보통 결혼이 아니라는 것을 보여주기 위한, 부부가 공동으로 하는 고기 자르기다. 거기서 쓸데없이 남편의 체면을 살려 주는 일은 주객이 전도되는 셈이라고 할 수 있다.

하지만 아무래도 전부 대등하게 할 수는 없기에 젠지로가 자른 고기를 순위가 높은 상대에게 대접하기로 했다.

제일 먼저 장인이 된 구스타프 왕.

"사위가 잘라 준 고기를 여기서 먹게 될 줄은 몰랐다네."

"황송합니다, 장인어른."

구스타프 왕의 말에 젠지로는 살짝 웃으면서 대답했다.

이해하기 힘들겠지만, 지금 그 말은 구스타프 왕이 보내는 감사의 말이다. 사위란 젠지로는 물론이고 자기 딸의 반려가 되는 남자를 뜻하는 말. 여기란 광휘궁을 뜻한다.

남대륙과 달리 왕족간의 혼인 외교가 왕성하게 이루어지는 웁살라 왕국에서는 왕녀가 자기 나라에서 결혼식을 올리는 경우를 보기 힘들다. 보통 결혼식은 신랑 쪽 나라에서 치르게 된다. 그렇게 됐을 경우, 왕인 구스타프 5세는 나라를 비우기가 힘들기 때문에 딸의 결혼식에 출석하지 못하게 될 가능성이 커진다.

그런데 젠지로 덕분에 딸의 결혼식에 출석할 수 있었다. 그 사실에 대한 감사의 뜻을 표하는 것이다.

"남대륙은 멀다. 앞으로 나는 멀리 떨어진 이 나라의 옥좌에 앉아서 그 아이의 행복을 비는 수밖에 없겠군."

그러니 프레야를 잘 부탁한다. 그렇게 말하려는 분위기를 눈치챈 젠지로는 구스타프 왕의 말을 중간에 잘랐다.

"광휘궁 별관을 저희 카파 왕국의 대사관으로 제공할 것을 허락한 분은 폐하가 아니십니까. 거점이 있는 이상, 프레야 전하가 못해도 반년에 한 번은 제 『순간이동』을 이용해서 일시 귀국 할 것을 약속드리겠습니다."

이미 디지털카메라로 사진을 찍어 뒀기 때문에, 젠지로에게 카파 왕국에서 웁살라 왕국으로 이동하는 것은 순식간에 끝나는 일이다. 프레야 공주를 보낼 경우, 갈 때는 몰라도 올 때는 젠지로가 데리러 가야 하기 때문에 아무래도 그렇게 빈번하게 오갈 수는 없겠지만, 굳이 필요하다면 한 달에 한 번 정도 빈도로 귀국시키는 것도 가능하다.

그 사실을 새삼 인식한 구스타프 왕은 오른손 검지와 엄지로 미간을 주무르고는 한숨을 쉬었다.

"……카파 왕국은 가깝군."

물리적인 거리는 멀지만, 실제 이동 시간을 생각해 보면 구스타프 왕의 말은 틀린 것이 아니었다.

이어서 젠지로는 에리크 제1 왕자 앞의 접시에 고기를 담았다.

에리크 왕자는 고맙다는 말을 하고는 그 고기를 포크로 찔러서 들어 올렸다.

"내가 결혼식에 여러 번 참가해 봤지만, 이렇게 칼놀림이 서툰 신랑은 처음 보는군."

젠지로가 자른 고기는 몇 번이나 자르는 걸 실패하면서 칼로 내리친 덕분에 단면이 울퉁불퉁한 모양이 됐고, 근섬유가 뭉개져서 육즙과 지방이 뚝뚝 떨어지고 있었다.

에리크 왕자가 지적할 필요도 없이, 얼마나 서툰지는 젠지로 본인도 자각하고 있다.

그래서 젠지로는 쓸쓸하게 웃는 수밖에 없었다.

"죄송합니다. 못난 꼴을 보여드렸습니다."

"나는 카파 왕국에서 푸죠르 원수로부터 무술 지도를 받았다. 참으로 유익한 시간이었지. 우리나라에서 태어났다면 지금쯤 『토르』라는 이름을 받았으리라고 확신할 정도의 무인이다. 그런 무인이 자국에 있는데 젠지로 폐하는 그 가르침을 받을 생각이 없는가?"

비난이라기보다는 오히려 부러워하는 듯한 말투로 에리크 왕자가 말했다. 아무래도 에리크 왕자는 정말로 푸죠르 원수가 마음에 든 것 같다.

"예. 전혀."

하지만 젠지로의 답은 에리크 왕자 입장에서는 도저히 믿을 수 없는 것이었다.

"이 나이에 이제 와서 칼 다루는 법을 조금 배운다고 해도 어설프게 흉내나 내면 다행이겠죠. 판단을 망설이게 되는 만큼 되레 안 좋은 결과를 초래하게 될 겁니다."

열심히 무기 다루는 법을 배우고 체력을 키워 봤자 젠지로의 무력에는 한계가 있다. 어설프게나마 조금 싸울 수 있게 됐다고 『싸운다』는 선택지가 추가돼 버리면 오로지 『도망친다』는 선택지밖에 없는 때보다 순간적인 판단이 늦어지게 된다. 그러면 오히려 안 좋은 결과를 초래할 거라고 젠지로는 생각했다.

아무래도 젠지로는 대국 카파 왕국의 국서다. 젠지로의 목숨을 노리는 자객이 젠지로의 실력으로 대처할 수 있을 만큼의 수준이기를 기대하는 것은 아무래도 너무나 뻔뻔한 생각이다.

"정말 아쉽군. 나로서는 이해할 수 없는 일이다."

진심으로 그렇게 말한 에리크 왕자에게 젠지로는 그저 웃어넘기는 수밖에 없었다.

젠지로가 구스타프 왕, 에리크 왕자 등의 남성진을 대접하는 사이에 프레야 공주는 거넬 왕태후, 펠리시아 제2 왕비, 마틸다 제3 왕비 등의 여성 왕족들을 대접했다.

프레야 공주 입장에서 보면 거넬 왕태후는 조모가 되고, 펠리시아 제2 왕비는 생모다. 그 거리감은 상당히 가깝고, 양쪽 모두 옛 가치관을 지닌 왕족이기에 남자처럼 칼을 들고 내빈에게 고기를 대접하는 손녀와 딸에게 끝도 없이 잔소리를 늘어놓았다.

물론 상대는 경사스런 결혼식의 주인공인 신부. 그런 자리다 보니 너무 엄한 이야기는 못 하지만, 그래도 아슬아슬하게 허용되는 범위 안에서 최대한 엄한 말들을 던져댔다.

그래도 프레야 공주는 작은 칼을 움직이는 손을 멈추지 않고 활짝 웃는 얼굴을 유지했다.

이렇게 원래 남자에게만 허락되는 역할을 자신이 태어난 왕국에서 계속 같이 지내 온 가족 앞에서 행하는 데서 크나큰 달성감과 행복을 맛보고 있었다.

그 모습을 보고, 젠지로는 자신의 판단이 틀리지 않은 것 같다고 마음속에서 안도의 한숨을 쉬었다. 어쩌면 쓸데없는 짓을 한 건 아닐까? 라는 걱정을 지금까지 계속 품고 있었기 때문이다.

그런 젠지로의 표정을 올려다보며 즐겁게 웃고 있는 사람은 윙비 제2 왕자.

"실례했습니다."

윙비 왕자의 시선을 느끼고 자신의 손이 멈춰 있었다는 걸 알아차린 젠지로는 다시 손을 움직여서 윙비 왕자의 접시에 자른 멧돼지 고기를 올렸다.

"고맙습니다. 그래, 결혼식에는 이거랑 벌꿀주가 있어야지."

그렇게 말한 윙비 왕자는 멧돼지 고기를 안주 삼아서 금 술잔에 따라 놓은 벌꿀주를 들이켰다. 아무래도 윙비 왕자는 날씬한 외모에 어울리지 않게 상당한 주당인 것 같다.

일부러 예로부터 전해지는 방식을 지켜서 만들고 있는 벌꿀주는 웁살라 왕국은 물론이고 북대륙 북방 제국 전체에서 경사스런 날에 마시는 술이라는 것 같다.

벌꿀의 달콤한 향기가 입안에 남기는 하지만 결코 달콤한 술은 아니다. 맥주에 가까운 맛이라고는 하는데, 젠지로가 생각하는 맥주는 일본에서 마시던 것을 뜻한다. 이쪽의 맥주는 홉이 들어가지 않아서 떫은맛이 적고 마시기는 편하지만 젠지로한테는 약간 아쉬운 느낌이다.

그리고 벌꿀주는 이쪽의 맥주에 가까운 맛이다.

"그나저나 젠지로 폐하는 정말 성실한 분이시군요. 이 짧은 시간에 우리나라의 예법을 몸에 익히고 그것을 실천하고 계시다니. 저도 본받아야만 하겠습니다."

그렇게 말한 윙비 왕자가 의미심장한 미소를 지으며 젠지로를 바라봤다.

윙비 왕자가 양국의 우호 강화를 위해서 카파 왕국의 고위 귀족 중에서 측실을 맞이하고 싶다는 발언을 했다는 사실은 젠지로도 들어서 알고 있다.

"과분한 칭찬의 말씀에 그저 황송할 따름입니다. 만약 욍비 전하께 그럴 기회가 생긴다면 저도 돕도록 하겠습니다."

"네. 그때는 잘 부탁드리겠습니다."

실현될지는 모르는 일이지만, 아무래도 욍비 왕자 본인은 진심인 것 같다.

하지만 북대륙 사람은 남대륙을 자신보다 아래로 보는 경향이 있다. 욍비 왕자가 측실을 어느 정도 지켜 줄지, 그리고 그 측실에게 다른 문화권에서 인생을 보낼 배짱이 있을지. 그걸 모르는 상태에서는 함부로 대답할 수 없다.

"예. 만약 그 때가 온다면."

젠지로는 그렇게 말해서 일단 자리를 넘겼다.

그 뒤에 젠지로가 칼 제3 왕자의 접시에, 프레야 공주가 옐다 제2 왕녀와 힐다 제3 왕녀의 접시에 자른 고기를 얹어 준 것을 끝으로 이 테이블에서의 작업은 종료됐다.

젠지로는 미성년 왕족들과 여기서 처음 대면했다. 켈 제3 왕자는 부드러워 보이는 밝은 갈색 머리카락이 인상적인, 얼굴이 단정한 소년이었다. 아직 열 살도 안 됐다고 했는데, 젠지로 눈에는 초등학교 고학년 정도로 보였다. 민족 특성상 어른처럼 보인다는 이유도 있지만, 가장 큰 이유는 단순히 키가 컸다.

이미 160센티미터 정도의 프레야 공주와 거의 비슷할 정도의 신장이다. 뭐, 이복형제인 에리크 왕자는 190을 넘는 장신이고 아버지 구스타프 왕도 180대 중반 정도는 된다. 칼 제3 왕자도 장래에 그 정도까지 성장한다고 생각하면, 지금 나이에 이 정도 체격은 이상한 일도 아니다.

오히려 젠지로보다 조금 키가 큰 정도의 윙비 왕자와 일본인 여성의 평균 신장 정도인 프레야 공주 쪽이 신기하다고 해야겠지.

어쨌거나 첫 테이블에 고기를 나눠 주는 일을 마친 젠지로와 프레야 공주는 그대로 다음 테이블로 이동했다. 다음에 가는 곳도 마찬가지로 웁살라 왕족의 테이블이다. 첫 번째 테이블보다는 격이 낮은, 왕의 사촌과 이종사촌, 그리고 당조카 등이 앉아 있는 테이블이다.

그중 몇 명은 젠지로도 왕국에서의 공식 회담에서 본 적이 있다.

그 테이블에 도착한 젠지로와 프레야 공주는 테이블 한복판에 자리 잡고 있는 산양 통구이에 젠지로가 한 번, 프레야 공주가 한 번씩 칼로 그어서 열십자 모양의 칼집을 냈다.

첫 테이블 외에는 이렇게만 진행한다. 하지만 아무래도 바로 자리를 떠나는 건 너무 무례한 짓이기 때문에, 젠지로와 프레야 공주는 테이블에 앉아 있는 분가 왕족들로부터 축복하는 말을 들었다.

프레야 공주에게는 당연히 전부 아는 얼굴들인지, '이렇게 일찍 전하의 신부 의상을 보게 될 줄이야'라든지 '정말 잘 어울려요'라든지 '특히 오른손에 든 작은 검이 어울립니다' 등등, 편하게 말을 걸고 있다.

한편 젠지로는 거의 모두가 처음 보는 사람들이기 때문에 뭔가 화제 거리가 없다. 그래서 단순히 '축하합니다' '전하를 잘 부탁하니다' 같은 말이 대부분이다.

　예외라면 한 중년 남성이 웃는 얼굴로 '아들놈이 신세를 많이 졌습니다. 덕분에 그 고지식한 녀석도 시야가 조금 넓어진 것 같습니다'라고 말한 것이었다.

　고개를 갸웃거리는 젠지로에게 살짝 귀엣말을 한 프레야 공주의 말에 따르면 이 중년 남성은 『성인의 증거』 때 젠지로의 호위를 맡았던 제일 젊은 전사의 아버지라는 것 같다.

　사사건건 트집을 잡았던 그 젊은 호위 전사는 당연히 젠지로도 기억하고 있다.

　아버지인 중년 남성은 말단 왕족이고 자식은 왕위 계승권도 없는 평범한 귀족이라고 들었지만, 상상했던 것보다 고위 귀족이었다는 것을 알고 젠지로는 마음속으로 조금 당황했다.

　순간, '아들이 신세를 많이 졌다'는 말에도 빈정대는 뜻이 담긴 게 아닌가 싶었지만, 표정을 보면 진심으로 건넨 말인 것 같다.

　"성장하는 데 도움이 됐다면 영광이군."

　산전수전 다 겪은 왕후귀족의 속을 읽을 수 있는 재주도 없기에 젠지로는 중년 남성의 말을 있는 그대로 받아들이고는 진지한 얼굴로 그렇게 대답했다.

　왕족의 테이블, 분가 왕족의 테이블 다음으로 찾아간 곳은 각국에서 온 내빈들의 테이블이었다.

　웁살라 왕국은 북대륙에서도 소수파인 정령신앙 국가이기 때문에 국교 범위에 제한이 있지만, 그래도 왕족의 결혼식에 사람을 보낼 정도의 관계를 가진 나라는 결코 적지 않았다.

오프스 왕국, 투룩 왕국, 베르겐 왕국, 우트가르즈, 웁살라 왕국까지 포함한 일명 북방 5개국은 북대륙에서 몇 안 되는 정령 신앙국가, 말하자면 동일 문화권이다.

당연히 그들의 자리도 마련돼 있고, 우트가르즈를 제외한 세 나라는 왕족이나 그에 준하는 고위 귀족이 참석했다. 우트가르즈의 테이블만 자리가 비어 있는데, 그건 항상 있는 일이다.

그 외에도 『교회』 쪽이기는 해도 독자적인 국교회가 자리 잡았기 때문에 일반적인 『교회』의 교리와는 어느 정도 거리를 두고 있는 적룡 왕국과 백룡 왕국, 혈통 마법의 소유국이면서도 『용 신앙 국가』 『정령 신앙 국가』를 구별하지 않고 폭넓게 혼인 외교를 행하고 있는 그라츠 왕국, 그리고 신앙의 자유를 나라의 기본 방침으로 삼고 있는 즈워타 보르노시치 귀족제 공화국이 있다.

이 네 나라는 너무 가깝게 지내도 서로 귀찮은 일이 발생하기 때문에, 그렇게 급이 높은 귀족은 보내지 않았다.

그런 각국의 테이블을 젠지로와 프레야 공주가 인사하며 다녔다. 그중에 놀랍게도 젠지로가 아는 얼굴이 있었다.

즈워타 보르노시치 귀족제 공화국에서 온 손님 중에.

"젠지로 폐하, 프레야 전하. 결혼을 진심으로 축하드립니다."

"고맙습니다."

그렇게 말한 사람은 젊은 부부. 즈워타 보르노시치 귀족제 공화국이 자랑하는 『유익 기병』 중 한 명인 에우게니우쉬 호르소프스키와 아내 테레사였다.

포모제 후작의 저택에서 열렸던 전승 파티에서 알게 된 젊은 부부를 보고 젠지로는 깜짝 놀라면서 대답했다.

　"이거이거, 에우게니우쉬 경과 테레사 부인이 아닌가. 설마 공화국의 사절이 귀공들이었을 줄이야."

　"오랜만, 이라고 할 정도는 아니군요. 다시 만나게 돼서 기쁩니다. 에우게니우쉬 경, 테레사 부인."

　전승 파티에서 딱 한 번 만났을 뿐이지만, 젠지로와 프레야 공주는 이 젊은 부부에게서 좋은 인상을 받았었다. 자기도 모르게 이야기가 길어졌다.

　"그나저나, 전하와 젠지로 폐하가 결혼을 하실 줄이야, 정말 놀랐습니다. 아니, 그 분위기였으니 결혼 자체는 시간문제라고 생각했습니다만, 설마 이렇게 빠를 줄이야."

　"저…… 그런 분위기였나요?"

　테레사 부인의 조용한 미소를 보고 프레야 공주는 웬일로 쑥스럽다는 것처럼 시선을 다른 곳으로 돌렸다.

　좋은 분위기로 이야기가 진행되는 중에 젠지로는 최근에 들은 정보를 바탕으로 에우게니우쉬에게 축복의 말을 건넸다.

　"그러고 보니, 탄넨발트의 일은 경사스런 결과로 끝났다는 것 같더군. 공화국의 승리, 다시 한 번 축하하네."

　바다 건너의 일이기 때문에 상세한 부분의 정보는 확실하지 않지만, 탄넨발트에서 벌어졌던 『기사단』과 공화국이 일대 결전이 공화국의 승리로 끝났다는 건 틀림없는 사실인 것 같다. 그렇다면 그 사실을 언급하지 않는 게 오히려 실례라고 할 수 있다.

실제로, 젠지로의 말을 들은 에우게니우쉬는 자랑스레 가슴을 활짝 펴고 웃으면서 대답했다.

　"예, 덕분에 안나 전하의 지휘하에 무사히 『기사단』을 격퇴하는 데 성공했습니다. 저도 사소하나마 전공을 세울 수 있어서 『유익 기사』로서 체면을 유지할 수 있었기에, 안심하고 있는 바입니다."

　"이럴 수가, 에우게니우쉬 경은 그 대전에 참전했던 것인가? 게다가 훌륭하게도 무공까지 세웠다니, 이건 축하 선물이라도 보내드려야 할 일이군. 훗날 자리를 마련할까 하는데, 어떠신가?"

　에우게니우쉬의 말에 진심으로 놀란 젠지로는 바로 그렇게 제안했다. 북대륙의 미래를 점치는 대전에 직접 참가했던 사람의 말을 들을 수 있는 기회를 놓칠 수는 없기에.

　하지만 이 자리는 경사스러운 결혼식 자리. 주인공인 젠지로가 특정한 사람만 붙잡고 이야기를 나눌 시간은 없다.

　"예, 당분간은 광휘궁에 주재할 예정이오니, 그동안이라면."

　"알았다. 반드시 시간을 내도록 하지."

　간신히 약속을 잡은 젠지로는 프레야 공주와 함께 공화국의 테이블을 뒤로했다.

　그 뒤에도 젠지로와 프레야 공주는 각국 내빈들의 테이블을 돌아다녔다. 거기서 오간 대화는 아주 무난한, 나쁘게 말하자면 내용이 없는 것들이 태반이었다.

　자리에 아무도 없는 우트가르즈의 테이블에도 음식은 똑같이 차려져 있어서, 두 사람은 중앙에 있는 순록 고기에 열십자 모양으로 칼집을 냈다.

그런 반복 작업에 이변이 벌어진 것은 오프스 왕국에서 온 사절단을 대응하던 때였다.

왕국 대표를 자처하는 삼십대 남자가 젠지로와 프레야 공주에게 인사를 하면서도 의식의 대부분이 일가친척 자리에 앉아 있는 에리크 왕자에게 향해 있는 것은 관찰력이 그다지 뛰어나지 않은 젠지로가 보기에도 분명했다.

오프스 왕국의 대표도 처음에는 평범하게 젠지로와 프레야 공주에게 축하한다는 말을 건넸지만, 중간에 꽤나 무리해서 에리크 왕자에 관한 이야기로 넘어갔다.

딱히 숨길 일도 아닌 데다, 웁살라와 오프스 양국의 향후 관계를 고려하면 오히려 적극적으로 정보를 제공하는 쪽이 좋다고 생각한 프레야 공주는 그 화제를 받아들였다.

"그렇군요. 오라버니는……."

"호오, 그렇군요. 에리크 전하께선 그렇게 말씀하셨습니까."

"예. 그 이상 자세한 내용은 오라버니 본인에게 물어봐 주십시오. 다행히 이 자리에 있으니까요."

"그리하도록 하겠습니다. 하지만 본인의 말씀은 물론이고, 주위의 평가를 듣는 데도 의미가 있습니다."

그런 이야기를 조금 떨어진 곳에 에리크 왕자 본인이 있는 자리에서 하고 있다. 아무리 현재 재위중인 왕의 손자라고 해도, 이웃나라의 왕자를 왕으로 삼는 것에 대해 오프스 왕국의 왕족으로서 뭔가 다른 생각이 있는 것인지도 모른다.

환영은 하지만 경계도 한다. 왠지, 에리크 왕자에 대한 오프스 왕국의 자세를 엿본 것 같은 기분이 들었다.

다른 이들도 각자 어느 정도 비율 차이가 있기는 해도, 에리크 왕자에 대해서 경의와 적의, 환영과 경계하는 태도를 동시에 지니고 있는 것 같았다.

그런 와중에 혼자만 이질적인 움직임을 보이는 초로의 귀족이 있었다. 머리카락과 수염이 새하얗게 세기는 했지만, 훌륭한 전사의 체격을 지녔다.

그 초로의 전사는 에리크 왕자가 아니라 다른 방향을 보면서 조금 전부터 자꾸만 젠지로에게 말을 걸고 싶어 하는 태도를 보였다.

"뭔가 마음에 걸리는 일이라도 있나?"

왠지 그 모습이 신경 쓰인 젠지로가 물었다.

그 말을 듣고, 초로의 전사는 마음을 정했다는 것처럼 입을 열었다.

"처음 뵙겠습니다, 젠지로 폐하. 소인은 오프스 왕국의 전사 케빈이라고 합니다. 먼저 결혼을 진심으로 축하드립니다."

"고맙네, 전사 케빈."

젠지로의 말과 태도를 보고 거기서 대화를 끝낼 생각이 없다는 것을 알아차린 초로의 전사는, 계속해서 말을 이어 갔다.

"죄송한 질문입니다만, 저쪽 자리는 젠지로 폐하의 고국 카파 왕국 분들의 자리가 맞습니까?"

"그러네만?"

"그런 것치고는, 정말 실례입니다만, 젠지로 폐하와 외모가 많이 다른 분이 계신 것 같군요. 그러니까, 금발 여성 말입니다."

너무나 진지한 목소리로 물은 내용은 김이 샐 정도로 별것 아닌 내용이었다.

젠지로는 어느샌가 긴장해 있던 어깨에서 힘을 빼고는,

"아, 저 사람은 우리 카파 왕국 사람이 아니다. 같은 남대륙이지만 샤로와 지르벨 쌍왕국이라고 하는, 다른 나라 사람이다."

샤로와 지르벨 쌍왕국은 먼 옛날에 북대륙에서 건너온 이민자들의 자손이고, 그래서 외모가 북대륙 사람에 가깝다고 설명했더니, 초로의 전사는 실망했다는 것처럼 어깨를 늘어뜨렸다.

"……그렇습니까. 두 분 모두 쌍왕국 분이시군요."

"두 분?"

그 말을 듣고 고개를 돌려본 젠지로는 그제야 무슨 말인지 이해했다.

이렇게 보니 카파 왕국 테이블에는 금발 여성이 두 명 있었다.

샤로와 지르벨 쌍왕국의 고위 귀족 루크레치아 브로이와 젠지로의 시녀 마르그레테 두 사람이. 지금은 마르그레테도 숫자를 맞추기 위해서 시녀복이 아니라 젠지로가 『순간이동』으로 가지고 온 드레스를 입고 있기 때문에 얼핏 보면 쌍왕국의 루크레치아나 시녀인 플로라와 아주 자연스럽게 어우러지고 있는 것처럼 보인다.

"아니, 마르그레테는 아니라네. 우리나라 사람이다."

젠지로로서는 약간의 오해를 정정해 주려는 생각이었다.

하지만, 그 말에 대한 반응은 극적이었다.

"마르그레테? 본명입니까? 그, 그것은 귀국에서 흔히 있는 이름입니까? 저분처럼 금발녹안을 지닌 분은 흔히 있습니까? 저분의 양친은 건재하십니까? 건재하다면, 정말로, 친부모이십니까?"

"케빈?"
예절을 완전히 내다버리고 연속으로 질문을 던져 대는 전사 케빈의 태도에 젠지로는 경계심을 최대한으로 끌어올리면서 매섭게 쏘아봤다.
그런 모습은 당연한 얘기지만 바로 주위에 있는 이들에게도 전해졌다.
"케빈 공."
"전사 케빈, 경사로운 자리가 아닌가."
"케빈 어르신, 하필이면 이런 자리에서 발작이 일어났나."
"최근에는 좀 조용하다 싶더니."
주위 사람들이 그렇게 일제히 나무라는 말을 던지자, 초로의 전사도 자신이 무례하다는 것을 깨달았는지 정신을 바로잡고서 사죄했다.
"무례한 짓을 해서 죄송합니다. 젠지로 폐하. 그저 용서를 바랄 따름입니다."
고개를 깊이 숙이고 사죄하는 초로의 전사는 그 자세 때문인지 몸이 훨씬 작아진 것처럼 보였다.

젠지로도 독기가 약간 빠지기는 했지만, 지금 그 반응을 단순한 착각이라고 흘려 넘기는 것은 위기관리 능력이 너무나 없는 행동이라고 할 수 있다.

"술도 즐기는 자리니, 다소의 무례는 있을 수도 있겠지. 헌데, 흥미로운 이야기이기도 하군. 사죄할 생각이 있다면, 나중에 그 이야기를 다시 듣고 싶다만?"

젠지로의 말에 초로의 전사는 눈을 번쩍거리면서 고기를 들었고, 그 모습을 본 주위 사람들은 씁쓸한 표정을 지었다.

"그, 그렇다면 저쪽에 계신 마르그레테 님도?"

"그쪽은 할 일이 있다네."

매달리는 전사 케빈에게 젠지로는 딱 잘라서 부정했다. 아까의 반응 때문에 나중에 마르그레테에게 만에 하나라도 불이익이 찾아오지는 않을지 확인하는 것이 목적이었다. 그런 자리에 마르그레테를 데리고 갈 수는 없다.

"알겠습니다, 그럼 내일 당장이라도."

"그래."

케빈과 약속한 젠지로는 프레야 공주의 손을 잡고서 오프스 왕국 사절단의 테이블을 뒤로했다.

"케빈 어르신, 제발 실례 되는 짓은 하지 마십시오."

"알고 있다네."

뒤쪽에서는 그런 이야기 소리가 들려왔다.

그 뒤에는 큰 문제도 없이, 모든 테이블을 다 돌았다. 고기 자르는 의식을 마치고 나면 신랑은 한동안 할 일이 없다.

참가자들은 자유롭게 자리를 옮겨 다니면서 어떤 이들은 술을 들이켜고, 어떤 이는 고기 요리를 먹고, 어떤 이는 가지고 온 악기를 연주하고, 어떤 이는 노래하고, 어떤 이는 춤추고, 그리고 어떤 이는 칼을 주고받는다.

상당히 아쉽게도, 웁살라 왕국의 결혼식에서는 신랑이 최소한 한 번은 이『칼을 주고받는』행위에 참가해야 한다는 것이 반쯤 불문율이었다.

신랑으로서 최소한의 할당량을 처리한 젠지로가 꼬리를 말고 그 자리를 떠난 것은 굳이 말할 필요도 없는 일이다.

◇◆◇◆◇◆◇◆

젠지로와 프레야 공주의 결혼식이 무사히 끝나고, 며칠이 지났다.

그 며칠 동안, 젠지로는 결혼식 전과 다를 바 없을 만큼 바빴다.

결혼식 자리에서 약속했던 공화국의 에우게니우쉬, 오프스 왕국 전사 케빈과의 면회. 거기서 얻은 정보를 가지고 바로『순간이동』을 이용해서 카파 왕국으로 돌아갔다.

전사 케빈이 가져다준 정보는 황당한 것이었다. 아무런 도움도 안 되고, 전혀 쓸모도 없고, 신빙성이라고는 찾아볼 수도 없고, 그러면서도 전면적으로 부정하는 것은 불가능에 가깝고, 그리고 그 영향력을 생각하면 반드시 대책을 마련해야만 한다.

케빈의 이야기는 그런 귀찮은 정보였다.

그리고 에우게니우쉬한테 들은 탄넨발트 전투에 관한 정보도 있다.

북대륙의 정보 수집을 계속해야 할 필요성을 느낀 젠지로의 의견을 듣고, 여왕 아우라는 지금 이곳, 북대륙 북방 제국 중에 한 나라인 웁살라 왕국의 광휘궁 별관, 『카파 왕국 대사관』에 와 있었다.

"어서 오십시오, 아우라 폐하."

맞이한 자들은 침착한 표정의 시녀 이네스를 비롯한, 『황금나뭇잎호』를 타고 북대륙으로 건너간 카파 왕국 사람들이다. 유일하게 젠지로만이 이 자리에 없다.

그것도 당연하다면 당연한 일이다. 지금 여왕 아우라는 카파 왕국의 왕궁에서 남편 젠지로의 『순간이동』을 이용해 이곳으로 날아왔으니까.

"음. 고생이 많다. 바로 돌아갈 것이니, 아무것도 준비할 필요 없다."

"예."

여왕 아우라의 말에 시녀 이네스가 살짝 고개를 숙였다.

"여기가 북대륙인가. 역시, 춥구나."

여왕 아우라는 흥미롭게 주위를 둘러본 뒤에 몸을 부르르, 하고 떨었다. 웁살라 왕국 사람이 들으면 자기 귀를 의심했을 것이다. 왜냐하면 지금은 여름이다. 하지만 북대륙이 여름이면 남대륙은 혹서기다.

오늘 처음으로 남대륙을 벗어난 여왕 아우라가 북대륙 북부의 여름을 『춥다』고 표현하는 것도 어떤 의미에서는 자연스러운 일이라고 할 수 있다.

"이 방에, 웁살라 왕국 사람은 들어오지 않겠지?"

확인하는 여왕 아우라에게 시녀 이네스는 온화하면서도 확실한 말투로 긍정했다.

"예. 젠지로 님이 구스타프 왕과 교섭해서 이 별관에는 카파 왕국 이외의 사람은 허가 없이 들어오지 않는다는 약속을 받아내셨습니다."

"그렇다면 됐다."

시녀 이네스의 대답에 만족한 여왕 아우라는 잠시 말없이 몇 번이나 위치를 옮겨 가며 방의 모습을 머릿속에 똑똑히 새기려는 것처럼 계속 관찰했다. 마침내 확신을 가졌을 때, 여왕은 입을 열었다.

"그럼, 나는 이만 돌아가겠다. 굳이 말할 필요도 없겠지만, 이 일은 절대로 발설해선 안 된다."

"알겠사옵니다."

"음. 서방님은 나중에 내가 보내드릴 예정이다. 그때 일도 잘 부탁한다."

그렇게 말하고 여왕 아우라는 젠지로보다 훨씬 능숙하게 『순간 이동』 마법을 발동시키고는, 홀연히 사라져 버렸다.

후궁 소파에 앉아서 기다리고 있던 젠지로가 문득 옆으로 고개를 돌려 보니, 분명히 조금 전까지는 없었던 사랑하는 아내가 있었다.

"어서 와, 아우라."

"다녀왔어, 젠지로."

바로 지금 북대륙 북부에서 돌아온 사랑하는 아내를, 젠지로는 소파에서 일어나 맞이했다. 젠지로가 『순간이동』으로 여왕 아우라를 광휘궁으로 보낸 뒤에 돌아올 때까지 걸린 시간은 고작해야 십여 분.

만에 하나의 일이란 없다는 것을 알고 있기에 젠지로도 찬성했지만, 이렇게 문제없이 돌아온 것을 보니 자기도 모르게 안도의 한숨이 흘러나왔다.

마주보고 소파에 앉자, 젠지로가 먼저 확인하는 말을 건넸다.

"그 모습을 보면 괜찮은 것 같기는 하지만, 그쪽에서 웁살라 왕국 사람과 마주치는 일은 없었겠지?"

"그래, 문제없어. 이네스를 비롯한 이쪽 사람들 말고는 전혀 마주치지 않고 바로 돌아왔어."

젠지로의 물음에 여왕 아우라는 그렇게 대답했다.

그 이야기를 통해서도 알 수 있듯이, 조금 전에 여왕 아우라가 갔던 일은 웁살라 왕국 쪽에는 비밀인, 말하자면 밀입국이다. 아무리 대사관으로 빌려줬다고는 해도, 다른 나라의 왕이 입국 정도가 아니라 상대국의 왕궁에 몰래 무단으로 침입한 셈이니, 들키기라도 하면 상당히 큰 약점을 잡히게 된다.

하지만, 그럴 만한 가치는 있었다.

"이걸로, 앞으로는 나도 『순간이동』을 이용해서 광휘궁으로 사람을 보낼 수 있게 됐어."

"응. 만약의 경우를 생각한다면, 정말 큰일이지."

현재 프레야 공주의 이사와 그에 따르는 정보를 수집하기 위해 말도 안 되는 빈도로 사람과 물건들이 웁살라 왕국과 카파 왕국을 오가고 있다. 지금까지는 젠지로가 혼자서 담당해 왔지만, 이번 일 덕분에 일방통행이기는 해도 여왕 아우라의 도움을 받을 수 있게 됐다.

도착 지점은 원칙적으로 카파 왕국 사람들만 있는 대사관의 일각이니까, 입막음만 확실하게 해 둔다면 웁살라 왕국 쪽에 들킬 일은 없겠지.

"계속 몰래 할 수 있는 일은 아니니까, 언젠가는 아우라의 방문 허가를 받아서 좀 더 당당하게 아우라가 『순간이동』으로 사람을 보낼 수 있게 되면 좋겠는데."

젠지로의 말에 여왕 아우라도 긍정하는 뜻을 표했다.

"그래, 맞아. 언젠가는 그래야겠지. 이 방법은 아무리 좋게 포장하려고 해도 밀입국이니까. 하지만, 그건 상황이 조금 더 진정된 뒤에 해야겠지."

그렇게 말하는 여왕 아우라의 의견이 옳다는 것은 젠지로도 이해하고 있다.

아무리 비공식이라고 해도 한 나라의 왕이 다른 나라를 방문하게 되면 준비에 많은 수고와 시간이 필요하게 된다. 안 그래도 정신 없는 이 시기에 그런 제안을 한다면 상대방은 자신들을 괴롭히려

한다고 생각할 것이다.

젠지로는 아우라와 달라서 『순간이동』을 하루에 두 번밖에 사용할 수 없다. 아무리 『순간이동』 마도구도 있다고 해도 만약의 경우를 생각한다면 다른 나라에서 『순간이동』을 두 번 다 사용한 상태가 돼 버리는 것은 그다지 바람직한 일이 아니다.

『성인의 증거』를 치를 때는 어쩔 수 없이 그런 상태가 계속 이어졌지만, 원래는 만약의 경우에 탈출하기 위해 왕궁에서 벗어나 있을 때는 한 번 더 사용할 마력을 남겨 둬야 한다.

그래서 지금까지 젠지로는 웁살라 왕국에서 카파 왕국으로 이동할 때는 반드시 카파 왕국에서 하루를 묵었다.

하지만 앞으로는 다르다. 갈 때는 젠지로의 『순간이동』, 올 때는 여왕 아우라의 『순간이동』. 그러면 당일에 돌아온다고 해도 웁살라 왕국에 있는 젠지로에게는 한 번의 긴급 탈출용 『순간이동』이 남게된다. 부담 없이 당일 안에 오가는 일이 가능해졌다.

"그럼, 난 오늘 안에 저쪽으로 돌아가야 하니까 바로 정보 교환을 할게. 결혼식은 무사히 종료. 프레야 전하는 정식으로 내 측실이 됐어. 이쪽에서는 결혼식을 안 한다고 했지?"

젠지로의 말에 여왕은 웃는 얼굴로 대답했다.

"그래, 맞아. 축하해, 그리고 고마워 젠지로. 이걸로 우리나라는 비원이었던 대륙 간 무역을 위한 큰 길을 마련하게 됐어. 결혼식은 안 해. 그쪽에서 했으니까. 이쪽에서 하는 건 『소개』를 위한 파티 정도겠지. 내가 출석하는 건 아무래도 좀 그러니까, 거기엔 당신하고 프레야 전하만 출석해야 해."

"으아, 힘들겠다. 그래도 뭐, 알았어. 열심히 할게. 그럼, 결혼 문제는 거기까지. 내일부터 차례로 사람들을 이쪽으로 보낼 건데, 준비는 괜찮겠어?"

젠지로의 말에 여왕은 자신 있게 긍정했다.

"괜찮아. 후궁은 이미 프레야 전하가 언제든 사용할 수 있도록 별관을 준비해 뒀어."

"프레야 전하와 스카디, 그리고 추가될 시녀들은 그걸로 됐다 치고, 그밖에는? 가장 우선해서 보낼 인재로 조선공과 조선소 건축감독, 그리고 대장장이 볼룬드도 있는데."

"볼룬드라면, 스카디와 마찬가지로 특별한 의미를 지닌 이름이었지?"

여왕의 눈빛이 날카로워졌다.

"응. 나라에서 제일가는 대장장이에게 주어지는 칭호…… 아니, 그게 아니지. 아마 볼룬드가 없었던 시대가 더 길었다고 했으니까, 나라에서 제일가는 정도가 아니라, 그 이상의 존재겠지."

"나라의 보물, 지고의 보물이라고 불러야 할 인재라는 뜻이겠지. 우리나라에서는 할아범이 거기에 가까우려나."

할아범이란 바로 그 사람, 궁정 필두 마술사 에스피리디온을 말한다. 실제로 에스피리디온은 젊은 시절에 투카레 왕국이 비유가 아니라 말 그대로 만금을 가지고 와서 몰래 빼내려고 했다는 일화가 있을 정도의 인물이다.

마법사와 대장장이를 동일시할 수는 없는 일이지만, 함부로 다른 나라에 넘길 수 있는 인재가 아니라는 것은 틀림없다.

"어째서 그런 인물이 우리 쪽으로 온다는 거지?"

"본인이 강하게 희망했다고 들었어. 나이도 들었고, 나라에는 지금까지 충분히 공헌했다고. 남은 대장장이 인생은 자신의 야망을 위해서 쓰고 싶다나."

"야망?"

"아무래도 『용을 죽이는 무기』를 만드는 게 꿈이었다나."

"그렇군."

표면적인 이유에 일단 납득하기는 했지만, 여왕 아우라는 그 말을 있는 그대로 받아들일 만큼 바보가 아니다.

"딴 생각이 있어."

"역시 그런가?"

"그래, 증거는 없지만 확실해."

딱 잘라 말하는 아내에게, 젠지로는 남편으로서, 잘 모르기는 하지만 음모에 숨겨진 뜻을 읽기 위해서 노력했다.

"……간첩 역할을 맡으려는 걸까?"

"그런 일을 할 수 있는 사람인가?"

여왕 아우라의 말에 젠지로는 고개를 저었다.

"내가 보기엔 아니었어. 딱 봐도 성실하고 고집이 센 장인 그 자체라는 느낌이었거든."

"그렇다면 아니겠지. 아무리 재주가 있다고 해도, 그 정도 대장 장이가 되려면 인생 그 자체를 대장장이 일에 바치는 것 같은 삶을 살았을 테니까. 그런 사람이 간첩질하는 재주까지 익혔다고는 생각 하기 힘들어."

"그렇구나. 그렇다면, 대체 뭘까?"

"모르겠어."

여왕도 포기했다는 것처럼, 두 손을 얼굴 높이까지 들어 올렸다. 실제로 이 정도 정보만 가지고 구스타프 왕의 결단과 그 속에 숨어 있는 것을 파악하는 것은 불가능에 가깝다.

지금 북대륙에는 기존의 야금술을 과거의 것으로 만들어 버릴 물레방아 송풍식 대형 용광로라는 기술이 태두하고 있다는 것. 전 통 방식의 대장장이로 명성이 자자한 볼룬드는 그 전환에 방해가 될 수 있다는 것. 그렇다면 본인의 희망대로 앞으로 중요한 무역 파 트너가 될 먼 나라에 선물로 보내 버리는 게 좋다고 생각한 것을 겨 우 이 정도 정보만 가지고도 읽어들일 수만 있다면 고생할 이유가 없다.

"뭐, 됐고. 우리 입장에서는 너무나 갖고 싶었던 대장장이니까. 일단은 감사히 받고 보자고. 장인들은 일단 왕궁에서 맡아 둘 생각 이야."

"그렇구나. 아, 볼룬드는 고집이 센 장인이라서 용광로를 만들 돌과 벽돌까지 직접 준비한다는 것 같아."

"호오? 그렇다면 유리 제조에 대한 조언도 들을 수 있겠는데? 유 리를 만드는 데 사용할, 고온에서도 타 버리거나 무너지지 않는 화로를 만들어 달라고 할 수도 있겠어."

"유리 제조는 여전히 힘들어? 유리구슬 제조는 성공했었잖아."

"그래, 성공은 했는데, 화로가 무너져서 쓸모없게 돼 버리는 건 여전하거든. 그래서 만드는 숫자를 늘릴 수가 없어."

그래서 고온에도 버틸 수 있는 화로를 만들 수만 있으면 다음 단계로 넘어갈 수 있다는 것 같다.

준비는 잘 진행되고 있다. 양산 체제가 완전히 갖춰지면 부여 마법의 샤로와 왕가와 본격적으로 논의를 하게 되겠지.

"당신이 이쪽으로 돌아오고 분위기가 진정되면 이번에야말로 쌍왕국으로 날아가서 브루노 전 왕을 데려오라고 해야겠지."

브루노 전 왕. 젠지로가 만났을 때는 샤로와 지르벨 쌍왕국의 브루노 3세였던 남자. 젠지로를 속이고 사랑하는 자식 젠키치를 위험하게 만드는 음모를 꾸몄던 남자의 이름을 듣자 젠지로는 노골적으로 얼굴을 찌푸렸다.

"……알았어."

그래도 거절하지 않을 정도의 이성은 젠지로도 가지고 있다.

그 이야기는 일단 미뤄 두고 북대륙에 관한 정보 교환을 계속했다.

"그리고, 보고하는 게 좋을 정보는 두 가지, 가 아니라 2인분. 즈워타 보르노시치 귀족제 공화국의 에우게니우쉬 경, 오프스 왕국의 전사 케빈과 면회를 했어. 거기서 들은 정보인데……."

젠지로가 긴 시간을 들여서 그 정보를 이야기하는 동안, 여왕은 오늘 지은 것 중에서 제일 진지한 표정으로 그 이야기를 들었다.

먼저 비교적 유익한 에우게니우쉬한테서 들은 정보에 대한 감상을 말했다.

"그렇군. 일단 전쟁은 공화국의 승리로 결판이 났단 말이지. 가장 큰 명성을 얻은 사람은 지휘관 중에 한 사람인 용병 얀. 그리고 그 용병을 고용한 명목상의 전군 지휘관인 안나 왕녀. 그리고 그 안나 왕녀가 왕위 찬탈을 선언했단 말이지."

우려했던 대로 정확히 통하지 않았다는 걸 이해한 젠지로는 난처하다는 얼굴로 설명을 이어 갔다.

"찬탈이 아니라 다음 국왕 선거에 출마하겠다는 뜻을 정식으로 표명한 거야. 공화국은 선거 왕정이니까, 왕위 계승권을 지닌 왕족이라면 누구든 왕이 되겠다고 입후보할 권리가 있거든."

"으음?"

젠지로보다 훨씬 총명한 여왕 아우라지만, 아무래도 선거 왕정을 이해하기에는 기초적인 지식이 너무나 부족하다. 오늘 안에 웁살라 왕국으로 돌아가야 하는 상황이다 보니 거기까지 설명해 줄 시간은 없다.

"아무튼, 어디까지나 정당한 권리로서 왕이 되겠다, 왕을 목표로 삼겠다고 선언했다는 것 같아. 공화국에서도 지금까지 여왕은 없었다고 하니까, 전대미문의 사태라고 했어. 탄넨발트에서의 승리 덕분에 안나 왕녀의 국내 인기는 끝을 모르고 상승하는 중이라서, 환영하는 사람들도 있다는 것 같아. 하지만 그것만 가지고는 딱히 흠집이 없는 오빠 왕자를 밀어내고 안나 왕녀가 왕이 된다고 보장할 수는 없으니까, 뭔가 다른 큰일을 저지르려고 하는 게 아닐까 싶어."

"마지막에 그건, 젠지로 당신의 개인적인 감상이지?"

확인하기 위해서 묻는 여왕에게 국서는 살짝 고개를 끄덕였다.

"응."

"당신은 안나 왕녀와 여러 번 만나고 말을 주고받았었지. 그걸 바탕으로 그렇게 예측한 거야?"

"맞아. 그 사람은 그 정도는 저지를 수 있는 행동력을 지닌 사람이라고 생각해."

"그렇단 말이지……."

여왕은 생각했다.

원래 북대륙 서부에서도 가장 큰 대국, 최고의 선진국이 이웃나라와의 큰 전쟁에서 승리하고 순풍가도를 달리고 있다. 시녀가 촬영해 온 포모제 항구의 사진을 컴퓨터로 봤는데, 그 항구는 틀림없이 카파 왕국 최대의 항구인 발렌티아보다 크고 세련됐다.

그리고 프레야 공주의 정보에 의하면 공화국에서는 『황금나뭇잎호』와 동급의 대형선이 최소한 다섯 척은 확인됐다고 했다.

"올까, 우리 쪽으로?"

여왕이 중얼거린 말에 젠지로는 깜짝 놀라서 몸을 움찔 떨었다. 젠지로는 자기 눈으로 공화국이 얼마나 큰지를 봤다. 어디까지나 항구도시 포모제라는 공화국의 일부뿐이지만, 그 국력이 위협이 된다는 것은 이해하고 있다.

"그건, 공화국도 대륙 간 무역에 나선다는 얘기야? 아니면……."

아니면. 젠지로는 그 다음을 말하는 것을 주저했다. 말이 씨가 된다는 말을 있는 그대로 믿는 건 아니지만, 어쨌거나 입으로 소리내서 말하면 그것이 실현돼 버릴 것만 같다는 기분 나쁜 느낌이 가슴 속에 존재했기 때문이다.

다행이, 굳이 말하지 않아도 뜻은 전해졌다.

"모르겠어. 하지만, 최악의 경우는 상정해 둬야겠지."

"맞아."

젠지로는 전혀 실감을 느끼지 못한 채, 여왕의 말에 맞장구를 쳤다.

"그리고, 또 한 사람의 이야기는 뭐야?"

"아, 응. 이쪽은 꽤 황당무계한 얘기기는 한데 말이야, 일단 확인해 두고 싶어서. 아우라는 마르그레테의 정체에 대해서 어느 정도 파악하고 있어?"

"응? 어째서 마르그레테 얘기가 나오는 건데? 오프스 왕국의 전사 케빈이라는 남자 얘기를 하려던 게 아니었어?"

"맞아. 그 사람 얘기가 마르그레테랑 관계가 있거든. 엄청나게 황당무계한 얘기였지만……."

그 뒤에 젠지로는 초로의 전사에게 들은 징그러울 정도로 긴 이야기를 여왕 아우라에게 들려줬다.

[에필로그] **후궁, 두 명째**

그 뒤로 한 달이 더 지났다.

그동안 젠지로는 매일 한 사람씩 『순간이동』으로 웁살라 왕국에서 카파 왕국으로 보냈다.

프레야 공주, 여전사 스카디, 프레야 공주의 시중을 드는 전속 시녀 몇 명. 볼룬드를 비롯한 특별 대우로 맞이하는 장인들. 아무래도 전부 보내는 건 무리라서 나머지 인원들은 『황금나뭇잎호』를 타고 백 일에 가까운 시간을 들여서 바닷길로 이동한다.

그리고 젠지로를 따라온 기사 나탈리오를 비롯한 카파 왕국의 기사, 병사들. 이네스와 시녀들. 그리고 특별 게스트라고 해야 할, 샤로와 지르벨 쌍왕국 고위 귀족 루크레치아와 그 시녀 플로라.

그런 인원을 젠지로는 하루에 한 사람씩 『순간이동』으로 보내 왔다. 사정상 젠지로의 귀국이 마지막이 될 수밖에 없는데, 솔직히 말해서 조금 쓸쓸하기도 했다.

그리고 호위와 시녀를 먼저 돌려보내는 탓에 신변 안전 문제와 생활이 불편해지는 등의 문제가 있지만, 다행이 이곳 웁살라 왕국은 카파 왕국과 정식으로 국교를 맺는 일환으로서 광휘궁의 별궁 중 하나를 카파 왕국 대사관으로 빌려줬다. 그곳에는 대사관에 주재하는 카파 왕국 대사와 호위병 등이 있기 때문에 젠지로가 완전히 무방비한 상태가 되는 일은 없다.

그리고 마지막 날. 마지막까지 곁에서 시중을 들어 준 시녀 이네스를 보낸 뒤 젠지로는 자신에게 『순간이동』 마법을 걸어서 긴 북대륙 생활에 종지부를 찍었다.

"다녀오셨습니까, 젠지로 님."

이젠 완전히 귀에 익은, 석실을 호위하는 병사의 목소리를 듣고 눈을 떠 보니 그곳은 창문 하나 없는 돌로 만든 방이다. 결코 꺼지는 일이 없는 화톳불이 비춰 주는 풍경은 언제 와 봐도 변함이 없다. 낮에도 밤에도, 우기에도 혹서기에도 이곳은 전혀 변화가 없다. 그래서 『순간이동』의 이동 목적지로서는 가장 안정된 곳이다.

이번에 북대륙에 간 이후로 셀 수도 없을 만큼 여러 번 이곳으로 사람을 보내고 자신도 『순간이동』을 했던 젠지로는 이곳으로 도착하는 『순간이동』만은 거의 실패하지 않는다. 두 번째로 잘하게 된 곳은 웁살라 왕국에 있는 카파 대사관의 그 방이려나. 그쪽도 디지털 카메라의 도움이 없어도 성공하게 되었다. 괜히 어설프게 이런저런 마법들을 배우는 것보다 『순간이동』으로 이동 가능한 거점을 늘리는 쪽이 더 유익하다고 할 만큼, 시공마법 중에서도 활용도가 높은 마법이다.

"그래, 다녀왔다. 아우라 폐하는?"

"후궁에서 기다리고 계십니다."

예정대로 여왕 아우라는 오늘 하루 업무를 전부 비워 두고 후궁에서 기다리고 있는 것 같다.

"고맙네."

젠지로는 그 말을 남기고 빠른 걸음으로 석실에서 나갔다.

"다녀왔어."

"어서 와."

젠지로에게는 집이라고 할 수 있는 후궁의 거실. 그 문을 열었더니 사랑하는 아내인 여왕 아우라가 웃는 얼굴로 맞이해 줬다.

평소 같으면 여기서 꼭 끌어안고 입을 맞췄겠지만, 오늘은 이 뒤에 있을 일을 생각해서 자중했다.

한 발 먼저 돌아와 있던 이네스는 쉬지도 않고 그대로 청소 담당 책임자로서 업무를 수행하고 있는 것 같다.

"이쪽은 문제없이 끝났어. 혹시 모르니까 한 달에 한 번, 내가 광휘궁의 카파 대사관에 가기로 얘기해 뒀고."

지금의 북대륙은 정세가 정신없이 변화하고 있다. 젠지로의 부담을 조금 늘리더라도 정보 수집은 치밀하게 해 두고 싶은 상황이다.

구스타프 왕도 젠지로가 정기적으로 방문한다면 멀리 시집보낸 딸의 정보를 빈번하게 받아 볼 수 있다는 뜻이 되고, 대륙 간 무역 상대와 자주 연락을 취한다는 것도 된다. 거절할 이유가 없었다.

"큰 임무를 잘 수행해 줬다. 카파 왕국 국왕으로서 예를 표한다."

"예."

후궁에서는 흔히 보여주지 않는 여왕으로서의 진지한 말에 젠지로도 진지하게 고개를 숙였다.

하지만 다음 순간, 부하의 노고를 치하하는 여왕의 얼굴에서 사랑하는 남편의 무사를 기뻐하는 아내의 얼굴로 변모했다.

"무사해서 다행이야."

"고마워."

돌아왔다. 역시 내가 돌아올 곳은 이곳이다. 젠지로는 강하게 실감했다.

젠지로에게 있어 내 집이라고 해야 할 카파 왕궁. 하지만 이곳도 불변의 장소는 아니다. 거실에 있는 젊은 시녀들의 얼굴을 둘러보며 젠지로는 물었다.

"이쪽은 문제없이 이행했어? 사람들이 거의 바뀌지 않은 것 같은데."

젠지로가 묻자, 여왕 아우라도 시녀들 쪽을 보면서 웃는 얼굴로 대답했다.

"그래. 저쪽은 그쪽에서 데려온 사람들도 있으니까. 일단 이쪽에서 보낸 인원은 여섯 명뿐이야. 그쪽에서 지명하기도 했고 본인도 긍정적이었기 때문에 니르다를, 나머지는 신입들이 그쪽으로 갔어."

니르다 가질. 가질 변경백 가문의 차녀로, 비교적 최근에 후궁에 들어온 체격이 작은 소녀다. 듣고 보니 니르다가 보이지 않는다.

니르다는 후궁 시녀가 되기 전에 가질 변경백 가문의 저택과 왕국에서 프레야 공주와 개인적인 친분을 가졌다. 어디까지나 젠지로의 주관적인 생각이지만, 두 사람은 상당히 친한 것처럼 보였다.

다른 나라로 시집온 프레야 공주가 몇 안 되는 마음이 맞는 사람을 시녀로 바라는 것은 필연이라고 할 수 있겠지.

참고로 신입은 젠지로가 북대륙에 가 있는 동안에 여왕 아우라가 새로 모집한 인원이다. 이번에는 젠지로와 아무런 관계가 없는 인재이기 때문에 연령이나 결혼 여부, 외모는 전부 불문. 시녀로서의 능력과 왕가에 대한 충성심만을 기준으로 선택했다. 특히 중요시한 것이 왕가에 대한 충성심이다.

아무래도 후궁 시녀인 동시에 프레야 공주라는 외국의 공주님을 전담해야 한다. 만에 하나라도 프레야 공주에게 포섭당하는 일이 없도록 하기 위한 조치다.

편안한 실내복으로 갈아입은 젠지로는 소파에 앉아서 냉장고에서 가져온 얼음물로 목을 축였다. 왠지 안절부절못하고 있다는 것을 아우라는 알 수 있었다.

해야만 하는 일이 있고 딱히 하고 싶지 않은 것도 아니지만, 즐거운 마음으로 하려 드는 데에는 저항감을 갖고 있다. 남편의 그런 속내를 정확하게 읽은 정처는 최대한 밝게 웃어 보이면서,

"젠지로, 이젠 그쪽도 준비가 되지 않았을까?"

그렇게 말해서 남편의 등을 살며시 떠밀어 줬다. 떠민 방향은 다른 여자가 기다리는 방.

평민의 입장에서 본다면 이상한 남녀 관계지만, 카파 왕국의 왕후귀족이라면 흔히 경험하는 일이다.

"아우라……."

한편, 그 말을 들은 젠지로는 조금 놀란 것 같으면서도 동시에 쓸쓸해 보이는 표정으로 사랑하는 아내를 바라보았다.

"나라의 사정 때문에 당신에게 어려운 인간관계를 강요하고 말았어. 그러니까, 이것만은 말해 둘게. 당신이 마음 아파할 필요는 없어. 이 상황을 가장 바란 사람은 프레야 전하고, 그걸 기꺼이 받아들인 사람은 나고, 마지막까지 저항한 사람은 당신이었어."

그러니까 신경 쓸 필요 없다. 표현은 다르지만, 아우라한테 벌써 몇 번이나 들었는지도 모를 말이다. 무슨 말인지는 알겠지만, 젠지로가 지금까지 쌓아 온 가치관에 의한 감정이 그 말을 받아들이지 못하게 막고 있다.

받아들이지 못한 채로 여기까지 와 버렸다. 여기까지 와서 주저하는 것은 용납되지 않는다.

"후~ 알았어."

심호흡을 해서 기합을 넣은 젠지로는 반동을 주면서 자리에서 일어났다.

"그럼 다녀올게!"

"그래, 잘 다녀와."

천천히 일어난 사랑하는 아내의 배웅을 받으며 젠지로는 거실을 뒤로했다.

거실에서 나온 젠지로는 그대로 후궁 본관에서 안뜰로 나갔다.

"으아, 역시 혹서기다."

안뜰에 쨍쨍 내리쬐는 햇볕에 젠지로는 비명 같은 소리를 냈다.

혹서기의 태양은 물리적인 공격력까지 지닌 게 아닌가 싶을 정도였다.

그렇게 많이 걸은 것도 아닌데, T셔츠에 청바지 차림인 젠지로가 벌써 땀으로 범벅이 될 정도로 뜨거웠다.

젠지로는 빠른 걸음으로 안뜰의 잔디 위를 걸어갔다. 중간에 분수 옆을 지나갈 때 그 냉기의 유혹에 발을 멈출 뻔했지만, 바로 다시 걸음을 옮겼다. 아무리 분수 옆이 다른 곳보다 시원하다고 해도, 직사광선을 그대로 맞는다는 점에는 변함이 없다.

도망치는 것처럼 걸어서 젠지로는 후궁 별관으로 들어갔다.

젠지로가 후궁의 주인이 된 때부터 지금까지 계속 후궁 본관에서 생활했지만, 후궁은 원래 한 남자와 복수의 아내가 살기 위한 공간이다. 같은 남자와 결혼한 여자들을 같은 건물에서 살게 하는 짓은 좁은 수조에서 상어 여러 마리를 동시에 키우는 일과 마찬가지다.

그래서 후궁은 여러 건물로 나뉘어 있다. 후궁 별관. 이곳이 국서 젠지로의 측실이 된 프레야 알카트 카파의 새로운 거점이다.

"잘 오셨습니다. 어서 오십시오, 젠지로 님."

안내받은 별관의 한 방에서 프레야 공주가 활짝 웃는 얼굴로 젠지로를 맞이했다.

"예, 이렇게 왔습니다 프레야 전하. 실례하겠습니다."

그렇게 대답하면서 젠지로는 처음으로 발을 들이는 실내를 둘러봤다.

넓이는 본관의 거실과 비슷한 정도. 놓여 있는 소파와 테이블 등의 가구들도 카파 왕국에서 준비한 것이기에 비슷한 것들이다.

하지만 결정적인 차이가 있다. 이곳에는 젠지로가 일본에서 가져온 전자제품들이 없다.

그 대신 쌍왕국에서 구입한 안개를 발생시키는 마도구를 이용해서 방을 시원하게 만들고 있다. 젠지로의 체감에는 그래도 30도가 넘는 것 같은 기분이 든다. 물론 그것도 40도가 넘는 혹서기의 낮이라는 걸 생각하면 획기적으로 시원한 것이지만, 에어컨이 들어오는 본관 침실을 알고 있는 입장에서는 북대륙에서 자란 프레야 공주가 이런 곳에서 생활해도 괜찮을까 걱정이 된다.

"불편한 것은 없습니까? 부족한 것이 있다면 준비하도록 할 테니, 사양 말고 말씀해 주십시오. 단, 웁살라 왕국에만 있는 것일 경우에는 아무리 빨리 준비해도 한 달은 걸리니까, 그 점은 양해해 주셨으면 합니다."

젠지로의 말에 마주보고 앉은 프레야 공주가 살짝 웃었다.

"고맙습니다. 그럼, 딱 하나만. 지금까지도 아우라 폐하의 온정으로 매일 저녁에 커다란 얼음을 보내주고 계신데, 앞으로도 부탁드리고 싶습니다."

"알겠습니다."

아무래도 젠지로가 굳이 말할 필요도 없이, 열대야에 대한 대책은 여왕 아우라가 이미 손을 써 둔 모양이다. 안개를 발생시키는 마도구와 냉장고에서 만든 얼음덩어리가 있으면 별관 침실도 프레야 공주가 숙면을 취할 수 있을 정도까지는 온도를 내릴 수 있는 것 같다. 젠지로는 조금 안심했다. 남의 일이 아니다. 그 방이 오늘 밤에는 젠지로의 잠자리가 될 예정이기에.

프레야 공주는 감탄을 넘어 질렸다는 것처럼 한숨을 쉬고는,

"그나저나 움살라 왕국에서 가져오는 것이 한 달밖에 안 걸리나요. 정말이지, 거리 감각이 이상해지는군요."

그렇게 말하면서 씁쓸하게 웃었다. 분명히, 원래는 특별한 대형 선박을 이용해서 목숨을 건 항해를 100일이나 해야 하는 거리인데, 그 거리를 한 달에 한 번씩 왕복한다는 말을 들으면 그저 질렸다는 기분이 들 뿐이다.

처음에는 다시는 고향에 돌아가지 못할 각오를 했던 프레야 공주로서는 김이 샜다고 할까, 쓸데없이 비장한 각오를 품었던 만큼 창피한 기분까지 들었다.

하지만 젠지로의 제안이 상당히 고마운 것이라는 점은 틀림없는 사실이다.

"가져오는 것만이 아니라, 이쪽에서 그리로 보내는 것도 부탁드려도 될까요? 저는 물론이고, 제가 데려온 시녀들도 근황을 적은 편지를 고국에 있는 가족들에게 보내고 싶습니다만."

그러는 김에 신기한 물건이 손에 들어오면 그것도 고향의 가족에게 선물로 보내주고 싶다고 말했다.

"예, 알겠습니다. 기회가 된다면 답장도 받아오겠습니다."

"잘 부탁드리겠습니다."

프레야 공주의 말에 뒤에 있는 시녀들도 입가에 살며시 미소를 지었다.

행동력 그 자체 같은 사람이고 자신의 의지로 남대륙까지 온 프

레야 공주와 달리, 시녀들은 상사의 명령을 받아서 남대륙으로 온 사람들이다. 젠지로도 가능한 배려할 생각이지만, 그래도 문화와 기후의 차이는 어쩔 수 없다. 틀림없이 심각한 향수병에 걸리는 사람이 나올 거라고 젠지로는 예상하고 있다.

그렇다고 시녀들을 전부 카파 왕국 사람으로 채우면 이번에는 프레야 공주가 불안해진다. 아무리 친근하게 시중을 든다고 해도, 근본적인 가치관에 차이가 있는 다른 문화권의 사람들만이 주위에 있으면 스트레스를 받게 된다.

북대륙에서 데려온 시녀들은 1년마다 교대하는 임기제로 할까도 생각 중이다.

"스카디도 필요한 것이 있으면 사양 말고 말하도록."

젠지로는 그렇게 말하고 평소대로 프레야 공주가 앉아 있는 소파 뒤쪽에 서 있는 여전사 스카디를 바라보았다.

여전사 스카디는 갑작스런 말에도 놀라지 않고 평소대로 진지한 표정으로 대답했다.

"예. 감사합니다. 그렇다면 말씀하신 대로 무장에 대해 상담을 하고 싶으니 왕궁의 볼룬드 님과 연락을 취할 수 있겠습니까."

"무장? 기존에 있는 것들로는 안 된다는 건가?"

되물은 젠지로에게 여전사는 강하게 고개를 끄덕였다.

"예. 죄송하게도 이쪽 나라의 무기로는 저희가 몸에 익힌 조국의 무술을 충분히 발휘할 수가 없습니다. 그리고 고향의 방어구는 이쪽에서 사용하기에는 너무나 덥습니다. 그런 부분을 고려해서 볼룬드 님과 상담하고 싶습니다."

스카디의 말에 의하면 읍살라 왕국에서는 온몸이 아니라 팔, 가슴, 정강이, 발등 등, 일부에만 두꺼운 금속을 사용하는 방어구가 일반적이라고 한다.

그리고 싸우는 방법도 단순하게 상대의 공격을 피하는 것만이 아니라, 그런 두꺼운 부분으로 공격을 받아내는 방어 방법이 몸에 익었다는 것 같다. 물론 스카디 정도 달인이면 어지간한 상대는 그런 방법을 사용하지 않아도 모든 공격이 스치지도 않게 완전히 회피하면서 싸우는 것도 어렵지 않지만, 강적이나 다수의 적을 상대할 때는 몸에 익은 원래의 방어 수단을 사용할 수 있는 것과 아닌 것의 차이가 상당히 크다.

그래서 남대륙의 더위 속에서도 똑같은 방어가 가능한 방어구가 필요하다고 했다. 호위로서 최선을 다하려고 하는 여전사의 발언에는 젠지로도 그저 감탄할 뿐이다.

"알았다. 만날 수 있도록 손을 써 두지. 아무래도 볼룬드 공을 후궁에 들이는 것은 허가를 받기 힘드니까, 스카디 공이 왕궁으로 가야 할 것 같다. 프레야 전하와 잘 상담하도록."

"예, 감사합니다."

"스카디. 후궁에 있는 한, 제 호위는 필요 없습니다. 저는 걱정하지 말고 다녀오도록 하세요."

"예."

주인인 프레야 공주의 말에, 스카디는 애매한 표정으로 대답했다. 스카디로서는 소중한 주인이 있는 후궁의 수비를 다른 이에게 완전히 맡겨 버릴 만큼 이쪽을 신뢰하지는 못하는 것 같은데, 그

렇다고 그 얘기를 후궁의 주인인 젠지로 앞에서 말하는 건 거북하
겠지.

"…………."

"…………."

사무적인 대화가 끝나자, 젠지로와 프레야 공주 사이에는 잠시
말없는 시간이 흘렀다.

아우라가 상대라면 오히려 기분 좋을 말없는 시간의 공유인데,
상대가 프레야 공주로 바뀌니까 왠지 불편하다. 이것도 시간이 해
결해 줄 문제일까?

젠지로가 그런 생각을 하고 있는데, 프레야 공주가 심호흡을 한
번 크게 하더니,

"스카디, 여러분. 잠시 옆방으로 물러나 계세요. 저는 젠지로 님
과 할 이야기가 있습니다."

괜찮으신가요? 젠지로에게 그렇게 물었다. 젠지로가 고개를 끄덕
이자 스카디와 시녀들은 물러났고, 방에는 젠지로와 프레야 공주
만이 남았다.

"…………."

"…………."

또다시 침묵의 시간이 흘렀다. 프레야 공주와는 꽤 오랫동안 알
고 지냈지만, 이렇게 단둘이서만 있었던 일은 거의 없었다. 보통 옆
에는 여전사 스카디가 있었다. 그 스카디까지 물리고, 대체 무슨 말
을 하려는 걸까?

침묵 속에서 맞은편 자리에서 일어난 프레야 공주는 젠지로 옆

자리로 자리를 옮겼다.

저절로 긴장한 젠지로와 반대로, 프레야 공주는 그 하늘색 눈동자로 젠지로를 똑바로 쳐다보면서 이름을 불렀다.

"젠지로 폐하."

"예, 무슨 일이십니까."

반사적으로 대답한 젠지로에게 프레야 공주는 일부러 밝고 과장하는 투로 말했다.

"예, 그 말투 때문입니다. 젠지로 폐하가 귀국하실 때까지 아우라 폐하와 몇 번인가 이야기를 나눴을 때에 알았습니다만, 그 정중한 말투는 젠지로 폐하의 원래 말투가 아니라고 하시더군요."

"그러니까, 그렇, 습니다."

왠지, 아우라와 결혼했던 '첫날밤'의 대회를 떠올리면서 젠지로는 긍정했다.

상황도 비슷하고 상대가 말한 내용도 비슷하다. 그렇다면 이 뒤에 이어질 내용도 간단히 상상할 수 있다.

그리고 젠지로의 예상은 맞았다.

"저와 젠지로 폐하는 이제 부부가 됐습니다. 원래 말투로 말씀해 주시지 않으면 제가 쓸쓸하답니다."

"그게, 그러니까……."

혼자서 난처해하고 있어 봤자 추궁은 멈추지 않을 테니, 젠지로는 솔직하게 자백했다.

"그건 조금 어렵습니다. 아우라 폐하 때는 이런 말투로 이야기를 나눈 시간이 그리 길지 않았기에 수정하는 것도 용이했지만, 프레야 전하와는 벌써 일 년도 넘게 이런 식으로 대화를 나눴으니까요."

하지만 결혼까지 했으면서도 지금 같은 태도가 계속 이어지는 것이 부자연스럽다는 말은 이해할 수 있다.

"그러니까, 어느 정도 길게 보고 생각해 주시면 안 되시겠습니까? 아니, 안 될까? 나도 노력은 하겠지만, 아마 당장 바꾸는 건 쉽지 않을 것 같으니까."

고생하면서도 어떻게든 원래 말투로 이야기한 젠지로를 보자 프레야 공주의 표정이 풀어졌다.

"알겠습니다. 조금씩, 익숙해지도록 하죠."

"예, 가 아니지. 응. 그런데, 프레야 전하는 그 말투가 원래 말투려나?"

젠지로의 말에 프레야 공주는 고개를 살짝 기울이면서 생각했다.

"그렇군요…… 아버지, 어머니, 오라버니, 스카디를 상대할 때도 이 말투였으니까, 이게 원래 말투라고 생각합니다. 굳이 말하자면 왕비를 상대할 때는 좀 더 편하게 말하기도 합니다만, 그건 평소 말투라기보다는 어린 시절의 말투니까요."

아무래도 어머니 뱃속에서부터 계속 같은 시간을 살았던 쌍둥이 동생은 특별한 상대인 것 같다.

"그렇다면 괜찮은데. 이건 나도 아우라한테 들은 얘기인데, 후궁은 편하게 지내기 위한 공간이니까 무리하지 않아도 돼."

"…………감사합니다."

젠지로의 말을 들은 은색 머리카락의 공주는 잠시 생각한 뒤에, 웃으면서 고맙다고 말했다.

조금 전에 프레야 공주가 말한 대로 프레야 공주와 여왕 아우라는 프레야 공주가 후궁에 들어온 뒤에 젠지로가 없는 곳에서 여러 번 회담 자리를 가졌다.

거기서, 여왕 아우라가 프레야 공주에게 분명하게 말했다.

'우리나라로 시집을 왔다고는 해도, 그대 또한 조국이 있는 몸. 그러니 조국에 이익을 유도하려 하는 것까지는 이해한다. 그대 개인의 목적인 항해, 모험을 위해서 손을 쓰는 것도 눈감아 주겠다. 서방님의 총애를 두고 나와 경쟁하고, 그 분야에서도 나를 뛰어넘으려 하는 것은 측실로서 지극히 당연한 권리다. 허나, 이 후궁은 무엇보다 서방님이 마음 편히 쉬시기 위한 공간이다. 서방님은 자기 주변의 인간이 다투는 것을 매우 싫어한다. 따라서 그대도 그대의 시녀들도, 경쟁심이나 대항심이 타인에 대한 공격성으로 화해 서방님의 마음을 힘들게 한다면, 그것은 우리나라가 대륙 간 무역을 포기하는 것도 검토할 수 있을 만큼 큰 불이익이라는 것을 명심하도록.'이라고.

한마디로 암약이나 총애 경쟁을 하는 건 좋지만, 그걸 젠지로한테 들켜서 마음고생을 하게 만들면 최악의 경우에는 이혼까지 갈 수도 있다고 못을 박은 것이다.

물론 그런 내막까지 젠지로에게 말할 수는 없다.

여왕 아우라가 말한 대로 투지와 향상심은 마음속에 감추고, 프레야 공주는 빙긋 웃었다.

"말투 하니까 딱 한 가지 고쳐 줬으면 싶은 게 있어. 이건 프레야 전하 한 사람만이 아니라 스카디와 다른 시녀들에게도 해당되는 일인데, 날 '폐하'라고 부르지 말아 줘. 이 나라에서는 원래 폐하라고 불려도 되는 사람은 국왕 자리를 경험한 사람뿐이니까."

카파 왕국에서는 왕비도 전하라는 경칭으로 부른다. 하지만 젠지로는 사상 최초로 여왕의 남편이 되었다는 복잡한 입장이다. 그런 젠지로를 폐하라고 부르면 마치 왕으로 취급하는 것 같다는 오해를 살 수도 있고, 그렇다고 전하라고 부르면 남자면서도 여자인 아우라 폐하보다 낮은 존재처럼 여겨진다.

그래서 처음에는 카파 왕국에서도 젠지로를 폐하라고 부르는 사람이 있기는 했지만, 지금에 와서는 공식, 비공식을 불문하고 단순하게 '젠지로 님'이 젠지로를 부르는 일반적인 호칭이 됐다.

외국 사람들은 아직까지도 젠지로를 '젠지로 폐하'라고 부르는 경우가 많은데, 프레야 공주도 카파 왕국으로 적을 옮긴 이상은 그 호칭을 바꿀 필요가 있다.

"그렇군요, 잘 알겠습니다. 나중에 스카디와 다른 사람들에게도 엄명을 내리겠습니다. 그렇다면 저도 더 이상 웁살라 왕국의 왕녀가 아니라 카파 왕국의 측실이 됐으니까, '전하'라고 부르지 말아 주세요."

생글생글 웃으면서 말하는 프레야 공주의 말은 이야기의 흐름상 젠지로도 어느 정도는 예상하고 있던 것이었다.

"응, 알았어. 프레야."

여기서 어설프게 망설이면 뒤탈이 오래 간다. 그렇게 판단한 젠지로는 약간 빠르게, 단숨에 프레야 공주의 이름을 불렀다.

"예, 젠지로 님."

프레야 공주는 진심으로 기쁘다는 것처럼 웃는 얼굴로 대답했다.

"저기, 그쪽은 님이라고 부르는 거야?"

"저보다 나이가 많은 남성의 이름을 함부로 불러도 된다는 교육은 못 받았으니까, 그 부분은 이해해 주세요."

프레야 공주는 그렇게 말하면서 씁쓸하게 웃었다.

"아, 응, 알았어."

여기서 그냥 이름으로 부르라고 하면 되레 상대에게 부담을 주게 된다는 건 젠지로도 이해할 수 있었다.

"앞으로 잘 부탁해, 프레야."

"저야말로 잘 부탁드립니다, 젠지로 님."

은색 머리카락의 공주는 젠지로가 쭈뼛쭈뼛 뻗은 손을 꼭 잡고서, 그대로, 쓰러지는 것처럼 젠지로의 품에 얼굴을 묻었다.

"…………."

젠지로는 남은 왼손을 살며시 들어서 자기 가슴에 얼굴을 묻고 있는 프레야 공주의 등을 안아 줬다.

〈'이상적인 기둥서방 생활 14'에서 계속〉

[부록] 주인과 시녀의 간접교류
인 사 이 동

북대륙에서 젠지로와 프레야 공주가 무사히 결혼했다.

그 발표를 들은 카파 왕국 후궁의 시녀들은 너무나 기뻐했다. 시녀들에게 젠지로는 좋은 주인이다. 그 주인의 결혼을 기뻐하지 않을 삐딱한 인간은 없다.

하지만 기쁨에 들끓은 것도 한순간. 다음 순간에는 비장감까지 감도는, 너무나 진지한 표정을 지었다. 이유는 간단했다.

젠지로와 프레야 공주가 결혼하면서 프레야 공주가 카파 왕국의 후궁으로 들어오는 일이 정식으로 결정됐기 때문이다. 프레야 공주가 도착하는 시기는 대략 한 달 뒤.

물론 지금까지도 사전 준비를 해 뒀지만, 정식으로 날짜가 정해지지 않으면 어떻게 할 수 없는 부분도 있다.

더 많이 들여와야 하는 식량의 수배, 침구 최종 점검, 갈아입을 옷의 정돈. 프레야 공주가 들어갈 별관의 최종 대청소 등등. 후궁에는 긴급한 대사건이라는 폭풍이 휘몰아쳤다.

"침구 가지고 왔습니다!"

"침실 청소는 끝났으니까 들여놓으세요."

"별관에서 근무하는 시녀들 방은 몇 개나 준비할까요?"

"정확한 인원은 아직 모릅니다. 만약에 대비해서 10인분을 준비하도록 하죠."

"확실하게 오시는 분은 빅토리아 님입니다. 프레야 전하의 심복이고 호위도 맡고 계시니까요. 프레야 전하의 방과 가까운 곳에 개인실을 준비하겠습니다. 실례가 되지 않도록."

"빅토리아 님은 후궁에서도 무장이 허락되셨습니다. 무기, 방어구를 둘 장소도 확인해 주세요."

아만다 시녀장과 각 부문 책임자들의 지시하에 젊은 시녀들은 열심히 뛰어다녔다.

흑서기의 열기에도 지지 않고 열심히 일하는 젊은 시녀들과 진척 상황을 지켜보고 있던 아만다 시녀장은 살짝 한숨을 쉬었다.

"이건, 이번에는 괜찮겠지만 이대로 유지돼서는 안 될 상태군요."

"뭔가 방법이라도 있어?"

혼잣말에 대답이 돌아오자 중년 시녀장은 눈살을 찌푸리면서 그 말에 대답했다.

"바네사, 이런 데 있어도 되는 겁니까?"

시녀장의 말에 체격이 좋은 중년 시녀—조리 담당 책임자는 아무렇지도 않게 웃었다.

"문제없어. 오늘 점심 식사에는 아우라 폐하도 안 나오시니까. 우리 새참 정도라면 아직 한참 여유가 있어."

인원이 부족하기 때문에, 오늘은 조리 담당 책임자인 바네사가 혼자서 주방을 꾸리고 있다. 주인이 둘 다 없기 때문에 자신들의 식사만 준비하면 되기는 하지만, 그래도 그걸 혼자서 다 처리하는 것은 정말 대단한 실력이라고밖에 할 말이 없다.

"그래서, 뭔가 방법은 있어? 이게 항상 할 수 있는 일이 아니라는 의견에는 나도 찬성이야."

아만다 시녀장 옆에 선 바네사는 그렇게 말하면서 심각한 표정을 지었다.

측실이 들어와서 후궁의 생활 공간이 넓어지면 이 공간을 유지하는 데 필요한 인원도 배로 증가한다.

물론 여왕 아우라도 바보는 아니다. 이 사태에 대비해서 예전부터 후궁 시녀의 인원을 계속 늘리기는 했지만, 숫자를 늘리는 데도 한도가 있다. 아무래도 후궁이다. 그곳은 왕족의 생활 공간. 왕족이라는 귀한 사람이 가장 마음을 놓고 가장 무방비해지는 공간이다. 그래서 상근 인원은 엄선할 수밖에 없다. 그래서 부족하면 늘린다는 선택지를 쉽게 채용할 수가 없다.

"청소, 정원, 욕실 담당 밑에 하녀를 두는 것에 대해 아우라 폐하께 제언하겠습니다.

"이봐, 괜찮겠어?"

아만다 시녀장의 발언에 배포가 큰 바네사도 깜짝 놀랐다.

하녀란 왕궁이 노동력으로서 고용하는 여성을 말한다. 남자는 하인이라고 부른다. 후궁에서도 이미 하인과 하녀들이 일하고 있다. 가장 알기 쉬운 예라면 세탁일 것이다. 후궁 시녀들이 아침에 모은 빨랫감들은 한 군데에 모아서 후궁 밖으로 나가고, 그것을 하녀들이 세탁하고 있다. 그때 전날에 세탁을 마친 의류와 시트 등을 후궁 시녀들이 받아 온다.

그밖에도 후궁에 반입되는 채소들을 씻거나, 하인의 경우에는 목욕할 때 사용하는 장작을 패서 반입하기도 한다.

하지만 지금 아만다 시녀장이 말한 것은 그것과 근본적으로 다르다.

세탁을 하거나 채소를 씻거나 장작을 패는 행위는 굳이 후궁에 들어오지 않아도 할 수 있다. 하지만 방과 욕실 청소와 정원 손질은 어쨌거나 후궁에 들어와야만 할 수 있는 작업이다.

그 일에 하녀를 쓴다는 것은 하녀를 후궁에 들인다는 뜻이 된다.

"하녀 중에서도 신원이 확실한 자들을 엄선하겠습니다. 그리고 후궁 내부 담당이 된 자는 그 일을 그만둘 때까지 왕궁에서 지내고 후궁에는 시간을 한정해서 일할 때만 들어오도록 하겠습니다."

이미 생각은 정해져 있었겠지. 아만다 시녀장은 술술, 거침없는 투로 말했다.

대부분이 귀족인 시녀들과 달리 하녀는 전부 평민이다. 하지만 같은 평민이라고 해도 그 집안은 천차만별이다. 평민으로 전락해 버린 하급 귀족의 차남이나 차녀도 있고, 몇 대를 거슬러 올라가도 평민인 사람도 있다. 그중에서 비교적 신원이 확실한 자들을 엄선한다는 것이다.

믿을 수 없는 자를 후궁에 들일 수 없는 이유 중에 하나로 정보 유출 문제가 있다.

정보 유출을 차단하기 위해 후궁에 배정되는 하녀들은 담당이 끝날 때까지 최소한 일 년 동안 왕궁에서 지내게 한다. 그리고 후 궁에 들어올 수 있는 시간은 청소 등을 하는 짧은 시간으로 한정해서 후궁의 정보를 최대한 입수할 수 없게 하고.

물론 그만큼 불편하게 지내야 하는 이상, 후궁 청소 하녀에 대한 급여는 보통 하녀들보다 상당히 높아야 하겠지만, 후궁 시녀를 같은 숫자만큼 늘리는 것과 비교하면 압도적으로 적은 금액이다.

시녀장의 발언에 바네사는 그 굵은 팔로 팔짱을 끼고서 한참동안 생각한 뒤에 입을 열었다.

"음~ 그렇다면 괜찮을 것도 같은데? 하지만, 그 애들은 주방 근처에 오지 못하게 해 줘."

바네사가 맡고 있는 주방은 여왕 아우라와 국서 젠지로의 입에 들어가는 음식을 다루는 부서다. 어떤 의미에서 보면 가장 엄중하게 지켜야만 하는 부서다. 그 부분에 대해서는 바네사도 잘 알고 있다.

"그건 당연한 일입니다."

조리 담당 책임자의 말에 아만다 시녀장은 지극히 진지한 표정으로 고개를 끄덕였다.

후궁에 하녀를 들인다는 소문은 놀라울 만큼 빠른 속도로 젊은 시녀들 사이에도 퍼져 나갔다.

그날 밤. 일을 마치고 자기 방으로 돌아온 페, 돌로레스, 레테, 일명 '문제아 3인조'도 기름접시에 불을 켜 놓은 어두운 방 안에서 그 이야기에 열을 올리고 있었다.

"그 얘기 들었어? 청소랑 정원 일에도 하녀가 들어온다는 얘기. 크~ 드디어 우리한테도 부하가 생기는 거야. 부하가."

완전히 신이 나서 밤에 어울리지 않을 만큼 큰 목소리로 말한 사람은 키가 작은 곱슬머리 소녀—페였다.

그 말을 듣고 맞은편 침대에 걸터앉아 있는 키가 크고 머리카락이 긴 소녀—돌로레스가 한심하다는 목소리로 말했다.

"바보야, 목소리가 너무 커. 대체 왜 그렇게 신이 난 건데? 부하라고 해 봤자 일할 때만 들어오는 임시직이잖아."

돌로레스가 차가운 목소리로 말했지만, 페의 흥분은 가라앉지 않았다.

"무슨 소리야, 부하라고 부하! 역시 처음이 중요하겠지. 뭐라 말해 줘야 할까, 제대로 가르쳐야겠지."

후배가 생겼을 때도 그랬지만, 아무래도 페는 아랫사람을 챙겨 주는 것을 유난히 좋아하는 성격인 것 같다.

페는 키가 작고 얼굴도 동안인 탓에 어린 동생 취급을 받는 경우가 많은 탓에 아랫사람을 돌보는 행위에서 기쁨을 느끼는 건지도 모른다.

"하지만, 하녀들이 오면 우리가 하는 일도 완전히 달라지지 않겠어~? 난 잘 할 수 있을지 걱정돼~."

느긋한 말투로, 그러면서도 꽤 심각한 표정으로 말한 사람은 유난히 풍만한 흥부가 특징적인 시녀—레테다.

레테의 말도 사실이다. 현재 후궁 시녀들이 직접적으로 하고 있는 노동은 원래 귀족 여성들이 대부분을 차지하는 시녀들이 할 일이 아닌 경우가 많다. 인원이 한정된 후궁이라서 어쩔 수 없이 하고 있는 것이다.

그런데 거기에 제약이 있다고는 해도 하녀가 들어오게 되면 통상적인 업무를 맡게 된다. 즉, 육체노동은 하녀들이 맡고, 레테를 비롯한 시녀들은 하녀들을 감독하는 것이 주 업무가 되는 것이다.

레테의 말에 의외라는 목소리로 대답한 사람은 돌로레스였다.

"뭐? 레테는 그게 힘들어? 집안을 따지면 나보다 훨씬 좋은 네가 사람을 부리는 건 더 익숙하지 않겠어?"

문제아 3인조의 가문은, 페는 별개로 치고 두 번째는 레테, 돌로레스가 제일 아래다.

그런 돌로레스조차도 집에서는 스스로 집안일을 하는 것보다 일하는 사람을 부리는 쪽이 더 익숙했다. 자신보다 좋은 가문의 영애인 레테가 사람들을 부리는 게 어렵다고 말하는 데서 위화감이 느껴졌다.

그 말에, 레테는 원래 처져 있는 눈꼬리를 난처하다는 것처럼 더 늘어트리더니.

"음~ 분명히 집에서는 그랬는데~ 개인적으로는 좀~."

레테의 말에 의하면 집안 사정 때문이 아니라 단순히 개인적인 자질 문제라는 것 같다. 고용한 사람에게 일을 시키는 것과 일하는 사람들을 감독하는 일은 전혀 다르다는 것이 레테의 주장이다.

"그런가? 자기가 전부 하는 것보다 다른 사람을 시키는 게 훨씬 편한 것 같은데."

고개를 갸웃거리는 돌로레스한테는 쉽게 공감할 수 없는 감각인 것 같다. 좋게 말하자면 그만큼 돌로레스가 귀족적이라는 뜻이고, 나쁘게 말하자면 뻔뻔하다는 뜻이겠지.

"그래, 우리는 지시하는 입장. 그냥 지시만 하면 돼."

기뻐하며 말하는 페에게 돌로레스가 목소리를 살짝 낮게 깔고서 겁을 줬다.

"정확하게 말하자면 지시만 하는 게 아니야. 아만다 시녀장님이나 각 부문 담당자 분들을 봐. 중요한 때는 우리랑 같이 작업도 하시잖아. 거기다 감독 책임까지 있고. 담당하는 하녀가 실수라도 하면 감독자도 같이 책임을 져야 하는 거야."

난 네가 실수해서 잘리는 꼴은 보고 싶지 않다고 말하는 돌로레스의 잔소리에 페가 기쁘다는 것처럼 웃었는데, 다행인지 불행인지 방이 어두운 탓에 돌로레스는 페의 웃음을 알아차리지 못했다.

"그나저나 드디어 후궁에 젠지로 님과 아우라 폐하 말고 다른 사람이 들어오는구나."

감개무량하다는 것처럼 중얼거리는 돌로레스의 말에 페와 레테도 고개를 끄덕였다.

"응."

"왠지 말이야, 아직도 실감이 안 나네~."

정확히 말하자면 카를로스 젠키치와 후아나 요시노라는 아기 두 명도 있는데, 시중을 들고는 있지만 그쪽은 아무래도 사람이 있다는 느낌이 들지 않는다.

젠지로와 여왕 아우라. 그리고 자신들 후궁 시녀들. 후궁은 그 사람들로 완성되어 있었다. 그 시기는 겨우 반년. 결코 긴 시간은 아니지만 너무나도 좋았었다. 거기에 들어오는 프레야 공주라는 '이물질'.

아니, 프레야 공주는 정식 측실이니까 아무리 생각해도 이물질은 아니다. 그런데도 이물질이라고 느낄 만큼, 지금까지 시녀들은 너무나 마음 편하게 지내 왔다. 그래서 모두가 두려워하고 있다. 프레야 공주가 들어오면서 후궁에 벌어지게 될 변화를. 아무래도 지금 상황에 대해 아무런 불만이 없다. 불만이 없는 상황에서 벌어지는 변화란, 높은 확률로 상황의 악화를 의미한다.

그런 와중에도 제일 속편하게 생각하고 있는 사람은 틀림없이 여기 있는 문제아 3인조일 것이다. 세 사람은 이미 아만다 시녀장으로부터 '젠지로 전속'이라는 말을 들었다.

젠지로가 3인조의 편하게 대하는 태도를 좋아한다고 하면 듣기는 좋지만, 아만다 시녀장이 자기도 모르게 흘린 '다른 나라의 공주님께서 이런 녀석들이 우리나라의 후궁 시녀들이라고 오해하시면 곤란하다'는 말이 진정한 이유일 가능성이 크다.

"누가 별관에서 일하게 될까?"

"새로 채용하기도 한다니까, 그쪽 사람들이 중심이 되지 않을까~?"

"그쪽이 무난할지도 모르겠네. 본관에서 일하는 게 얼마나 쾌적한지 아는 사람이 별관으로 가게 되면 큰일이니까."

자신들이 별관으로 가는 일은 절대로 없다. 어떤 의미에서는 남의 일이기 때문에 문제아 3인조는 속편하게 생각할 수 있었다.

◇◆◇◆◇◆◇

　며칠 뒤, 프레야 공주 전속으로 별관에서 일하게 되는 인원이 발표됐다. 대부분이 레테가 예상했던 것처럼 새로 들어온 사람들이었지만, 딱 한 사람만 예상을 벗어나서 기존 후궁 시녀 중에서 소속을 옮기는 사람이 있었다.

　바로 니르다였다.

　혹서기 특유의 긴 점심 휴식 시간은 아무리 바쁘더라도 확보해야 한다. 혹서기 한낮의 직사광선은 비유가 아니라 정말로 살인적이기 때문에, 당연하다면 당연한 일이다.

　긴 점심 휴식은 기본적으로 식사를 마친 뒤에 오후에도 제대로 일하기 위해서 낮잠 등을 자면서 몸을 쉬게 하고 기력을 회복하기 위한 것인데, 젊은 시녀들은 그렇게까지 성실하지 않았다.

　점심식사가 끝난 뒤에도 그대로 시녀용 식당에 남아서 수다를 떠는 것이 젊은 시녀 대부분의 일과였다. 그런 휴식의 중요성도 잘 알고 있는 아만다 시녀장은 일에 지장이 생기지 않는 한은 묵인해 주고 있다.

　그 점심 휴식 시간에 문제아 3인조는 니르다와 같은 테이블에 앉아서 이야기를 듣고 있었다.

　니르다와 같이 일을 하는 루이사와 밀레라도 같이 있다.

　니르다의 이야기를 어느 정도 들은 뒤에 처음 입을 연 사람은 돌로레스였다.

"그러니까, 아우라 폐하께서 며칠 전에 타진을 하셨다는 거지? 넌 그걸 받아들였고. 강요한 건 아니라는 얘기지?"

그렇게 묻기는 했지만, 돌로레스 본인이 생각해도 대답하기 힘든 질문 같았다.

여왕님의 타진이라는 것은 표면상의 말이 어떻게 됐건 간에 사실상의 명령 같은 것이다.

그걸 알고 있기에, 보통 어느 정도 양식이 있는 권력자라면 상대에게 선택지를 주고 싶다고 생각할 때는 다른 사람을 통해서 '소문'이라는 형태로 본인의 의사를 확인한다. 하지만 이번에는 시간이 없었기 때문에 직접 불러내는 형태가 됐다는 것 같다.

다행히 니르다라고 하는 이 체격이 작은 소녀는 처음부터 그런 기미를 알아차리지 못하기도 했고, 무엇보다 이 타진을 거절할 생각이 없었다.

니르다는 무방비할 정도로 순진하게 웃으면서,

"예. 프레야 공주님이 절 지명해 주셨다고 했거든요. 대단한 영광이니까, 받아들였어요."

정말로 기쁘다는 것처럼, 신이 난 목소리로 그렇게 대답했다.

"그러고 보니까 말이야, 니르다는 후궁에 들어오기 전에 프레야 전하와 면식이 있었지?"

갑자기 생각났다는 것처럼 탁, 하고 손뼉을 친 페의 말에 니르다는 여전히 웃는 얼굴로 긍정했다.

"맞아요. 루신…… 저희 언니 결혼식에 젠지로 님의 파트너로 출석하셨고, 거기서 뵙게 됐죠."

그 뒤에 왕궁에서도 한 번 만났었고, 나이가 비슷하기도 해서 최종적으로 니르다와 프레야 공주는 꽤나 친해졌다. 그 소녀가 후궁에서 시녀 일을 하고 있다고 들었으니, 프레야 공주가 그 소녀—니르다를 자기 시녀로 두고 싶다고 생각하는 것은 당연한 흐름일 것이다.

카파 왕국 쪽에서 별관으로 보내는 시녀는 여섯 명. 니르다를 제외한 다섯 명은 새로 들어온 사람들이다. 그중 세 명은 기혼자인데다 아만다 시녀장이나 각 부분 담당 책임자들과 같은 세대지만, 개인의 입장이나 가문의 격, 무엇보다 프레야 공주와의 개인적인 거리 때문에라도 니르다가 카파 왕국 쪽의 프레야 공주 전속 시녀 대표가 될 것이라고 여겨진다.

그 단순한 사실을 지금 시점에서는 아마도 니르다 본인만이 모르고 있다.

"니르다가 그렇게 정하고 싶다면 괜찮긴 한데, 괜찮겠어~? 별관에서 일하게 되면 이쪽 거실이나 침실에 드나들지도 못하게 되는데~?"

거실에는 냉장고와 선풍기, 침실에는 에어컨이 있다. 물론 사용권은 젠지로에게 있지만, 후궁 시녀들도 일상적으로 그 은혜를 입고 있다. 지금 시녀들이 마시고 있는 과실수에도 얼음이 띄워져 있을 정도로.

이제 와서 전자제품의 은혜를 입을 수 없는 생활은 싫다. 그것은 후궁에서 일하는 젊은 시녀라면 누구나가 크건 작건 품고 있는 감정이다.

그런 레테의 걱정에 니르다는 여전히 작은 동물처럼 웃으면서, 예상치 못한 말을 했다.

"그건 조금 아쉬워요. 아, 그래도 휴대용 게임기를 빌리거나 반납하거나 충전하러 갈 수도 있으니까 그때는 잠깐 이쪽에서 쉴까도 싶어요."

"휴대용 게임기라니, 너 그걸 들고 나갈 생각이야?"

돌로레스가 질렸다는 목소리로 말했는데, 다른 사람들도 표정은 똑같았다.

그런 선배와 동료의 반응에 니르다는 아무렇지도 않게 고개를 끄덕였다.

"예. 젠지로 님이 허락해 주셨어요. 하지만 다른 사람들도 하고 싶을 테니까 순서는 지키라는 말씀도 하셨어요. 아, 여러분도 하실 거죠?"

젠지로는 『순간이동』으로 웁살라 왕국과 카파 왕국을 바쁘게 오가고 있는 중인데, 아무래도 니르다는 얼마 안 되는 카파 후궁에 머물고 있는 때에 직접 그 건에 대해 허락을 받은 것 같다.

니르다의 대답에 페, 돌로레스, 레테는 서로 얼굴을 마주보기는 했지만, 더 이상 아무 말도 하지 않았다. 자신들도 남 말 할 입장이 아니라는 것이 생각났기 때문이리라. 무엇보다 휴대용 게임기를 빌려서 신나게 노는 상습범들은 다른 아닌 문제아 3인조다. 니르다를 이쪽 길로 끌어들인 사람도.

불편한 이야기가 계속되는 것을 막으려는 생각인지 페가 빠른 말투로, 무리해서 화제를 바꾸려고 했다.

"그런데, 니르다만 그쪽으로 간다는 건, 3인조가 헤어지게 된다는 얘기네. 루이사랑 밀레라는 괜찮아?"

선배의 말에, 니르다의 좌우에 앉아 있던 룸메이트들이 연속으로 입을 열었다.

"문제없습니다. 제 임무에 변경은 없으니까요."

빠릿빠릿한 말투로 대답한 루이사는 평소와 똑같았고,

"장래에는 저도 별관에서 근무하게 될 가능성도 있지만, 일단은 현재 상황을 유지하기로 했어요."

부드러운 말투로 대답한 밀레라의 말에는 뭔가 의미심장한 것이 담겨 있었다.

사실 밀레라는 양부인 마르케스 백작으로부터 연락을 받았다.

프레야 공주의 쌍둥이 동생인 윙비 왕자라는 인물이 카파 왕국의 고위 귀족 중에서 측실을 들이고 싶어 한다는 이야기였다. 아직은 완전히 비공식적인 단계지만, 여왕 아우라도 긍정적으로 생각하고 있는 것 같다.

만약 밀레라가 윙비 왕자의 측실을 노린다면 쌍둥이 누나인 프레야 공주의 시녀를 맡는 것은 장래를 생각했을 때 좋은 선택지라고 할 수 있다.

하지만 아직 가정 단계인데다, 정식으로 결정되면 남은 인생을 다른 나라에서 보내게 되는 선택지다. 마르케스 백작도 밀레라 자신도 당장 매달릴 이야기는 아니다.

'그쪽으로 가게 될 경우에, 이쪽으로 돌아올 수 있는 수단은 사실상 젠지로 님의 『순간이동』뿐. 그렇다면 젠지로 님과의 친분을 쌓

는 게 우선이겠죠.'

후궁 시녀가 주인인 젠지로와 친해진다. 그 좋은 예가 눈앞에 앉아 있는 세 명이다.

문제는 귀족 영애에 우등생인 밀레라가 '문제아 3인조'를 본받는 것은 물개가 개 흉내를 내는 것만큼이나 어려운 일이라는 점이다.

"별관이라고 해도 바로 옆이니까요. 앞으로도 잘 부탁드려요."

밀레라의 계산 따위는 전혀 알아차리지도 못한 니르다는 생글생글 웃으면서 그렇게 말했다.

"예, 저야말로 잘 부탁드려요. 니르다."

표정도 말도 전혀 꾸미지 않지만 어째선지 대부분의 사람들이 좋아하는 니르다에게 밀레라는 최대한 예쁘게 보이도록 꾸민 웃는 얼굴로 대답했다.

그 뒤로 열흘쯤 지난 어느 날.

마침내 측실 프레야 공주의 관계자가 후궁에 모습을 드러냈다.

제1진으로 도착한 사람은 지금껏 본 적이 없을 정도로 커다란 여전사였다.

"빅토리아 크론크비스트. '스카디'라는 이름을 받았습니다. 스카디라고 불러 주시면 감사하겠습니다."

장신의 여전사―스카디는 후궁 시녀들 앞에서 그렇게 인사했다.

스카디의 차림새는 파란 군복에 허리에는 칼을 차고, 오른손에는 노란 색이 감도는 유백색 창을 들었다.

카파 왕국에서는 표면상으로는 존재하지 않는 '여전사'라는 존재를 보자 후궁 시녀들은 흥미 반 두려움 반이었다.

물론 흥미가 됐건 두려움이 됐건, 제대로 교육받은 후궁 시녀들이 이런 자리에서 그런 감정을 대놓고 드러내는 일은 없다. 하지만 관찰력이 뛰어난 전사인 스카디의 눈을 속일 정도는 아니다.

"스카디 님은 프레야 님의 호위이기도 합니다. 그렇기에 예외로서 후궁에서도 무장이 허락되었습니다. 여러분, 실례되는 일이 없도록."

아만다 시녀장이 그런 말로 여전사 스카디를 시녀들에게 소개했다. 젊은 시녀들은 지금까지 후궁에 없었던 호위라는 범주의 인종을 어떻게 대해야 좋을지 도무지 알 수가 없었다.

자신들의 동료는 아니다. 그렇다고 상사도 아니다. 물론 주인도 아니고. 대체 어떻게 대해야 좋을까?

그 분위기를 민감하게 감지했겠지. 여전사 스카디는 최대한 부드럽게 웃으면서,

"저, 그리고 나중에 도착하실 프레야 님도 이국(異國)의 사람입니다. 나름대로 이 나라의 문화, 풍습에 대해 배웠다고 생각합니다만, 부족한 부분도 분명히 있겠지요. 저희의 언동이 이 나라의 상식에서 벗어났다고 생각되실 때마다 지적해 주시면 감사하겠습니다. 가능한, 이쪽에 맞출 생각입니다."

그렇게 말하고 취한 인사의 형식은 본인의 말을 증명하는 것처럼

카파 왕국 기사가 예를 표하는 자세였다.

그 말의 내용 이상으로 표정과 목소리에 깃들어 있는 이성과 배려가 시녀들의 긴장을 풀어 주었다.

그 분위기가 사라지기 전에 아만다 시녀장이 말했다.

"스카디 님. 이미 알고 계시리라고 생각합니다만, 소개하도록 하겠습니다. 이쪽은 니르다. 프레야 님 전속이 될 시녀입니다."

"니르다입니다. 스카디 님."

"오랜만입니다. 니르다. 지난번에는 신세 많이 졌습니다."

커다랗고 까만 눈동자가 긴장 때문에 살짝 촉촉해져 있는 니르다에게 스카디는 부드럽게 웃으며 대답했다.

이어서 아만다 시녀장이 다른 세 명을 소개했다.

"니르다도 후궁에서는 비교적 새로 들어온 편인 시녀입니다. 그래서 후궁을 소개한다는 의미에서는 조금 불안하니, 당분간은 이 세 명에게 보좌를 맡기도록 하겠습니다. 인사하세요."

소개를 받고 세 명이 스카디에게 인사했다.

"페입니다."

"돌로레스입니다 스카디 님. 『황금나뭇잎호』에서는 많은 신세를 졌습니다."

"레테입니다."

"처음 뵙겠습니다 페, 레테. 돌로레스는 큰일을 하느라 수고가 많았습니다. 잘 부탁드립니다."

문제아 세 명의 인사에 여전사 스카디는 정중하게 대답했다.

여전사 스카디와 니르다, 그리고 문제아 3인조가 후궁 안뜰을 걸어갔다.

스카디의 정중하고 부드러운 태도에 붙임성 좋은 니르다와 근본적으로 뻔뻔한 문제아 3인조는 순식간에 친해졌다.

"그런데 말이죠, 돌로레스보다 키가 큰 여자는 처음 봤어요."

"얘, 페. 실례잖아."

솔직한 감상을 말했다가 돌로레스에게 타박받은 페에게 여전사 스카디는 활달하게 웃어 보였다.

"아니, 괜찮습니다. 전사에게 크다는 말은 칭찬입니다. 우리나라 사람들은 카파 왕국 사람들에 비해 키가 큰 경향이 있습니다만, 그래도 저보다 키가 큰 여성은 본 적이 없군요."

그렇게 말하면서 가슴을 펴는 여전사의 모습은 반해 버릴 정도로 당당했다.

"그런가요~? 그렇다면 돌로레스 정도 되는 사람은 흔한가요?"

레테가 묻자, 여전사는 돌로레스를 슬쩍 본 뒤에 고개를 가로저었다.

"아뇨, 아무래도 돌로레스는 제 조국 사람들에 비하더라도 키가 큰 편입니다. 우리나라의 일반적인 성인 여성의 신장은 아우라 폐하 정도려나요."

"흐에에……."

"하긴, 광휘궁에서 본 분들은 거의 그 정도였죠."

"정말 크네요~"

여왕 아우라가 대략 170 센티미터. 카파 왕국에서는 장신에 해당한다. 180 센티미터나 되는 돌로레스는 상당히 보기 드문 부류고. 참고로 여전사 스카디는 185가 넘는다. 날씬한 돌로레스와 달리, 전사로서 극한까지 단련한 스카디는 신장보다 더 크게 느껴진다.

그렇게 친밀해졌을 무렵 일행은 별관에 도착했다.

"이쪽이 프레야 님의 방입니다. 보시다시피 '안개의 마도구'로 시원하게 해 뒀으니, 습기에 약한 물건이 있다면 주의해 주세요."

별관에 들어가서 니르다가 제일 먼저 안내한 곳은 본관으로 말하자면 거실에 해당되는 방이었다. 프레야 공주가 일상적으로 생활할 공간으로 마련해 뒀다.

가구는 당연히 전부 카파 왕국의 물건. 정 읍살라 왕국의 것들이 필요하다면 젠지로에게 『순간이동』으로 가져다달라고 부탁하는 수밖에 없다. 의자 하나 정도라면 모를까 소파나 침대 정도가 되면 마도구 융단을 사용해서 운반해야겠지. 아니면 100일 동안의 항해를 거쳐서 도착할 예정인 『황금나뭇잎호』에 타고 있는 장인에게 이쪽에 도착한 뒤에 처음부터 만들어 달라고 부탁하거나.

여전사 스카디는 진지한 눈으로 방과 가구를 열심히 확인한 뒤에 고개를 살짝 끄덕였다.

"괜찮습니다. 현시점에서는 아무 문제없습니다. 수고해 주셔서 감사합니다."

니르다가 안심했다는 미소를 지었다.

"그나저나 이 마도구는 정말 훌륭하군요. 이 방만 마치 다른 세상 같습니다."

얼굴에는 드러나지 않지만 혹서기의 열기를 참고 있었겠지. 차분한 말투였지만 그 말에서는 진심에서 우러난 감탄이 느껴졌다.

"같은 마도구가 또 하나 있습니다. 옆에 있는 침실에."

"그쪽도 보여주셨으면 싶습니다만."

"예, 안내해 드리겠습니다."

니르다가 그렇게 대답하고 안내했다. 사전 준비를 제대로 한 덕분이겠지. 말에도 행동에도 거침이 없다. 하지만 너무나 체격이 작고 외모와 목소리까지 어려 보이는 덕분에 어린아이가 열심히 일을 돕는 것 같아서 자꾸만 흐뭇한 미소를 짓게 된다.

거실과 침실이 문 하나를 사이에 두고 인접해 있는 구조도 본관과 마찬가지.

니르다가 설명했던 것처럼 침실에서도 '안개의 마도구'가 가동하고 있었다. 덕분에 실내 온도는 낮아졌지만, 그만큼 습도가 높다. 시트는 물론이고 이불도 매일 갈아야 할 것 같다. 사실 '안개의 마도구'가 없어도 어차피 자면서 흘리는 땀 때문에 매일같이 갈아야 하겠지만.

"흠. 프레야 님의 침실과 제 방은 연결되지 않았군요?"

"예."

호위라는 직무상 확인하는 스카디에게 니르다가 짧게 대답했다.

호위로서는 프레야 공주의 침실과 자신의 침실이 연결되어 있는 쪽이 바람직하지만, 후궁 입장에서는 받아들일 수 없는 일이다.

프레야 공주의 침실에서 자는 사람은 프레야 공주 혼자만이 아니다. 별관이기는 해도 이곳은 후궁. 프레야 공주의 사정보다 젠지로의 사정이 우선시된다.

그런 사정은 당연히 스카디도 이해하고 있다. 그래서 해당 문제에 대해서는 그 이상 언급하지 않았다.

그 대신, 지금까지와 달리 상당히 말하기 힘들다는 표정으로 조심조심 물었다.

"저, 니르다. 죄송한 질문이지만, 이 시원하게 해 주는 마도구는 두 개밖에 없습니까?"

"예, 그렇습니다."

니르다의 대답에 여전사는 아주 곤란하다는 표정을 지었다.

"그렇군요. 어떻게든 두 개, 가능하다면 세 개를 더 준비해 주실 수는 없겠습니까?"

마도구는 샤로와 지르벨 쌍왕국의 샤로와 왕가에서만 만들 수 있다고 하는 상당히 귀중한 물건이다. 엄청나게 비싼 물건인 동시에, 돈만 내면 얼마든지 손에 넣을 수 있는 물건도 아니다.

그건 어렵다고, 니르다는 미안하다는 투로 대답했다.

하지만 스카디에게는 간단히 포기할 수 없는 이유가 있었다.

"그렇군요······. 도저히 안 되신다면 어쩔 수 없습니다만, 금전으로 해결할 수 있는 문제라면 어느 정도 무리를 해서라도 부탁하고 싶군요. 우리나라에서 프레야 님 전속 시녀가 세 명 정도 이쪽으로 올 예정입니다. 이 나라의 혹서기는 저는 몰라도 그 시녀들이 견딜 수 있는 더위가 아닙니다."

오히려 『황금나뭇잎호』를 타고 모험을 했던 만큼, 프레야 공주

쪽이 훨씬 더위에 대한 내성이 있다.

읍살라 왕국에 가 본 경험이 있는 돌로레스라면 뼈저리게 이해할 수 있는 이야기였다.

"아~ 하긴, 그쪽 나라에서 자라신 분께는 저희 쪽 혹서기가 정말 힘들 수도 있겠네요."

카파 왕국의 기온밖에 모르는 돌로레스에게 읍살라 왕국의 봄은 그저 추울 뿐이었고, 여름에도 밤에는 선선한 걸 넘어서 쌀쌀하게 느껴질 정도였다.

프레야 공주 전속으로 오게 되는 시녀라면 당연히 세 사람 모두 귀족 출신일 것이다. 각각 자기 집에 돌아가면 아가씨(그중 한 사람은 사모님 또는 어머님이지만)라고 불리는 좋은 가문의 사람이다.

그런 사람들이 갑자기 낮에는 40도가 넘고 밤에도 35도 이상이 당연한 지역으로 날아오면 제대로 살 수 있을 리가 없다.

"저기, 어떻게 하죠……?"

자신이 어떻게 할 수 있는 일이 아닌 부탁에 니르다는 곤란하다는 표정으로 뒤에 있는 선배들에게 물었다.

그 말을 듣고 돌로레스가 대신 대답했다.

"바로 구입 신청을 하겠습니다. 마도구 구입은 아만다 시녀장의 관할이 아니라 아우라 폐하나 젠지로 님께 부탁드려야 합니다. 제가 사정은 설명하겠습니다만, 만약 기회가 된다면 스카디 님 쪽에서도 직접 사정을 설명하는 쪽이 좋을 것 같습니다."

"알겠습니다. 잘 부탁드리겠습니다."

스카디는 굳게 결의하는 것처럼 힘차게 고개를 끄덕였다.

◇◆◇◆◇◆◇◆

그리고 열흘 가량이 더 지나자 후궁의 사람들이 크게 늘어났다.

먼저 카파 왕국 쪽에서 별관 근무를 위해서 새로 모집한 시녀가 다섯 명. 새로 들어왔다고 해도 그중 세 명은 아만다 시녀장과 같은 세대의 베테랑이고, 나머지 두 명도 고위 귀족의 저택에서 시녀로서 경험을 쌓아 온 사람이다.

다른 나라에서 오는 공주님에게 어중간한 인재를 둘 수는 없다. 게다가 그 공주님은 자기 조국에서 마음이 통하는 시녀를 데리고 온다. 까딱하다가는 다른 나라에서 온 시녀들이 후궁 별관을 휘두르게 될 가능성도 있다.

그런 일이 벌어지지 않도록, 베테랑 세 명 중에는 아만다 시녀장을 대신해서 시녀장 임무를 맡길 수 있는 수준의 인재도 포함되어 있다.

그리고 웁살라 왕국의 시녀 세 명도 무사히 후궁에 도착했다.

이쪽도 세 명 중에 한 명은 베테랑이 포함되어 있다. 아마도 웁살라 왕국에서 프레야 공주 전속 시녀들을 총괄하던 인물이겠지. 스베아인이기 때문에 머리카락은 크림색, 눈동자는 회색, 피부는 흰색으로, 외모를 봤을 때는 공통점이 하나도 없지만 그 이상할 정도로 허리를 곧게 펴고 선 모습은 신기할 정도로 아만다 시녀장과 닮아 보였다.

어설픈 인재를 보낸다면 후궁 별관의 주도권을 빼앗길 수도 있다는 우려가 적중했다고 생각할 수밖에 없게 만드는 박력이었다.

"랑힐트라고 합니다. 여러분, 잘 부탁드립니다."

전체 인사 때 베테랑 시녀—랑힐트가 그렇게 자기소개를 했을 때 후궁의 젊은 시녀들은 아만다 시녀장이 자기 이름을 부르기라도 한 것처럼 움찔, 하고 떨었다.

재미있게도, 상대 쪽도 똑같은 반응이었다.

움살라 왕국에서 온 젊은 시녀 두 명도 아만다 시녀장이 인사했을 때 똑같이 떨었다. 왠지 그것만으로도 양쪽의 젊은 시녀들은 서로 친하게 지낼 수 있을 것 같다는 생각이 들었다.

그날 밤.

방으로 돌아온 문제아 3인조의 화제거리는 북대륙에서 온 새로운 동료들에 대한 것이었다.

"그나저나, 스카디 님이 하신 말씀이 사실이었네. 전부 키가 크더라. 그거, 처음에 우리 뽑을 때처럼 키가 큰 사람만 엄선한 건 아니겠지?"

어두컴컴한 방 안에서 침대에 걸터앉아 버릇없이 다리를 덜렁덜렁 흔들며 페가 말했다.

초기에 카파 왕국 후궁의 시녀를 뽑을 때는 젠지로의 전속이 될 것을 기대해서 여왕 아우라와 비슷한 특징을 가진 여성, 즉 키가 큰 여성과 가슴이 큰 여성, 또한 그 양쪽의 조건을 갖춘 여성을 여럿 보냈었다.

실제로 여기 있는 문제아 3인조도 돌로레스는 키가 크고 레테는 가슴이 크다. 키가 작고 가슴도 작은 페는 예외적인 존재다.

그런 페의 말을 돌로레스가 부정했다.

"아니겠지. 다른 두 사람은 몰라도 랑힐트 님까지 키가 크잖아? 랑힐트 님한테 대체 뭘 기대했겠어?"

"돌로레스, 너 지금 님이라고 불렀는데, 그 사람도 일반 시녀니까 입장은 우리랑 똑같거든~?"

레테가 지적하자 돌로레스가 헉, 하고 놀랐다.

"물론 일할 때는 정신 차리고 편하게 부를 거야."

떨떠름한 표정을 짓는 돌로레스를 페가 재미있다는 것처럼 놀렸다.

"하하, 돌로레스 너 뭐 하는 거야? 랑힐트 님한테 님이라고 부르고, 바보같이."

"너도 님이라고 불렀거든."

돌로레스가 도끼눈을 뜨고 노려보자 페는 당황해서 손으로 자기 입을 막았다.

"앗?! 아, 아니, 그게…… 그건 무리잖아."

"그걸 알면 놀리지 말라고."

"미안해."

후궁의 기준에서는 '문제아 3인조'라고 불리고 있지만, 이 세 명은 근본적으로 좋은 가문의 영애들이다. 랑힐트처럼 엄격해 보이는 고위 귀족을 보면 자기도 모르게 경의를 표하게 된다.

"그런데, 니르다가 그랬는데 그 랑힐트 님도 오전 일만 하고서 힘이 쪽 빠졌다나 봐~. 다른 두 명은 안색이 완전히 이상해졌다나

~."

처음에 주의를 줬던 레테도 결국에는 랑힐트 님이라고 불렀다.

"역시 스카디 님이 말씀하신 것처럼 북대륙 사람들한테 혹서기의 더위는 정말 견디기 힘든 것 같아."

"'안개의 마도구'가 제때 추가돼서 다행이야."

"응. 당분간 랑힐트 님네 세 명은 점심 휴식 시간 때 방에 가서 쉬어도 된다고 했대~."

스카디의 요청이 그렇게 심각하게 여겨졌는지 '안개의 마도구'는 극히 짧은 시간에 추가됐다. 추가된 숫자는 셋.

이것으로 별관 거실, 프레야 공주의 침실에 이어서 여전사 스카디의 개인실, 시녀 랑힐트의 개인실, 그리고 시녀 두 명이 같이 쓰는 방에도 '안개의 마도구'가 설치됐다.

물론 그렇게 짧은 시간에 쌍왕국 쪽에서 마도구를 구해 왔을 리가 없다. 추가된 세 개는 프란체스코 왕자에게 부탁해서 만들었다. 적은 숫자나마 유리구슬을 양산할 수 있게 돼서 가능했던 일이다.

랑힐트 일행에게는 다행이라고밖에 할 말이 없다.

"그런데 말이야, 정말 부럽다. '안개의 마도구'로 자기 방을 시원하게 하다니. 낮에는 물론이고 지금도 시원한 거잖아?"

페가 부러워하는 것도 당연한 일이다. 혹서기의 밤은 거의 확실하게 열대야다. 지금 이 순간도 예외는 아니고. 페 일행은 카파 왕국 사람으로 태어난 때부터 겪어 온 일이라서 익숙해졌지만, 그렇다고 열대야를 좋아하는 건 아니다.

새로 들어온 시녀들만 시원한 방에서 잔다고 생각하면 부러운 기분도 든다.

"어쩔 수 없잖아~. 그 사람들은 정말로 목숨이랑 관계된 일이니까~."

"그건 알지만 말이야."

이해심이 많은 레테의 말에 머리로는 납득하면서도 불만을 토로하는 페.

"뭐, 잘 대해 줄 필요가 있겠지. 너도 소문은 들었잖아? 웁살라 왕국 왕자님이 우리나라에서 측실을 들일 거라는 얘기. 누가 갈지는 모르겠지만, 정말 그렇게 된다면 최소한 프레야 님이 데리고 온 숫자만큼의 시녀가 이번에는 우리나라에서 그쪽으로 가게 된단 말이야. 그 사람들이 제대로 대접받게 하기 위해서라도 우리가 랑힐트 님네한테 배려해야 하지 않겠어?"

셋 중에서 유일하게 북대륙을 경험해 본 돌로레스는 절절한 실감이 담긴 목소리로 말했다.

웁살라 왕국에는 겨울이라고 불리는 시기가 있고, 그 시기는 집 안에서도 바가지에 물을 담은 채로 하룻밤을 놔두면 다음날 아침에는 꽝꽝 얼어 버린다고 한다. 솔직히, 카파 왕국 사람에게는 상상도 할 수 없는 세상이다.

웁살라 쪽 사람들이 여러모로 도와주지 않으면 카파 왕국 사람은 웁살라 왕국의 겨울을 버텨내지 못할 것이다.

"북대륙 왕자님인가. 정말로 누군가가 측실이 되려나?"

"좀 부럽지만, 무섭기도 해~. 난 그럴 용기 없어~."

"용기 이전에, 레테는 후궁에서 나갈 생각이 없잖아? 바네사 님한테 본격적으로 후계자 교육도 받고 있으니까."

"에헤헤~."

확정되지 않은 이야기라도, 아니 오히려 확정되지 않은 이야기일수록 연애나 결혼에 관한 이야기는 무책임하게 부풀어 오르는 법이다. 페, 돌로레스, 레테는 기름접시에 밝혀 놓은 불빛밖에 없는 어두운 방 안에서 수다로 이야기꽃을 피웠다.

"결혼해서 남은 인생을 저쪽에서 사는 건 좀 싫지만, 북대륙은나도 관심이 있어. 그 레이스, 정말 예뻤잖아."

페는 그렇게 말하고, 베갯머리에 놓아둔 머리장식 쪽으로 살짝손을 뻗었다. 돌로레스가 북대륙에서 선물로 사 온 레이스를 꿰매붙인 그 머리 장식은 지금 페가 가장 좋아하는 것이다.

"그러게~. 그 메이플 시럽이라는 것도 정말 맛있었어~. 단맛은설탕 정도는 아니지만, 약간 싸~ 한 맛인 게~ 과자 만들 때 쓰면재미있겠더라."

레테도 선물로 받은 메이플 시럽의 맛을 떠올리면서 즐겁게 웃었다.

"아~ 그거라면 기회가 있지 않을까? 이미 읍살라 왕국에 카파왕국 대사관이 설치됐고, 『순간이동』으로 오가는 것도 허락됐잖아. 필연적으로 젠지로 님께서 이번처럼 저쪽에 머무르시게 될 거야. 그때 후궁에서 시녀를 몇 명쯤 보내게 될 거라고 이네스 님이 말씀하셨어."

"정말?!"

"정말로? 돌로레스!"

밤이라는 것도 잊어버리고 큰 소리를 지른 페와 레테에게 돌로레스는 한숨을 쉬면서 대답했다.

"정말이야. 뭐, 너희가 뽑힐 거라는 보장은 없으니까, 실망하게 될지도 모르지만."

골탕먹일 생각으로 페와 레테를 북대륙에 보내도록 자신이 이네스에게 추천했다는 사실은 완전히 감춘 채, 돌로레스는 시치미를 뗐다.

이상적인 기둥서방 생활 ⑬

초판 1쇄 발행 2021년 4월 30일

저자 와타나베 츠네히코

발행인 원종우
발행처 (주)이미지프레임

주소 (13814) 경기도 과천시 뒷골1로 6, 3층
영업부 02-3667-2653 **편집부** 02-3667-2653 **팩스** 02-3667-2655
메일 edit01@imageframe.kr **웹** vnovel.blog.me

ISBN 979-11-90866-95-8 04830 **(세트)** 978-89-6052-269-5

RISOU NO HIMOSEIKATSU 13 © Tsunehiko Watanabe 2020
All rights reserved
Originally published in Japan by Shufunotomo Infos Co., Ltd.
Translation rights arranged with Shufunotomo Co., Ltd.
Through OrangeAgency Co., Seoul.